计算机应用技术规划教材

软件工程实用教程

吕云翔 王洋 王昕鹏 编著

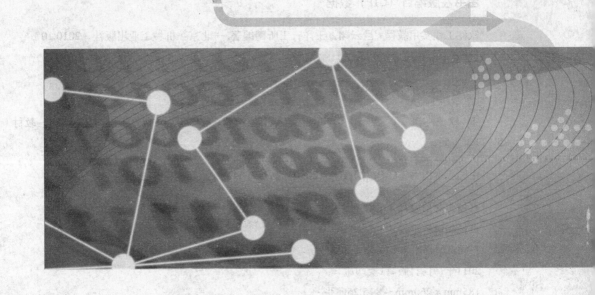

机械工业出版社
China Machine Press

本书按照典型的软件开发过程来组织内容，旨在培养学生具备软件工程思想以及实际软件开发的能力。全书共8章，主要内容包括：软件工程的起源，软件工程相关概念，软件工程方法、过程和工具；软件可行性研究及软件需求分析，软件设计，软件编码及实现，软件测试与维护；面向对象的软件工程；软件工程中涉及的管理方面的相关内容，如项目计划、软件资源管理、进度管理、人员管理、风险管理等内容。

本书可作为普通高校计算机相关专业"软件工程"课程的教材，也可供业余计算机和软件开发爱好者参考。

图书在版编目（CIP）数据

软件工程实用教程 / 吕云翔，王洋，王昕鹏编著．—北京：机械工业出版社，2010.10
（计算机应用技术规划教材）

ISBN 978-7-111-31844-6

Ⅰ．软…　Ⅱ．① 吕…　② 王…　③ 王…　Ⅲ．软件工程−高等学校：技术学校−教材
Ⅳ．TP311.5

中国版本图书馆CIP数据核字（2010）第177964号

机械工业出版社（北京市西城区百万庄大街22号　邮政编码　100037）
责任编辑：李俊竹
三河市明辉印装有限公司印刷
2011年1月第1版第1次印刷
185mm×260mm · 15.25印张
标准书号：ISBN 978-7-111-31844-6
定价：29.00元

凡购本书，如有缺页、倒页、脱页，由本社发行部调换
客服热线：（010）88378991；88361066
购书热线：（010）68326294；88379649；68995259
投稿热线：（010）88379604
读者信箱：hzjsj@hzbook.com

前　言

20世纪60年代，为了解决出现的"软件危机"，人们提出了软件工程的概念，并将其定义为"为了经济地获得可靠的和能在实际机器上高效运行的软件，而建立和使用的健全的工程规则"。经过40多年的发展，人们对软件工程有了更全面更科学的认识，软件工程已经成为一门包括理论、方法、过程等内容的独立的学科，并出现了相应的软件工程支撑工具。

然而即使在21世纪的今天，软件危机的种种表现依然没有彻底地得到解决，现实中的很多项目依然挣扎在无法完成或无法按照规定的时间、成本、按预期的质量完成的泥潭中，面临着失败的危险。究其原因，是软件工程的思想和方法并未深入到计算机科学技术，特别是软件开发领域中，并指导人们的开发行为。

为了振兴中国的计算机和软件产业，培养具备软件工程思想和技术，并具有相应开发经验的人才，国家近年来十分重视软件工程相关课程的建设和人才培养。除了建立专门的软件工程专业，也倡导在计算机科学与技术及相关专业开设软件工程课程，使得软件工程思想和技术在中国的IT人才中得到普及。

本书面向普通大学计算机及相关专业的学生，也可供计算机和软件开发爱好者自学使用。为了体现软件工程知识体系的层次，并具有更好的实践指导意义，本书除了介绍软件工程的基本概念、理论、方法和过程，还十分重视软件工程相关工具使用方法的介绍，并通过实际案例来讲述软件工程在实际软件项目开发中的应用和体坑。

本书按照典型的软件开发过程来组织内容，全书分为8章。第1章概要介绍软件工程的起源，软件工程相关概念，软件工程方法、过程和工具；第2～5章分别介绍软件可行性研究及软件需求分析，软件设计，软件编码及实现，软件测试与维护；第6章详细介绍了面向对象的软件工程；第7章介绍了软件工程中涉及的管理方面的相关内容，包括项目计划、软件资源管理、进度管理、人员管理、风险管理等内容。

每章开头的"本章目标"概述了该章的主要内容；每章基本按照基础理论和知识介绍、相关技术和方法介绍、软件工程工具使用介绍和实际软件项目应用介绍的顺序来组织内容；每章小结对该章主要内容进行总结和回顾；在每章的最后给出了一定数量的练习题，帮助读者检验该章的学习效果，加深重点知识的印象。

为了进一步加强本书的实践指导意义，本书在第8章安排进行一个相对完整的项目开发，贯穿面向对象的软件工程相关内容，并在该章给出了一些建议练习项目，读者可以选择一些项目进行实际开发，并在这个过程中体会软件工程的基本知识和相关工具的应用。

本书作者一直在北京航空航天大学软件学院担任软件工程课程的教学工作，进行了大量的教学探索和研究。在编写本书的过程中，大量借鉴了笔者和同事在北航软件学院教学中的相关经验。在此感谢北航软件学院同仁的支持和帮助，以及提供的各种宝贵资料和建议。

由于作者的学习能力和水平有限，书中难免有错误和缺陷，恳请广大读者给予批评指正，也希望各位能将教学和学习过程中的经验、心得与我们交流。

编者

2010年6月于北京

yunxianglu@hotmail.com

教 学 建 议

教学内容	学习要点及教学要求	课时安排
第1章 软件工程概述	• 了解软件的概念、特点及主要分类。 • 了解软件危机的产生原因及其表现。 • 掌握软件工程的概念，以及软件工程的基本原则。 • 掌握软件过程的定义和基本活动。 • 熟知常用的几种软件生存周期模型。 • 了解常用软件工具及其作用。 • 了解与软件工程相关的资源。 • 了解课程案例概要情况。	4
第2章 可行性研究及软件 需求分析	• 了解可行性研究的目的、意义和内容。 • 掌握可行性研究的主要步骤。 • 了解需求分析的任务。 • 熟悉进行需求分析的步骤和方法。 • 掌握需求分析的原则。 • 熟悉需求分析的两种方法。 • 掌握结构化需求分析的几种常用建模方法。 • 熟悉Visio的功能和基本用法。 • 掌握绘制数据流图的方法。	6
第3章 软件设计	• 了解软件设计的意义和目标。 • 掌握软件设计的原则。 • 了解软件体系结构的定义和建模方法。 • 熟悉常见的软件体系结构风格。 • 了解软件的质量属性。 • 掌握面向数据流的软件设计方法。 • 了解概要设计和详细设计的主要内容和它们的区别。 • 熟悉数据设计、构件设计和界面设计的工具和方法。	6
第4章 软件编码及实现	• 了解程序设计语言的发展。 • 掌握程序设计语言的分类。 • 了解常见的程序设计语言。 • 了解在选择程序设计语言时要考虑的因素。 • 掌握良好的编码风格。 • 熟悉Visual Studio 2010的使用方法。	2
第5章 软件测试与维护	• 掌握软件测试的原则。 • 了解软件测试的常用模型。 • 了解软件测试的分类。 • 熟悉软件测试的一般步骤。 • 了解测试用例和测试用例设计方法 • 掌握等价类划分技术和基本路径测试技术。 • 了解软件维护的分类。 • 了解软件的可维护性概念。 • 掌握Visual Studio中Unit Test工具的使用方法。	4

（续）

教学内容	学习要点及教学要求	课时安排
第6章 面向对象的软件 工程	• 掌握面向对象的基本概念。 • 理解面向对象与面向过程的区别。 • 掌握面向对象的软件开发过程。 • 了解UML的5个视图和13类图。 • 掌握面向对象分析和设计的方法。 • 掌握用例图的绘制方法。 • 熟悉顺序图的绘制方法。 • 掌握类图的绘制方法。	6
第7章 软件工程管理	• 了解软件项目管理的内容。 • 了解软件项目计划、范围管理、成本管理和时间管理主要内容。 • 了解常见的软件组织。 • 了解团队建设的过程 • 熟悉CMM/CMMI相关内容。 • 了解软件配置管理的内容。 • 了解风险管理的内容。 • 掌握软件文档的作用及分类。 • 掌握Project的基本用法。	4
第8章 项目综合实践	• 通过"图书馆信息管理系统"了解面向对象分析过程和方法。 • 通过"图书馆信息管理系统"了解面向对象设计过程和方法。 • 通过"图书馆信息管理系统"了解面向对象实现和测试过程及方法。	4
教学总学时建议		36

说明：

① 本书为计算机及相关专业"软件工程"课程的教材，理论授课学时数为36学时，不同专业可根据不同的教学要求和计划教学时数的情对教材内容进行适当取舍。

② 非计算机类专业使用本书可适当降低教学要求。

③ 本书理论授课学时数36学时，包含课堂讨论、练习等必要的课内教学环节。

④ 建议授课时间比例为：基础部分50%，工具部分20%，实践部分30%。

目　录

第1章 软件工程概述

【本章目标】
- 了解软件的概念、特点及主要分类。
- 了解软件危机的产生原因及其表现。
- 掌握软件工程的概念，以及软件工程的基本原则。
- 掌握软件过程的定义和基本活动。
- 熟悉常用的几种软件生存周期模型。
- 了解常用软件工具及其作用。
- 了解与软件工程相关的资源。
- 了解"学生档案管理系统"。

1.1 软件概述

1.1.1 软件的概念及特点

软件是计算机系统中不可或缺的一部分，它与硬件合为一体，从而完成特定的系统功能。人们对软件的认识也是在不断发展的。在计算机发展的初期，计算机的功能主要是由计算机的各个硬件部件通过有机地协调工作来完成的。当时所谓的软件就是程序，它的作用并没有得到人们足够的重视。

随着计算机技术的发展，人们越来越认识到高质量的软件会使计算机系统的功能和效率大大提高。于是，程序在计算机系统中的作用也日益重要。人们通常把各种不同功能的程序，包括系统程序、应用程序、用户自己编写的程序等称为软件。然而，当计算机的应用日益普及，软件日益复杂，规模日益增大，人们意识到软件并不仅仅等于程序。

程序是人们为了完成特定的功能而编制的一组指令集，它由计算机的语言描述，并且能在计算机系统上执行。而软件不仅包括程序，还包括程序的处理对象——数据，以及与程序开发、维护和使用有关的图文资料，即文档。

计算机系统由软件和硬件组成。当制造硬件时，人的创造性过程最终被转换成有形的形式。任何事物都有自己的特点，这是区别于其他事物的根本。理解事物的特点有利于人们更加深刻、更加准确地认识事物的本质。作为计算机系统的重要组成部分，计算机软件功能的发挥依赖于计算机硬件的支持，与硬件相比，它具有以下一些特点：

1）软件是一种逻辑实体，具有抽象性。硬件是有形的设备，而软件不像硬件那样具有明显的可见性。人们可以把软件记录在介质上，但是却无法直观地观察到它的形态，而必须通过在计算机上实际地运行才能了解它的功能、性能及其他特性。

2）软件的生产与硬件的制造不同。它更多地渗透了人类的智能活动，是人类可以劳动的产物。软件是被开发或设计的，而不是传统意义上被制造的。软件成本集中于开发上，这意味着软件项目不能像制造项目那样管理。

3）软件在运行使用过程中不会磨损。在软件的运行和使用期间，它不会产生像硬件那样的磨损和老化现象，然而却存在着缺陷维护和技术更新的问题。软件不会磨损，但是它会退化，而软件的退化是由于修改造成的。因此，软件维护比硬件维护要复杂得多。图1-1和图1-2分别展示了硬件的失效率和使用时间的关系以及软件的失效率和使用时间的关系。

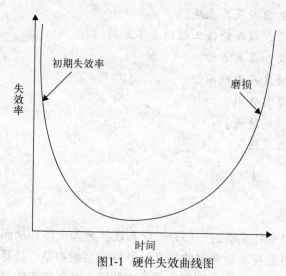

图1-1　硬件失效曲线图

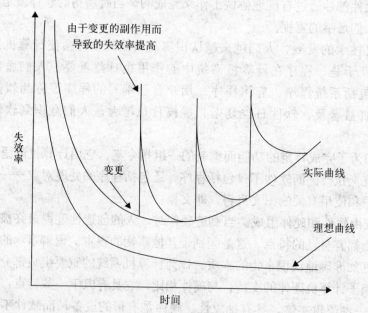

图1-2　软件失效曲线图

4）软件的开发至今尚未完全摆脱手工的开发方式。在硬件世界，构件复用是工程过程的自然的一部分；而在软件世界，构件复用则刚刚开始起步。虽然软件产业正在向基于构件的组装发展，但大多数软件仍是定制的。

5）软件的开发和运行必须依附于特定的计算机系统环境。它不像有些设备那样能够独立地工作，而是受到了物理硬件、网络配置、支撑软件等因素的制约。由此引发了软件的可移植性问题。

1.1.2　软件的分类

随着计算机软件复杂性的增加，在某种程度上人们很难对软件给出一个通用的分类，但是可以按照不同的角度对软件进行分类。按照功能的不同，软件可以分为系统软件、支撑软件和应用软件三类。系统软件是居于计算机系统中最靠近硬件的一层，为其他程序提供最底层系统服务，它与具体的应用领域无关，如编译程序和操作系统等。支撑软件以系统软件为基础，以提高系统性能为主要目标，支撑应用软件的开发与运行，主要包括环境数据库、各种接口软件和工具组。应用软件是提供特定应用服务的软件，如字处理程序等。系统软件、支撑软件和应用软件之间既有分工又有合作，是不可截然分开的。

基于规模的不同，软件可以划分为微型、小型、中型、大型和超大型软件。一般情况下，微型软件只需要一名开发人员，在4周以内完成开发，并且代码量不超过500行。这类软件一般仅供个人专用，没有严格的分析、设计和测试资料。小型软件开发周期可以持续到半年，代码量一般控制在5000行以内。这类软件通常没有预留与其他软件的接口，但是需要遵循一定的标准，附有正规的文档资料。中型软件的开发人员控制在10人以内，要求在2年以内开发5000到50 000行代码。这种软件的开发不仅需要完整的计划、文档及审查，还需要开发人员之间、开发人员和用户之间的交流与合作。大型软件是10到100名开发人员在1到3年的时间内完成开发的，具有50 000到100 000行代码的软件产品。在这种规模的软件开发中，统一的标准、严格的审查制度及有效的项目管理都是必需的。超大型软件往往涉及上百名甚至上千名成员的开发团队，开发周期可以持续到3年以上，甚至5年。这种大规模的软件项目通常被划分为若干个小的子项目，由不同的团队开发。

根据软件服务对象的不同，软件还可以分为通用软件和定制软件。通用软件是由特定的软件开发机构开发，面向市场公开销售的独立运行的软件系统，如操作系统、文档处理系统和图片处理系统等。定制软件通常是面向特定的用户需求，由软件开发机构在合同的约束下开发的软件，如为企业定制的办公系统、交通管理系统和飞机导航系统等。

按照工作方式，计算机软件还可以划分为实时软件、分时软件、交互式软件和批处理软件。

软件的分类示意图如图1-3所示。

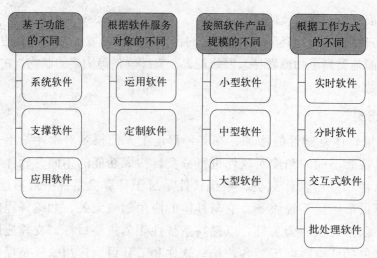

图1-3 软件的分类

1.2 软件危机

1.2.1 软件危机的表现与原因

软件危机是指人们在开发软件和维护软件过程中所遇到的一系列的问题。在20世纪60年代中期,随着软件规模的扩大、复杂性的增加、功能的增强,使得高质量的软件开发变得越来越困难。在软件开发的过程中,会经常出现一些不能按时完成任务、产品质量得不到保证、工作效率低下和开发经费严重超支等现象。这些情况逐渐使人们意识到软件危机的存在及其重要性。计算机软件的开发、维护和应用过程中普遍出现的一些严重的问题,主要表现为以下几个方面:

1)开发出来的软件产品不能满足用户的需求,即产品的功能或特性与用户需求不符。这主要是由于开发人员与用户之间不能充分有效地交流造成的,使得开发人员对用户需求的理解存在着差异。

2)相比越来越廉价的硬件,软件代价过高。

3)软件质量难以得到保证,且难以发挥硬件潜能。如果开发团队缺少完善的软件质量评审体系以及科学的软件测试规程,则最终的软件产品会存在诸多缺陷。

4)难以准确估计软件开发、维护的费用以及开发周期。软件产品往往不能在预算范围之内,按照计划完成开发。很多情况下,软件产品的开发周期或经费会大大超出预算。

5)难以控制开发风险,开发速度赶不上市场变化。

6)软件产品修改维护困难,集成遗留系统更困难。

7)软件文档不完备,并且存在着文档内容与软件产品不符的情况。软件文档是计算机软件的重要组成部分,它为在软件开发人员之间以及开发人员与用户之间信息的共享提供了重要的平台。软件文档的不完整和不一致的问题会给软件的开发和维护等工作带来很多麻烦。

这些问题严重影响了软件产业的发展,制约着计算机应用。OS 360经常被当做一个典型的案例，来形象地描述软件危机。这是一个超大型的软件项目，约1000名程序员参与了开发。在经历了数十年的开发之后，极度复杂的软件项目甚至产生了一套不包括在原始设计方案之中的工作系统。Frederick P. Brooks是这个项目的管理者，他在自己的著作《人月神话》（The Mythical Man-Month）中曾经承认，自己犯了一个价值数百万美元的错误。

软件危机的出现和日益严重的趋势充分暴露了软件产业在早期的发展过程中存在的各种各样的问题。可以说，人们对软件产品认识的不足，以及对软件开发的内在规律理解的偏差是软件危机出现的本质原因。具体来说，软件危机出现的原因可以概括为以下几点：

1）忽视软件开发前期的需求分析。

2）开发过程缺乏统一的、规范化的方法论的指导。软件开发是一项复杂的工程，人们需要用科学的、工程化的思想来组织和指导软件开发的各个阶段。而这种工程学的视角正是很多软件开发人员所缺乏的，他们往往简单地认为软件开发就是程序设计。

3）文档资料不齐全或不准确。软件文档的重要性没有得到软件开发人员和用户的足够重视。软件文档是软件开发团队成员之间交流和沟通的重要平台，还是软件开发项目管理的重要工具。如果人们不能充分重视软件文档的价值，这样势必会给软件开发带来很多不便。

4）忽视与用户、开发组成员之间的交流。

5）忽视测试的重要性。

6）不重视维护或由于上述原因造成维护工作的困难。由于软件的抽象性和复杂性，使得软件在运行之前对开发过程的进展情况很难估计。再加上软件错误的隐蔽性和改正的复杂性，这些都给软件开发和维护增加了难度。

7）从事软件开发的专业人员对这个产业认识不充分，缺乏经验。软件产业相对于其他工业产业而言，是一个比较年轻、发展不成熟的产业，人们在对它的认识上缺乏深刻性。

8）没有完善的质量保证体系。完善的质量保证体系的建立需要有严格的评审制度，同时还需要有科学的软件测试技术及质量维护技术。软件的质量得不到保证，使得开发出来的软件产品往往不能满足人们的需求，同时人们还可能需要花费大量的时间、资金和精力去修复软件的缺陷，从而导致了软件质量的下降和开发预算超支等后果。

1.2.2 软件危机的启示

软件危机给我们的最大启示，是使我们更加深刻地认识到软件的特性以及软件产品开发的内在规律，具体包括以下几个方面：

1）软件产品是复杂的人造系统，具有复杂性、不可见性和易变性，难以处理。

2）开发小型软件时使用到的非常有效的编程技术和过程，在开发大型的复杂系统时难以发挥同样的作用。

3）从本质上讲，软件开发的创造性成分很大，发挥的余地也很大。它介于艺术与工程之间，并逐步向工程化发展，但又很难发展到完全的工程。

4）计算机和软件技术的快速发展，提高了用户对软件的期望，促进了软件产品的演化，为软件产品提出了新的、更多的需求，难以在可接受的开发进度内保证软件的质量。

5）几乎所有的软件项目都是新的，而且是不断变化的。项目需求在开发过程中会发生变化，而且会出现很多其他问题，使得对设计和实现手段进行适当的调整是不可避免的。

6）"人月神话"现象——生产力与人数并不成正比。

为了解决软件危机，人们开始尝试着用工程化的思想去指导软件开发，于是软件工程诞生了。

1.3 软件工程

1.3.1 软件工程概念

1968年，在北大西洋公约组织举行的一次学术会议上，人们首次提出了软件工程这个概念。当时，该组织的科学委员们在开会讨论软件的可靠性与软件危机的问题时，提出了"软件工程"的概念，并将其定义为"为了经济地获得可靠的和能在实际机器上高效运行的软件，而建立和使用的健全的工程规则"。这个定义肯定了工程化的思想在软件工程中的重要性，但是并没有提到软件产品的特殊性。

经过40多年的发展，软件工程已经成为一门独立的学科，人们对软件工程也逐渐有了更全面更科学的认识。

IEEE对软件工程的定义为：1）将系统化、严格约束的、可量化的方法应用于软件的开发、运行和维护，即将工程化应用于软件。2）对1）中所述方法的研究。

具体来说，软件工程是以借鉴传统工程的原则、方法，以提高质量、降低成本为目的，指导计算机软件开发和维护的工程学科。这是一种层次化的技术，如图1-4所示。

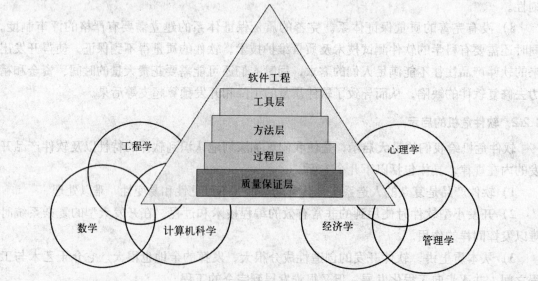

图1-4 软件工程层次图

软件工程的根基是质量保证层；软件工程的基础是过程层，它定义了一组关键过程区域的框架，使得软件能够被合理和及时地开发；方法层提供了建造软件在技术上需要"做什么"，它覆盖了一系列的任务，包括需求分析、设计、编程、测试和支持等；工具层对过程层和方法层提供了自动的或半自动的支持。而软件工程本身是一门交叉学科，涉及多种学科领域的相关知识，包括工程学、数学、计算机科学、经济学、管理学、心理学等。

1.3.2　软件工程发展

2006年，美国国家工程院院士Barry Boehm发表了一篇名为"20世纪和21世软件工程概览"的论文。Boehm博士曾对软件领域做出了杰出贡献，其中包括COCOMO模型、软件过程中的螺旋模型、适用于软件管理和需求决断的w理论等。在这篇论文中，他结合个人在软件工程领域几十年的切身体会，应用黑格尔的哲学思想，对20世纪50年代以来软件工程的发展历程进行了全面而深刻的回顾，并对软件工程未来20年的发展进行了设想。这篇论文一时间在国内外引起了巨大反响，有人说其在软件工程领域的影响可以和《人月神话》等论著媲美。本节就借鉴论文中的一些观点和思路，对软件工程的发展进行概述。

20世纪50年代，软件已经出现，但其作用和人们对其重视程度远远不如硬件，从事软件开发的人员，基本都是硬件工程师或者数学家，人们用硬件工程的理论和思想进行着软件的开发，当一个软件编写完成时，往往需要程序员对其反复进行人工检查和模拟运行，确认后，才送到硬件上去真正执行。

到了20世纪60年代，人们开始发现软件和硬件在许多方面都存在着不同。

首先，软件比硬件更容易得到模型，不需要为了产品的再生产提供昂贵的生产线，且易于修改。这种特点使得编程人员开始采用一种"编码和修改"的方式来开发软件，而不再像硬件工程那样为了防止生产线和产品生产出错而进行详尽的评估、设计和复查。

其次，软件不会消耗，它的维护和硬件的维护也存在着很大的区别，软件是不可见的，但是在它上面的花费却很多。这使得软件不能使用硬件工程中的模型和方法对其开发维护成本进行衡量和估算。

此外，随着软件需求的范围快速扩大，开发软件所需的知识远远超出了工程师和数学家的能力范围。一些大的项目为了开发软件，开始把人类学、社会科学、外语和艺术等也作为主修课，以培养和训练开发人员。导致许多没有工程经验的人由于企业、政府和服务业对于软件的需要，而涌入软件开发行业。这使得软件从业人员构成复杂，知识综合交错。

许多没有计算机科学专业的大学和情报部门开始重视软件，一些付费软件和软件公司也随之出现。软件开发的成功与否在很大程度上依赖于程序员的个人能力，因此出现了"黑客文化"和"牛仔编程员"，他们富有创造力，采用开发、自由和灵活的编程思想，更喜欢按照自己的想法去实现工程，而不是按照雇用他们的公司的想法；他们相信个人的编程能力，经常在最后的时间里用整晚的时间去满足客户的需要，完成代码的编写。

然而，随着软件项目的规模和难度逐渐增大，以个人能力为基础的软件开发的弊端逐渐体现，随之出现了著名的"软件危机"。在这种情况之下，北大西洋公约组织（North

Atlantic Treaty Organization, NATO）在1968年和1969年召开了两次里程碑式的"软件工程会议"，许多顶尖级的研究员和工程师参加了这次会议，真正意义上的"软件工程"就此诞生。

20世纪70年代，人们开始采用与20世纪60年代的"编码和组装"相反的过程，即先做系统需求分析，然后再设计，最后再编码，并把20世纪50年代硬件工程技术最好的方面和改进的软件方向的技术加以总结，提出了"瀑布模型"。需要指出的是，最初瀑布模型本是一个支持迭代和反复的模型。然后为了更方便地对软件进行约束，瀑布模型总是被解释为一种纯顺序化的模型。另外，对瀑布模型的固定过程标准的解释也加深了这种误解。

另一方面，Bohm和Jacoponi等提出了"go to语句是有害的"论点，并提出所有程序都可以转换为三种逻辑：顺序、分支、循环来实现，这奠定了结构化编程的基础。随后，很多种结构化软件开发方法被提出，极大地改善了软件质量，提高了软件开发效率。数据结构和算法理论的迅速发展，取得了很多重要成就。形式方法和程序证明技术也成为人们关注的发展焦点。

然而随着形式化模型和连续化的瀑布模型所带来的问题大幅度增加，对于一个缺乏经验的软件开发团队来说，用形式化的方法开发软件，会导致软件在可靠性和有用性方面难以达到要求。瀑布模型在文档编写时消耗很大，而且速度慢，使用起来代价大。

伴随先前20世纪70年代开发的一些"最佳实践"，20世纪80年代开始了一系列工作以处理20世纪70年代遗留的问题，并且开始改进软件工程的生产效率和可测量性。COCOMO模型、CMM模型等被提出，软件体系结构的相关研究和技术日益成熟，关系数据库也被提出。

在软件工具方面，除了20世纪70年代已经出现的软件需求和设计工具，其他领域一些重要的工具也得到了改进，如测试工具和配置管理工具。工具集和集成开发支持环境也先后出现，最终人们将范围扩展到了计算机辅助软件工程（CASE），软件开发的效率进一步得到提高。

在其他方面，也出现了一些潜在的提高软件生产率的方法，如专家系统、高级程序语言、面向对象、强大的工作站以及可视化编程等。Brooks在1986年IFIP上发表的著名论文"没有银弹"中对所有这些方法发表了看法。他提出软件开发面临四个方面的核心挑战：高等级的软件复杂度、一致性、可变性和不可视性。关于如何解决这些挑战，他严重质疑了将技术说成是软件解决方案的"银弹"的观点。Brooks提出的解决这些核心挑战的候选方案包括：良好的设计者、快速原型、演化开发和通过复用减少工作量。

20世纪90年代，面向对象方法的强劲势头得以持续。这些方法通过设计模式、软件体系结构和体系结构描述语言以及UML技术的发展得到了加强。同时，互联网的继续扩展和万维网的出现增强了面向对象方法的应用环境，也加强了软件行业的市场竞争。

软件在市场竞争中的作用不断增强以及缩短软件推向市场时间的需要，引发了从顺序的瀑布模型向其他模型的转变潮流，这类模型应该强调并行的工程性的需求、设计和编码、产品和过程以及软件和系统。软件复用成为软件开发中重要的内容，开源文化初露头角，可用性以及人机交互也成为软件开发中的重要指标。

20世纪90年代末，出现了许多敏捷方法，如自适应软件开发、水晶项目开发、动态系统开发、极限编程、特征驱动开发、Scrum等。这些主要的敏捷方法的创始人在2001年聚集一堂并发表了敏捷开发宣言。

现在，对快速应用开发追求的趋势仍在继续，在信息技术、组织、竞争对策以及环境等方面的变革步伐也正在加快。这种快速的变革步伐引发了软件开发领域越来越多的困难和挫折，更多的软件开发过程、方法和工具也相继出现，软件工程在持续的机遇与挑战中不断发展。"大规模计算"、"自治和生化计算机"、"模型驱动体系结构"、"构件化软件开发"等新领域都可能成为接下来软件工程发展的主要方向。

1.3.3 软件工程目标和原则

软件工程要达到的基本目标包括以下几个方面：

1）达到要求的软件功能。

2）取得较好的软件性能。

3）开发出高质量的软件。

4）投入较低的开发成本。

5）需要较低的维护费用。

6）能按时完成开发工作，及时交付使用。

为了达到上述目标，软件工程设计、工程支持以及工程管理在软件开发过程中必须遵循一些基本原则。著名软件工程专家Barry Boehm综合有关专家和学者的意见并总结了多年来开发软件的经验，提出了软件工程的七条基本原则。

（1）用分阶段的生存周期计划进行严格的管理

将软件的生存周期划分为多个阶段，对各个阶段实行严格的项目管理。软件开发是一个漫长的过程，人们可以根据工作的特点或目标，把整个软件的开发周期划分为多个阶段，并为每个阶段制订计划及验收标准，这样有益于对整个软件开发过程进行管理。在传统的软件工程中，软件开发的生存周期可以划分为可行性研究、需求分析、软件设计、软件实现、软件测试、产品验收和交付等阶段。

（2）坚持进行阶段评审

严格贯彻与实施阶段评审制度，可以帮助软件开发人员及时发现错误并将其改正。在软件开发过程中，错误发现得越晚，修复错误所要付出的代价就会越大。实施阶段评审，意味着只有在本阶段的工作通过评审后，才能进入下一阶段的工作。

（3）实行严格的产品控制

在软件开发过程中，用户需求很可能在不断地发生着变化。有些时候，即使用户需求没有改变，软件开发人员受到经验的限制以及与客户交流不充分的影响，也很难做到一次性获取全部正确的需求。可见，需求分析的工作应该贯穿到整个软件开发的生存周期内。在软件开发的整个过程中，需求的改变是不可避免的。当需求更新时，为了保证软件各个配置项的一致性，实施严格的版本控制是非常必要的。

（4）采用现代程序设计技术

现代的程序设计技术，如面向对象技术，可以使开发出来的软件产品更易于维护和修改，同时还能缩短开发的时间，并且更符合人们的思维逻辑。

（5）软件工程结果应能清楚地审查

虽然软件产品的可见性比较差，但是它的功能和质量应该能够被准确地审查和度量，这样利于有效的项目管理。一般软件产品包括可以执行的源代码、一系列相应的文档和资源数据等。

（6）开发小组的人员应该少而精

开发小组成员的人数少有利于组内成员充分地交流，这是高效团队管理的重要因素。而高素质的开发小组成员是影响软件产品质量和开发效率的重要因素之一。

（7）承认不断改进软件工程实践的必要性

随着计算机科学技术的发展，软件从业人员应该不断地总结经验并且主动学习新的软件技术，只有这样才能不落后于时代。

需要注意的是，遵循前六条基本原则，能够实现软件的工程化生产；按照第七条原则，不仅要积极主动地采纳新的软件技术，而且要注意不断总结经验。

1.3.4 软件工程知识体

软件工程作为一门学科，为取得对其核心的知识体系的共识，已经达到了一个重要的里程碑。2004年6月，美国IEEE协会和ACM的联合网站上公布了"软件工程知识体"（SWEBOK）2004版全文，其目的主要有以下几点：

1）促进世界范围内对软件工程的一致观点。

2）阐明软件工程相对于其他学科的位置，并确立它们的分界线。"软件工程知识体"认为与"软件工程"相关的学科有以下8个：

- 计算机工程（Computer Engineering）
- 计算机科学（Computer Science）
- 管理（Management）
- 数学（Mathematics）
- 项目管理（Project Management）
- 质量管理（Quality Management）
- 软件人类工程学（Software Ergonomics）
- 系统工程（Systems Engineering）

3）刻画软件工程学科的内容。

4）提供使用知识体系的主题。

5）为开发课程表、个人认证和许可材料提供基础。

软件工程知识体把整个软件工程体系分解为10个知识域（Knowledge Area），具体包括：软件需求、软件设计、软件构造、软件测试、软件维护、软件配置管理、软件工程管理、软件工程过程、软件工程工具与方法和软件质量。每个知识域又分为若干子域，每个子域分为若干论题（Topic），每个知识点还可以再分为下层或下下层的子知识点。其具体结构如表1-1所示。

表1-1 软件工程知识体结构

知识领域	包含的子域
软件需求（SR）	软件需求基础 需求过程 需求获取 需求分析 需求规格说明 需求确认 实践应用考虑
软件设计（SD）	软件设计基础 软件设计中的关键问题 软件结构和体系结构 软件设计质量分析和评价 软件设计符号 软件设计策略和方法
软件构造（SC）	软件构造基础 构造管理 实践应用考虑
软件测试（ST）	软件测试基础 测试等级 测试技术 测试度量 测试过程
软件维护（SM）	软件维护基础 软件维护中的关键问题 维护技术 维护过程
软件配置管理（SMC）	软件配置管理过程的管理 软件配置标识 软件配置控制 软件配置状态统计 软件配置审核 软件发行管理和交付
软件工程管理（SEM）	初始和范围定义 软件项目计划 软件项目制定 评审和评估 项目终止 软件工程度量
软件工程过程（SEP）	过程执行和变更 过程定义 过程评价 过程和产品度量
软件工程工具和方法（SETM）	软件工程工具 软件工程方法
软件质量（SQ）	软件质量基础 软件质量管理过程 实践应用考虑

在表1-1中，软件需求是一个为解决特定问题而必须由被开发的软件展示的特性。软

件需求知识域涉及软件需求的获取、分析、规格说明和确认。软件设计定义了一个系统或组件的体系结构、组件、接口和其他特征的过程以及这个过程的结果。软件构造是指通过编码、验证、单元测试、集成测试和调试的组合，详细地创建可工作的和有意义的软件。软件测试是为评价、改进产品的质量、标识产品的缺陷和问题而进行的活动。软件维护是指由于一个问题或改进的需要而修改代码和相关文档，进而修正现有的软件产品并保留其完整性的过程。软件配置管理是一个支持性的软件生存周期过程，它是为了系统地控制配置变更，在软件系统的整个生存周期中维持配置的完整性和可追踪性，而标识系统在不同时间点上的配置的学科。为了保证软件的开发和维护是系统的、有纪律的和量化的，对软件工程进行管理是非常必要的。软件工程的管理活动建立在组织和内部基础结构管理、项目管理、度量程序的计划制定和控制三个层次上。软件工程过程涉及软件生存周期过程本身的定义、实现、评估、管理、变更和改进。软件质量特征涉及多个方面，保证软件产品的质量是软件工程的重要目标。

软件工程知识体的提出，让软件工程的内容更加清晰，也使得其作为一门学科的定义和界线更加分明。

1.4 软件过程

1.4.1 软件过程概念

任何事物都有一个从产生到消亡的过程，这个过程就是一个生存周期。同样，软件产品也有自己的生存周期。从提出设计某种软件产品的构想开始，一直到该产品被淘汰，软件产品就经历了一个完整的软件生存周期。

软件过程又称为软件生存周期过程，是软件生存周期内为达到一定目标而必须实施的一系列相关过程的集合。它是围绕软件的活动序列，如软件的需求分析、设计、实现等；财务、市场等活动不属于软件过程。

在传统的软件工程中，软件产品的生存周期一般可以划分为6个阶段。

（1）可行性研究

可行性研究阶段为后续的软件开发做必要的准备工作。在该阶段要完成的工作有：确定待开发的软件产品所要解决的问题，使软件开发人员和用户对待开发软件产品的目标达成一致；确定总体的开发策略与开发方式，并对开发所需要的资金、时间和各种资源做出合理的估计；对开发软件产品进行可行性分析，并制定初步的开发计划。最后，还要完成可行性分析报告。

（2）需求分析

需求分析是要确定目标系统需要做什么的问题，它是一个很复杂的过程，其成功与否直接关系到后续的软件开发的成败。在需求分析阶段，开发人员与用户之间的交流与沟通是非常重要的。需求分析的结果最终要反映到软件需求规格说明书中。

（3）软件设计

简单地说，软件设计就是把需求文档中描述的功能可操作化，它可以分为概要设计和详细设计两个阶段。概要设计旨在建立系统的总体结构，而详细设计关注每个模块的内部实现细节，为后续的编码工作提供最直接的依据。

（4）编码

编码就是编写程序代码，即把详细设计文档中对每个模块实现过程的算法描述转换为能用某种程序设计语言来实现的程序。在规范的软件开发过程中，编码必须遵守一定的标准，这样有助于团队开发，同时能够提高代码的质量。

（5）软件测试

软件测试旨在发现软件产品中存在的软件缺陷，进而保证软件产品的质量。按照测试点的不同，测试可以分为单元测试、集成测试、系统测试和验收测试。

（6）软件维护

在软件产品被交付后，其生存周期还在继续。随着用户需求的增长或改变，以及市场环境的变化，软件产品的功能需要不断更新，版本需要不断升级。所以，为了保证软件产品的正常运行，软件维护是必需的。一般来讲，软件产品的质量越高，进行维护的工作量就会越小。

综上所述，传统软件生存周期的阶段示意图如图1-5所示。

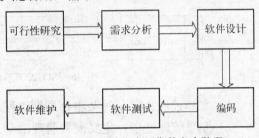

图1-5　传统软件生存周期的各个阶段

1.4.2　软件过程标准

随着软件产业的发展，传统的软件活动已经不能满足软件工程的目标和要求，更多的支持和辅助性活动被逐渐加入到软件过程中。

1994年，国际标准化组织制定了ISO12207软件生存周期过程标准，其中，把用于开发一个软件系统的过程分为三类：主过程、支持过程和辅助过程（组织过程），如图1 6所示。

主过程是构成软件生存周期主要部分的那些过程，正是这些过程启动或进行软件产品的开发、操作或维护。这些过程如下：

1）获取过程：定义需方（即获取一个系统、软件产品或软件服务的组织）的活动。

2）供应过程：定义供方（即向需方提供系统、软件产品或软件服务的组织）的活动。

3）开发过程：定义开发者（即定义和开发软件产品的组织）的活动。

4）维护过程：定义维护者（即对软件产品进行维护服务的组织）的活动，这个过程包括系统移植和退役。

5）运行过程：定义运行者（即在计算机系统运行环境中向其用户提供运行服务的组织）的活动。

支持过程是对另一个过程提供支持的过程。被支持的过程根据需要采用支持性过程，并与该过程结合，帮助软件项目获得成功，并提高质量。支持过程如下几个：

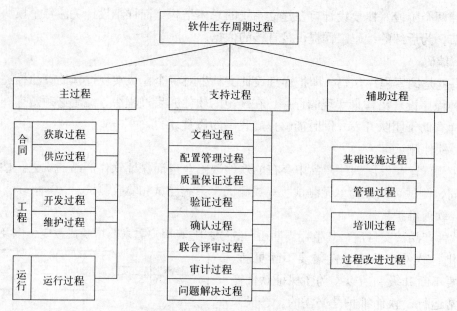

图1-6 ISO12207软件生存周期过程标准框架

1）文档过程：定义对某生存周期过程所产生的信息进行记录的活动。

2）配置管理过程：定义配置管理活动。

3）质量保证过程：定义客观地保证软件产品和过程符合规定要求、遵守已定计划的活动。

4）验证过程：定义需方、供方或独立的第三方对软件产品进行验证的活动，这些验证活动的深度由软件项目的性质决定。

5）确认过程：定义需方、供方或独立的第三方对软件产品进行确认的活动。

6）联合评审过程：定义对某项活动的状态和产品进行评价的活动，这一过程可由任何双方共同采用，其中一方（评审方）评审另一方（被评方）。

7）审计过程：定义对是否符合要求、计划和合同进行确定的过程，这个过程可由任何双方采用，其中一方（审计方）审计另一方（被审方）的软件产品或活动。

8）问题解决过程：定义对开发、操作、维护或其他过程中发现的问题（包括不一致性）进行分析和排除的过程。

辅助过程是一个组织用来建立、实施一种基础结构、并不断改进该基础结构的过程。基础结构由一些相关的生存周期过程和人员组成。这些辅助过程如下：

1）基础设施过程：定义建立生存周期过程的基础结构所需的基本活动。

2）管理过程：定义在生存周期过程中管理（包括项目管理）的基本活动。

3）培训过程：定义为提供经过适当培训的人员所需的一些活动。

4）过程改进过程：定义一个组织（即需方、供方、开发者、操作者、维护者或另一过程的管理者）为了建立、测量、控制和改进其生存周期过程需完成的基本活动。

该标准不仅定义了软件生存周期的3大类的17种过程，而且详细规定了各过程的具体活动及每项活动的具体任务。

该标准适用面很广，对于一个具体软件项目来说，执行该标准时必须加以剪裁，删去一些不适用的过程、活动和任务，必要时还可根据合同要求增加一些特殊的过程、活动和任务。该标准的一项重要内容就是给出了剪裁过程。它包括以下4项活动：

1）标识项目环境。

2）征求输入，考虑受剪裁决策影响的各个组织的意见。

3）选择过程、活动和任务。

4）将剪裁决策及其原理写成文档。

此外，该标准还提供了一个简要的剪裁指南，指出在两个层次上应用此剪裁指南的不同考虑：

1）第一层剪裁考虑不同业务领域的不同要求，例如航空、核、医学、军事、国家或组织。

2）第二层剪裁考虑具体项目或合同的要求，它给出了把开发过程作为第一层剪裁的推荐意见，对有关评价活动的剪裁意见，以及剪裁时对组织方针、获取策略、支持方案、生存周期模型、涉及的部门、系统生存周期活动、系统级特性等关键项目特性的考虑。

ISO12207规定了一个完整的软件生存周期应该有哪些活动，以规定的过程/活动来保证质量。至于什么时候实施什么过程/活动以及反复几次合适，则根据具体项目的特点定义。

1.4.3 软件生存周期模型

ISO12207标准将软件生存周期模型定义为：一个包括软件产品开发、运行和维护中有关过程、活动和任务的框架，其中这些过程、活动和任务覆盖了从该系统的需求定义到系统的使用终止。

把这个概念应用到开发过程中，可以发现所有软件开发生存周期模型的内在基本特征，包括以下几个：

1）描述了开发的主要阶段。

2）定义了每一个阶段要完成的主要过程和活动。

3）规范了每一个阶段的输入和输出（提交物）。

4）提供了一个框架，可以把必要的活动映射到该框架中。

随着软件工程的发展，软件生存周期模型有很多种，它们有各自的特色、优缺点和适用领域。一般来说，采用不同模型开发的软件产品，其生存周期也有所不同。常见的软件生存周期模型包括：瀑布模型、原型模型、增量模型、演化模型、螺旋模型、统一过程模型和敏捷模型。

1. 瀑布模型

瀑布模型是20世纪80年代之前最受推崇的软件开发模型，它是一种线性的开发模型，具有不可回溯性。开发人员必须等前一阶段的任务完成后，才能开始进行后一阶段的工作，并且前一阶段的输出往往就是后一阶段的输入。由于它的不可回溯性，如果在软件生存周期的后期发现并要改正前期的错误，那么需要付出很高的代价。传统的瀑布模型是文档驱动的，如图1-7所示。

瀑布模型的优点是过程模型简
单，执行容易；缺点是无法适用变
更。瀑布模型适用于具有以下特征
的软件开发项目：

1）在软件开发的过程中，需
求不发生变化或发生很少的变化，
并且开发人员可以一次性获取到全
部需求。否则，由于瀑布模型较差
的可回溯性，在后续阶段中需求经
常性的变更需要付出高昂的代价。

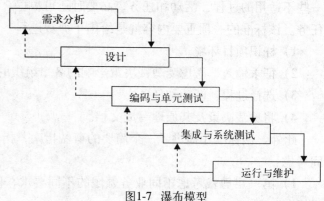

图1-7 瀑布模型

2）软件开发人员具有丰富的经验，对软件应用领域很熟悉。

3）软件项目的风险较低。瀑布模型不具有完善的风险控制机制。

2.原型模型

原型模型主要用于挖掘需求，或是进行某种技术或开发方法的可行性研究，是一种开
发人员为了快速而准确地获取需求经常采用的方法。在初步获取需求后，开发人员会快速
地开发一个原型系统。通过对原型系统进行模拟操作，开发人员可以更直观、更全面和更
准确地了解用户对待开发系统的各项要求，同时还能挖掘到隐藏的需求。如果开发人员对
将要采用的开发技术把握不大，也可以采用原型模型进行技术上的尝试，以降低后续开发
的风险。原型系统通常针对软件开发系统的子功能模块，所以功能相对不完善。此外，由
于原型系统功能的局部性以及存在阶段的局部性，在软件开发的实践中，原型模型通常结
合其他的软件开发模型共同使用，发挥作用。

原型模型的示意图如图1-8所示。

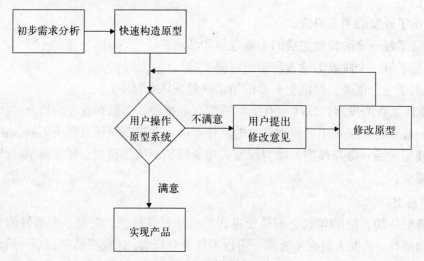

图1-8 原型模型

总的来说，原型模型的优点是简单和快速，缺点是需要花费一些额外的成本来构造原

型，并且不利于创新。当开发人员获取需求困难，对系统开发把握性不大时，可以考虑采用原型模型。

3.增量模型

增量模型假设需求可以分段，成为一系列增量产品，每个增量可以分别地开发，如图1-9所示。

增量模型作为瀑布模型的一个变体，具有瀑布模型的所有优点。此外，它还有以下优点：第一个可交付版本所需要的成本和时间很少；开发由增量表示的小系统所承担的风险不大；由于很快发布了第一个版本，因此可以减少用户需求的变更；允许增量投资，即在项目开始时，可以仅对一个或两个增量投资。

增量模型的不足为：如果没有对用户的变更要求进行规划，那么产生的初始增量可能会造成后来增量的不稳定；如果需求不像早期思考的那样稳定和完整，那么一些增量就可能需要重新开发，重新发布；管理发生的成本、进度和配置的复杂性，可能会超出组织的能力。

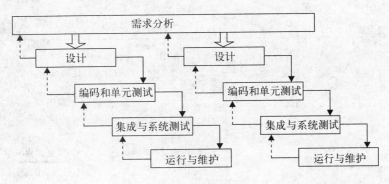

图1-9　增量模型

增量模型适用于以下特点的软件项目：

1）软件产品可以分批次地进行交付。

2）待开发的软件系统能够被模块化。

3）软件开发人员对应用领域不熟悉，难以一次性地进行系统开发。

4）项目管理人员对全局把握的水平较高。

4.演化模型

演化模型显式地把增量模型扩展到需求阶段。为了第二个构造增量，使用了第一个构造增量来精化需求，如图1-10所示。

演化模型的优点包括：在需求不能予以规范时，可以使用这一演化模型；用户可以通过运行系统的实践，对需求进行改进；与瀑布模型相比，需要更多用户/获取方的参与。演化模型的不足包括：演化模型的使用仍然处于初步探索阶段，因

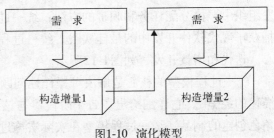

图1-10　演化模型

此具有较大的风险，需要有利的管理；即使很好地理解了需求或设计，该模型的使用也很容易成为不编写需求或设计文档的借口；用户/获取方不理解该方法的自然属性，因此当结果不够理想时，可能会产生抱怨。演化模型基于这样的假定：需求是最基本的，是唯一的风险。

5. 螺旋模型

螺旋模型通常用来指导大型软件项目的开发。它把开发过程分为制订计划、风险分析、实施开发和用户评估四类活动。风险分析被扩展到了各个阶段中，因此采用螺旋模型可以降低项目开发的风险，如图1-11所示。

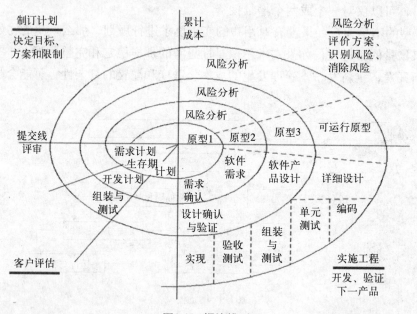

图1-11 螺旋模型

螺旋模型综合了传统的生存期模型的优点，同时扩展了增量模型管理任务的范围：风险分析，用来弥补其不足。螺旋模型的另外一个特征是，只有一个迭代过程真正开发可交付的软件。螺旋模型也存在其缺点：一个周期执行时间太长；要有方法和自动化工具支持，否则无法实施。

螺旋模型适用于风险较大的大型软件项目的开发。

6. 统一过程模型

统一过程模型（Rational Unified Process）是一种软件工程过程，它提供了如何在开发组织中严格分配任务和职责的方法；统一过程模型是一个过程产品，有自己的过程框架，捕获了现代软件开发中的最佳实践。统一过程模型具有三大特点：用例驱动、以架构为中心、迭代和增量开发，如图1-12所示。

统一过程模型的核心是解决可操作性问题，帮助开发人员尽可能少地依赖那些"不可描述的经验"。它详细给出了每个阶段参与该过程的各种角色，然后标识在该过程中，该角色创建的制品。统一过程模型在实际实施过程中也存在很多的困难，其中包括：多层次持续的规划与评估；判断构架中关键风险的经验；高效率的验证和评价手段；多工种之间的频繁沟通；多版本产品的管理等。

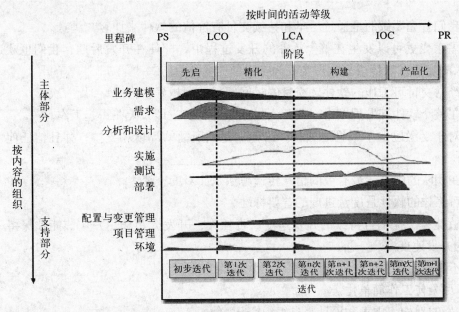

图1-12 统一过程模型

统一过程模型是基于迭代思想的软件开发模型。在传统的瀑布模型中，组织项目的方法是使其按顺序一次性地完成每个工作流程。通常，在项目前期出现的问题往往到后期才能发现，这不仅增大了软件开发的成本，还严重影响了软件开发的进度。采用迭代的软件工程思想可以多次执行各个工作流程，从而有利于更好地理解需求、设计出合理的系统构架，并最终交付一系列渐趋完善的成果。

统一过程模型适用的范围极为广泛，但是对开发人员的素质要求较高。

7.敏捷模型

随着软件工程的发展，"敏捷"已经成为一个非常时尚的名词。敏捷方法是一种轻量级的软件工程方法，相对于传统的软件工程方法，它更强调软件开发过程中各种变化的必然性，通过团队成员之间充分的交流与沟通以及合理的机制来有效地响应变化。

敏捷开发启动于"敏捷软件开发宣言"。2001年2月，17位软件开发者在犹他州召开了长达两天的会议，制订并签署了"敏捷软件开发宣言"，该宣言声明如下：

我们正在通过亲身实践以及帮助他人实践的方式来揭示更好的软件开发之路，通过这项工作，我们认为：

1）个体和交互胜过过程和工具。

2）可工作软件胜过宽泛的文档。

3）客户合作胜过合同谈判。

4）响应变化胜过遵循计划。

发表"敏捷软件开发宣言"的17位软件开发人员组成了"敏捷联盟"，他们当中有极限编程的发明者Kent Beck、Scrum的发明者Jeff Sutherland和Crystal的发明者Alistair Cockburn。"敏捷联盟"为了帮助希望使用敏捷方法来进行软件开发的人们定义了以下12条原则：

1）我们首先要做的是通过尽早和持续交付有价值的软件来让客户满意。

2）需求变更可以发生在整个软件的开发过程中，即使在开发后期，我们也欢迎客户对于需求的变更。敏捷模型利用变更为客户创造竞争优势。

3）经常交付可工作的软件。交付的时间间隔越短越好，最好2~3周一次。

4）在整个软件开发周期中，业务人员和开发人员应该天天在一起工作。

5）对于受激励的个人构建项目，给他们提供所需的环境和支持，并且信任他们能够完成工作。

6）在团队的内部，最有效的信息传递方法是面对面交谈。

7）可工作的软件是度量进度的首要标准。

8）敏捷模型提倡可持续的开发速度。责任人、开发人员和用户应该能够保持一种长期稳定的开发速度。

9）不断关注优秀的技能和好的设计会增强敏捷能力。

10）尽量使工作简单化。

11）好的架构、需求和设计来自组织团队。

12）每隔一定时间，团队应该反省如何才能有效地工作，并相应调整自己的行为。

敏捷模型避免了传统的重量级软件开发过程复杂、文档繁琐和对变化的适应性低等各种弊端，它强调软件开发过程中团队成员之间的交流、过程的简洁性、用户反馈、对所作决定的信心以及人性化的特征。

敏捷模型中比较有代表性的是XP（eXtreme Programming，极限编程）模型。它由一系列与开发相关的规则、规范和惯例组成。其规则和文档较少，流程灵活，易于小型开发团队使用。XP认为软件开发有效的活动是：需求、设计、编码和测试，并且在一个有限的环境下使它们发挥到极致，做到最好。XP偏重于软件过程的描述，表现为激进的迭代，组织模型和建模方法比较薄弱。

生存周期模型的选择要结合具体的项目特色，并在项目实施过程中予以改进。

1.5　软件开发方法

软件开发方法是一种使用定义好的技术集及符号表示组织软件生产的过程，它的目标是在规定的时间和成本内，开发出符合用户需求的高质量的软件。因此，针对不同的软件开发项目和对应的软件过程，应该选择合适的软件开发方法。常见的软件开发方法包括下面几种。

（1）结构化方法

1978年，E. Yourdon和L. L. Constantine提出了结构化方法，也称为面向功能的软件开发方法或面向数据流的软件开发方法。1979年，Tom DeMarco对此方法作了进一步的完善。

　　结构化方法采用自顶向下、逐步求精的指导思想，应用广泛，技术成熟。它首先用结构化分析对软件进行需求分析，然后用结构化设计方法进行总体设计，最后是结构化编程。这一方法不仅开发步骤明确，而且给出了两类典型的软件结构（变换型和事务型），便于参照，使软件开发的成功率大大提高，从而深受软件开发人员的青睐。

　　（2）面向数据结构方法

　　M. A. Jackson提出了一类软件开发方法，即面向数据结构方法（也称为Jackson方法）。这一方法从目标系统的输入、输出数据结构入手，导出程序框架结构，再补充其他细节，就可得到完整的程序结构图。这一方法对输入、输出数据结构明确的中小型系统特别有效，如商业应用中的文件表格处理。该方法也可与其他方法结合，用于模块的详细设计。

　　J. D. Warnier提出的软件开发方法与Jackson方法类似。差别有三点：一是它们使用的图形工具不同，分别使用Warnier图和Jackson图；另一个差别是使用的伪码不同；最主要的差别是在构造程序框架时，Warnier方法仅考虑输入数据结构，而Jackson方法不仅考虑输入数据结构，而且还考虑输出数据结构。

　　（3）面向对象方法

　　面向对象技术是软件技术的一次革命，在软件开发史上具有里程碑式的意义。随着面向对象编程向面向对象设计和面向对象分析的发展，最终形成面向对象的软件开发方法。

　　这是一种自底向上和自顶向下相结合的方法，而且它以对象建模为基础，从而不仅考虑了输入、输出数据结构，实际上也包含了所有对象的数据结构。面向对象技术在需求分析、可维护性和可靠性这三个软件开发的关键环节和质量指标上有了实质性的突破，很大程度上解决了在这些方面存在的严重问题。

　　面向对象方法有Booch方法、Goad方法和OMT（Object Modeling Technology）方法等。为了统一各种面向对象方法的术语、概念和模型，1997年推出了统一建模语言UML，通过统一的语义和符号表示，将各种方法的建模过程和表示统一起来。

　　（4）形式化方法

　　形式化方法最早可追溯到20世纪50年代后期对于程序设计语言编译技术的研究，研究高潮始于20世纪60年代后期。针对当时的"软件危机"，人们提出种种解决方法，归纳起来有两类：一是采用工程方法来组织、管理软件的开发过程；二是深入探讨程序和程序开发过程的规律，建立严密的理论，以其用来指导软件开发实践。前者导致"软件工程"的出现和发展，后者则推动了形式化方法的深入研究。

　　经过多年的研究和应用，如今人们在形式化方法这一领域取得了大量重要的成果，从早期最简单的一阶谓词演算方法到现在的应用于不同领域、不同阶段的基于逻辑、状态机、网络、进程代数、代数等众多形式化方法，形式化方法的发展趋势逐渐融入软件开发过程的各个阶段。

　　此外，软件开发方法还有问题分析法、可视化开发方法等。本书接下来的章节中将会对结构化方法和面向对象方法进行更详细和深入的介绍。

1.6　软件工程工具

软件工程的工具对软件工程中的过程和方法提供自动的或半自动的支持。可以帮助软件开发人员方便、简捷、高效地进行软件的分析、设计、开发、测试、维护和管理等工作。有效地利用工具软件可以提高软件开发的质量，减少成本，缩短工期，方便软件项目的管理。

软件工程工具通常有以下三种分类标准：

1）按照功能划分：功能是对软件进行分类的最常用的标准，按照功能划分，软件工程工具可分为可视化建模工具、程序开发工具、自动化测试工具、文档编辑工具、配置管理工具、项目管理工具等。

2）按照支持的过程划分：根据支持的过程，软件工程工具可分为设计工具、编程工具、维护工具等。

3）按照支持的范围划分：根据支持的范围，软件工程工具可以分为窄支持、较宽支持和一般支持工具。窄支持工具支持软件工程过程中的特定任务，一般将其称为工具；较宽支持工具支持特定的过程阶段，一般由多个工具集合而成，称为工作台；一般支持工具支持覆盖软件过程的全部或大部分阶段，包含多个不同的工作台，称为环境。

具体地说，在实际软件工程项目执行过程中，经常会使用到的软件工程工具包括下面几种。

1. 分析设计工具

（1）Microsoft Visio

Microsoft Visio通过创建与数据相关的Visio图表来显示数据，这些图表易于刷新，并能够显著提高生产率，使用各种图表可了解、操作和共享企业内组织系统、资源和流程的有关信息。Visio提供了各种模板：业务流程的流程图、网络图、工作流图、数据库模型图和软件图，这些模板可用于可视化和简化业务流程、跟踪项目和资源、绘制组织结构图、映射网络、绘制建筑地图以及优化系统。

（2）Rational Rose

Rational Rose是美国的Rational公司的面向对象建模工具，利用这个工具，可以建立用UML描述的软件系统的模型，而且可以自动生成和维护C++、Java、VB和Oracle等语言和系统的代码。Rational Rose包括了统一建模语言（UML）、OOSE以及OMT，是一个完全的、具有能满足所有建模环境需求能力和灵活性的一套解决方案。允许开发人员、项目经理、系统工程师和分析人员在软件开发周期内将需求和系统的体系架构转换成代码，消除浪费的消耗，对需求和系统的体系架构进行可视化、理解和精练。

（3）Together

Together是由Borland公司发布的集成了Java IDE的产品线，源于JBuilder中的UML建模工具。这条产品线提供了不同应用层次的功能，如Together Designer、Together Architect、Together Developer。从2007年开始，他们将这些功能合并为一个产品进行发布。从技术上讲，Together是一组Eclipse插件。Together Deploper使用UML 1.4，支持多种语言、物理数据建模、设计模式、源代码设计模式识别、模板代码设计和重用及文件生成等。

（4）PowerDesigner

PowerDesigner是Sybase公司的CASE工具集，提供了一个复杂的交互环境，支持开发生存周期的所有阶段，从处理流程建模到对象和组件的生成。利用PowerDesigner可以制作数据流程图、概念数据模型、物理数据模型，可以生成多种客户端开发工具的应用程序，还可为数据仓库制作结构模型，也能对团队设计模型进行控制。PowerDesigner系列产品提供了一个完整的建模解决方案，业务或系统分析人员、设计人员、数据库管理员DBA和开发人员可以对其裁剪以满足他们的特定需要；而其模块化的结构为购买和扩展提供了极大的灵活性，从而使开发单位可以根据其项目的规模和范围来使用他们所需要的工具。

（5）CASE Studio

CASE Studio是一个专业的数据库设计工具。可以透过E-R图表、资料流向图来设计各式各样的数据库系统（如MS SQL、Oracle、Sybase等），另外程式提供了各式各样的管理单元帮助程序员进行设计。

2. 程序开发工具

（1）Microsoft Visual Studio

Microsoft Visual Studio是微软公司推出的Windows平台上的集成开发环境。提供了高级开发工具、调试功能、数据库功能和创新功能，帮助在各种平台上快速创建应用程序。Visual Studio包括各种增强功能，如可视化设计器、对Web开发工具的大量改进，以及能够加速开发和处理所有类型数据的语言增强功能，为开发人员提供了所有相关的工具和框架支持。

（2）Eclipse

Eclipse是一个开放源代码的、基于Java的可扩展开发平台。最初是由IBM公司开发的替代商业软件Visual Age for Java的下一代IDE开发环境，2001年11月贡献给开源社区，现在它由非营利软件供应商联盟Eclipse基金会管理。Eclipse本身只是一个框架平台，但是众多插件的支持使得Eclipse拥有其他功能相对固定的IDE软件很难具有的灵活性。许多软件开发商以Eclipse为框架开发自己的IDE。

（3）NetBeans

NetBeans由Sun公司在2000年创立，当前可以在Solaris、Windows、Linux和Macintosh OS X平台上进行开发，并在Sun公用许可范围内使用。NetBeans是一个全功能的开放源码Java IDE，可以帮助开发人员编写、编译、调试和部署Java应用，并将版本控制和XML编辑融入其众多功能之中。NetBeans可支持Java 2平台标准版（J2SE）应用的创建，采用JSP和Servlet的2层Web应用的创建，以及用于2层Web应用的API及软件的核心组的创建。此外，NetBeans还预装了两个Web服务器，即Tomcat和GlassFish，从而免除了繁琐的配置和安装过程。

（4）Delphi

Delphi是Borland公司研制的可视化开发工具，可在Windows 3.x、Windows 95、

Windows NT、Windows XP、Windows Vista等环境下使用。Delphi拥有一个可视化的集成开发环境，采用面向对象的编程语言ObjectPascal和基于部件的开发结构框架。它提供了500多个可供使用的构件，利用这些部件，开发人员可以快速地构造出应用系统。开发人员也可以根据自己的需要修改部件或用Delphi本身编写部件。

（5）Dev C++

Dev C++是一种C&C++开发工具，它是一款自由软件，遵守GPL协议。它集合了GCC、MinGW32等众多自由软件，并且可以取得最新版本的各种工具支持。它使用MingW32/GCC编译器，遵循C/C++标准。开发环境包括多页面窗口、工程编辑器以及调试器等，在工程编辑器中集合了编辑器、编译器、连接程序和执行程序，提供高亮度语法显示功能，以减少编辑错误，还有完善的调试功能。

3．测试工具

（1）Load Runner

LoadRunner是一种预测系统行为和性能的工业标准级负载测试工具。通过以模拟上千万用户实施并发负载及实时性能监测的方式来确认和查找问题。它能预测系统行为并优化系统性能。LoadRunner的测试对象是整个企业的系统，它通过模拟实际用户的操作行为进行实时性能监测。

（2）Win Runner

Mercury Interactive公司的WinRunner是一种企业级的功能测试工具，用于检测应用程序是否能够达到预期的功能及正常运行。通过自动录制、检测和回放用户的应用操作，WinRunner能够有效地帮助测试人员对复杂的企业级应用的不同发布版进行测试，提高测试人员的工作效率和质量，确保跨平台的、复杂的企业级应用无故障发布及长期稳定运行。

（3）Segue

Segue Silk产品系列是高度集成的自动化黑盒功能、性能测试平台。它基于分布式测试环境，集中控制门户（浏览器方式）能够控制测试代理，提供自动测试流程的流程化定义功能，具备"端到端"的组件测试能力，以及测试用例的管理、自动测试，连同测试脚本的跨平台能力，基于AOL 7标准，拥有全面支持Web应用的测试能力，能够通过提供大量的数据，提供工作流类应用的模拟运行功能。全面支持UNICODE编码标准，支持各种Web技术构件。

4．配置管理工具

（1）Visual SourceSafe

Visual SourceSafe（VSS）是微软公司的版本控制系统。软件支持Windows系统所支持的所有文件格式，通常与微软公司的Visual Studio产品同时发布，并且高度集成。包括服务器和通过网络可以连接服务器的客户端。VSS提供了基本的认证安全和版本控制机制，提供历史版本对比，适用于个人程序开发的版本管理。

（2）ClearCase

ClearCase是Rational公司开发的配置管理工具，可以与Windows资源管理器集成使用，并且还可以与很多开发工具集成在一起使用。ClearCase主要应用于复杂的产品发放、分布式团队合作、并行的开发和维护任务，包括支持当今流行软件开发环境Client/Server网络结构。它包含了一套完整的软件配置管理工具而且结构透明、界面友好。

5. 项目管理工具

（1）Microsoft Project

Microsoft Project是专案管理软件程序，由微软开发销售。软件设计目的在于协助专案经理发展计划、为任务分配资源、跟踪进度、管理预算和分析工作量。可产生关键路径日程表，并且关键链以甘特图形象化。另外，Project可以辨认不同类别的用户。这些不同类的用户对专案、概观和其他资料有不同的访问级别。

（2）CA-SuperProject

Computer Associates International公司的CA-SuperProject是一个常用的软件，特别是在那些管理公司网络的项目管理人员、在UNIX或Windows环境下的工作人员以及需要高性能程序的人中更受欢迎。这个软件包能支持多达160 000多个任务的大型项目。能创建及合并多个项目文件，为网络工作者提供多层密码入口，进行计划审评法（PERT）的概率分析。而且，这一程序包含一个资源平衡算法，在必要时，可以保证重要工作的优先性。

（3）Time Line

Symantec公司的Time Line软件是有经验的项目经理的首选。它的报表功能以及与SQL数据库的链接功能都很突出。日程表、电子邮件的功能，排序和筛选能力以及多项目处理都是精心设计的。另外，它还有一个叫做Co-Pilot的功能，这是一个很有用的推出式帮助设施，用户界面很好，极易操作。但是，Time Line比较适用于大型项目以及多任务项目，不太适合初学者使用。

在本书的接下来章节中，将重点介绍Microsoft Visio、Rational Rose、Microsoft Project和Microsoft Visual Studio几种工具的使用。

1.7 软件工程课程学习资源

在软件工程领域，有很多经典图书和具有深远影响的文章，推荐下面几本供读者阅读，可以加深对软件工程的理解，拓宽知识面。

- 《软件工程：实践者的研究方法》（第6版），Roger S. pressman著，郑人杰等译，机械工业出版社，2007.1
- 《软件工程》（第8版），Ian Sommerville著，程成等译，机械工业出版社，2007.4
- 《人月神话》，Frederick P. Brooks, JR著，Adams Wang译，清华大学出版社，2007.9
- 《快速软件开发——有效控制与完成进度计划》，斯蒂夫·迈克康奈尔著，席相霖等译，电子工业出版社，2002.1
- 《最后期限》，Tom Demarco著，UMLChina翻译组译，清华大学出版社，2003.1
- 《软件开发的滑铁卢：重大失控项目的经验与教训》，罗伯特·格拉斯著，陈河南译，

电子工业出版社，2002.2

- 《软件创新之路——冲破高技术营造的牢笼》，Alan Cooper著，刘瑞挺等译，电子工业出版社，2001.2
- 《设计模式：可复用面向对象软件的基础》，Erich Gamma，Richard Helm，Ralph Johnson，John Vlissides著，李英军等译，机械工业出版社，2000.6
- 《解析极限编程——拥抱变化》，Kent Beck，Cynfhia Andres著，雷剑文等译，电子工业出版社，2006.5
- A View of 20th and 21st Century Software Engineering，Barry Boehm，ICSE'06，May 20-28, 2006, Shanghai, China

此外，互联网上与软件工程相关的资源非常丰富，下面列出了一些网址，以方便读者学习和参考。

- http://se.csai.cn/
- http://www.51testing.com/
- http://www.csdn.net/
- http://www.csai.cn/
- http://www.uml.org.cn/
- http://www.software-engineer.org.cn/
- http://www.csia.org.cn
- http://www.cnki.net/

1.8　"学生档案管理系统"案例介绍

学生档案的管理工作是学校行政管理部门的一项重要内容。将学生档案管理工作信息化、规范化有利于学校高效地完成学生档案管理的繁杂工作。"学生档案管理系统"的主要功能如下：

1）学生资料的增加、删除和修改。

2）学生信息的查询和打印。

3）学生信息的统计与分析。

以上是"学生档案管理系统"的基本功能。本书的第2～7章将会以这个案例为出发点，对软件工程理论知识中的软件开发方法和工具进行详细介绍。

1.9　小结

本章主要介绍了有关软件工程的基本概念。从软件的特点讲起，介绍了20世纪60年代发生的软件危机。科学的软件工程思想是用来解决软件危机的有效途径。随后主要介绍了软件工程的概念和它的几个重要组成部分：软件过程、软件开发方法和软件工具。

软件工程是一种层次化的技术，包括质量保证层、过程层、方法层和工具层。它是一门新兴的交叉学科，应用计算机科学技术、数学、管理学的原理，运用工程科学的理论、方法和技术，研究和指导软件开发。为了达到软件工程的目标，应遵循7条基本原则：用分阶段的生存周期计划进行严格的管理；坚持进行阶段评审；实行严格的产品控制；采用现代程序设计技术；软件工程结果应能清楚地审查；开发小组的人员应该少而精；承认不断改进软件工程实践的必要性。

软件过程又称为软件生存周期过程，是软件生存周期内为达到一定目标而必须实施的一系列相关过程的集合。ISO12207标准把用于开发一个软件系统的过程分为三类：主过程、支持过程和辅助过程。软件生存周期模型为一个包括软件产品开发、运行和维护中有关过程、活动和任务的框架，其中这些过程、活动和任务覆盖了从该系统的需求定义到系统的使用终止。常见的软件生存周期模型包括：瀑布模型、增量模型、演化模型、螺旋模型、统一过程模型和敏捷过程模型。软件生存周期模型的选择要结合具体项目的特点，并加以改进。

软件开发方法是一种使用定义好的技术集及符号表示组织软件生产的过程，常见的软件开发方法包括结构化方法，面向数据结构方法，面向对象方法，形式化方法等。

软件工程的工具对软件工程中的过程和方法提供自动的或半自动的支持。可以按照功能、过程和范围的不同对软件工具进行分类。常见的软件工程工具包括分析设计工具、程序开发工具、测试工具、配置管理工具和项目管理工具等。

本章给出了软件工程领域较为经典和权威的书籍和资源链接供读者课后参考，本书接下来的章节中将采用"学生档案管理系统"进行软件工程方法和工具的讲解。

1.10 练习题

1. 软件的特点有哪些？
2. 软件危机是如何产生的？有哪些表现？
3. 简述软件工程的基本原则。
4. 什么是软件过程？软件过程标准包括哪些内容？
5. 简述常见的软件生存周期模型各自的特征和优缺点。
6. 举例说明有代表性的结构化和面向数据结构软件开发方法。
7. 常用的软件工程的辅助工具有哪些？各有什么作用？
8. 除书中提到的资源外，你还知道有哪些图书和网络资源与软件工程相关？

第2章 可行性研究及软件需求分析

【本章目标】

- 了解可行性研究的目的、意义和内容。
- 掌握可行性研究的主要步骤。
- 了解需求分析的任务。
- 熟悉进行需求分析的步骤。
- 掌握需求分析的原则。
- 熟悉需求分析的两种方法。
- 掌握结构化需求分析的几种常用建模方法。
- 熟悉Visio的功能和基本用法。
- 掌握绘制数据流图的方法。

2.1 可行性研究

2.1.1 项目立项概述

任何一个完整的软件工程项目都是从项目立项开始的。项目立项包括项目发起、项目论证、项目审核和项目立项4个过程。

在发起一个项目时，项目发起人或单位为寻求他人的支持，要将书面材料递交给项目的支持者和领导，使其明白项目的必要性和可行性。这种书面材料称为项目发起文件或项目建议书。

项目论证过程，也就是可行性研究过程。可行性研究就是指在项目进行开发之前，根据项目发起文件和实际情况，对该项目是否能在特定的资源、时间等制约条件下完成做出评估，并且确定该项目是否值得去开发。可行性研究的目的不在于如何解决问题，而在于确定问题是否值得解决，以及是否能够解决。

之所以要进行可行性研究是因为，在实际情况中，许多问题都不能在预期的时间范围内或资源限制下得到解决。如果开发人员能够尽早地预知问题没有可行的解决方案，那么尽早地停止项目的开发这样就能够避免时间、资金、人力、物力的浪费。

可行性研究的结论有三种情况：

1）可行，按计划进行。

2）基本可行，需要对解决方案做出修改。

3）不可行，终止项目。

项目经过可行性分析并且确认认可行后，还需要报告主管领导或单位，以获得项目的进一步审核，并得到他们的支持。

　　项目通过可行性分析和主管部门的批准后，将其列入项目计划的过程，叫做项目立项。

　　经过项目发起、项目论证、项目审核和项目立项4个过程后，一个软件工程项目就正式启动了。

2.1.2　可行性研究内容

　　可行性研究需要从多个方面进行评估，主要包括：战略可行性、操作可行性、计划可行性、技术可行性、社会可行性、市场可行性、经济可行性和风险可行性等。

- 战略可行性研究主要从整体的角度考虑项目是否可行，例如，提出的系统对组织目标具有怎样的贡献；新系统对目前的部门和组织结构有何影响；系统将以何种方式影响人力水平和现存雇员的技术；它对组织整个人员开发策略有何影响等。
- 操作可行性研究主要考虑系统是否能够真正解决问题；系统一旦安装后，是否有足够的人力资源来运行系统；用户对新系统具有抵触情绪是否可能使操作不可行；人员的可行性等。
- 计划可行性研究主要估计项目完成所需的时间并评估项目的时间是否足够。
- 技术可行性研究主要考虑项目使用技术的成熟程度；与竞争者的技术相比，所采用技术的优势及缺陷；技术转换成本；技术发展趋势及所采用技术的发展前景；技术选择的制约条件等。
- 社会可行性研究主要考虑项目是否满足所有项目涉及者的利益；是否满足法律或合同的要求等。
- 市场可行性研究主要包括研究市场发展历史与发展趋势，说明本产品处于市场的什么发展阶段；本产品和同类产品的价格分析；统计当前市场的总额、竞争对手所占的份额，分析本产品能占多少份额；产品消费群体特征、消费方式以及影响市场的因素分析；分析竞争对手的市场状况；分析竞争对手在研发、销售、资金、品牌等方面的实力；分析自己的实力等。
- 经济可行性研究主要是把系统开发和运行所需要的成本与得到的效益进行比较，进行成本效益分析。
- 风险可行性研究主要是考虑项目在实施过程中可能遇到的各种风险因素，以及每种风险因素可能出现的概率和出险后造成的影响程度。

2.1.3　可行性研究步骤

　　进行可行性研究的步骤不是固化的，而是根据项目的性质、特点以及开发团队的能力有所区别。一个典型的可行性研究的步骤可以归结为以下几个步骤，如图2-1所示。

　　1）明确系统目标是指可行性分析人员要访问相关人员，阅读分析可以掌握的材料，确认用户需要解决的问题的实质，进而明确系统的目标以及为了达到这些目标系统所需的各种资源。

　　2）分析研究现行系统。现行系统是新系统重要的信息来源，新系统应该完成现行系统的基本功能，并在此基础上对现行系统中存在的问题进行改善或修复。可以从三个方面对现有系统进行分析：系统组织结构定义、系统处理流程分析和系统数据流分析。系统组织结构可以用组织结构图来描述。系统处理流程分析的对象是各部门的业务流程，可以用系统流程图来描述。系统数据流分析与业务流程紧密相连，可以用数据流图和数据字典来表示。

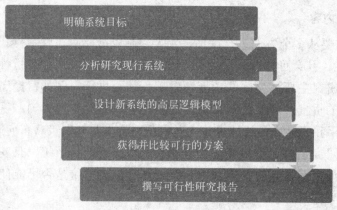

图2-1　可行性研究的步骤

3）设计新系统的高层逻辑模型。从较高层次设想新系统的逻辑模型，概括地描述开发人员对新系统的理解和设想。

4）获得并比较可行的方案。开发人员可根据新系统的高层逻辑模型提出实现此模型的不同方案。在设计方案的过程中要从技术、经济等角度考虑各个方案的可行性。然后，从多个方案中选择最合适的方案。

5）撰写可行性研究报告。可行性研究的最后一步就是撰写可行性研究报告。此报告包括项目简介、可行性分析过程和结论等内容，其简略提纲如图2-2所示。

图2-2　可行性研究报告的简略提纲

2.2　需求分析基本概念

2.2.1　需求分析任务

　　为了开发出真正满足用户需要的软件产品，明确地了解用户需求是关键。虽然在可行性研究中，已经对用户需求有了初步的了解，但是很多细节还没有考虑到。可行性研究的目的是评估系统是否值得去开发，问题是否能够解决，而不是对需求进行定义。如果说可行性分析是要决定"做还是不做"，那么需求分析就是要回答"系统必须做什么"这个问题。

　　在需求中会存在大量的错误，若未及时发现和更正这些错误，那么会引起软件开发费用增加、软件质量降低；严重时，会造成软件开发的失败。在对以往失败的软件工程项目进行失败原因分析和统计的过程中发现，因为需求不完整而导致失败的项目占13.1%，缺少用户参与而导致项目失败的占12.4%，需求和需求规格说明书更改导致项目失败的占8.7%。可见约三分之一的项目失败都与需求有关。要尽量避免需求中出现的错误，就要进行详细而深入的需求分析。可见需求分析是一个非常重要的过程，其完成得好坏直接影响了后续软件开发的质量。

　　一般情况下，用户并不熟悉计算机的相关知识，而软件开发人员对相关的业务领域也不甚了解，用户与开发人员之间对同一问题理解的差异和习惯用语的不同往往会为需求分析带来很大的困难。所以，开发人员和用户之间进行充分和有效的沟通在需求分析的过程中至关重要。

　　有效的需求分析通常都具有一定的难度，这一方面是由于交流障碍所引起的，另一方面是由于用户通常对需求的陈述不完备、不准确和不全面，并且还可能在不断地变化。所以开发人员不仅需要在用户的帮助下抽象现有的需求，还需要挖掘隐藏的需求。此外，把各项需求抽象为目标系统的高层逻辑模型对日后的开发工作也至关重要。合理的高层逻辑模型是系统设计的前提。

　　在需求分析的过程中应该遵守一些原则：

- 需求分析是一个过程，它应该贯穿于系统的整个生存周期中，而不是仅仅属于软件生存周期早期的一项工作。
- 需求分析应该是一个迭代的过程。由于市场环境的易变性以及用户本身对于新系统要求的模糊性，需求往往很难一步到位。通常情况下，需求是随着项目的深入而不断变化的。所以需求分析的过程还应该是一个迭代的过程。
- 为了方便评审和后续的设计，需求的表述应该具体、清晰，并且是可测量的、可实现的。最好能够对需求进行适当的量化。比如，系统的响应时间应该低于0.5秒；系统在同一时刻最多能支持30 000个用户。

　　需求分析主要有两个任务。首先，是需求分析的建模阶段，即在充分了解需求的基础上，要建立起系统的分析模型。其次，是需求分析的描述阶段，就是把需求文档化，用软件需求规格说明书的方式把需求表达出来。

　　软件需求规格说明书是需求分析阶段的输出，它全面、清晰地描述了用户需求，因此是开发人员进行后续软件设计的重要依据。软件要求规格说明书应该具有清晰性、无二义性、一致性和准确性等特点。同时，它还要通过严格的需求验证、反复修改的过程才能最终确定。

2.2.2 需求分析步骤

为了准确获取需求，需求分析必须遵循一系列的步骤。只有采取了合理的需求分析的步骤，开发人员才能更有效地获取需求。一般来说，需求分析分为需求获取、分析建模、需求描述和需求验证4个步骤，如图2-3所示。以下将分步进行介绍。

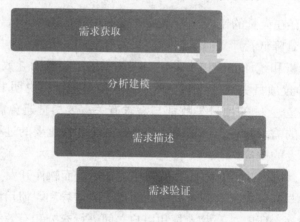

图2-3　需求分析的步骤

（1）需求获取

需求获取就是收集并明确用户需求的过程。系统开发方人员通过调查研究，要理解当前系统的工作模型、用户对新系统的设想与要求。在需求获取的初期，用户提出的需求一般模糊而且凌乱，这就需要开发人员能够选取较好的需求分析的方法，提炼出逻辑性强的需求。需求获取的方法有很多种，如问卷调查、访谈、实地操作、建立原型等。

问卷调查是采用让用户填写问卷的形式了解用户对系统的看法。问题应该是循序渐进的，并且可选答案不能太局限，以免限制了用户的思维。回收问卷后，开发人员要对其进行汇总、统计，从而分析出有用信息。

访谈是指开发人员与特定的用户代表进行座谈的需求获取方法。在进行访谈之前，开发人员应该准备好问题。由于用户的身份多种多样的，所以在访谈的过程中，开发人员要根据用户的不同身份，提不同的问题，这样访谈才能更有效。

如果开发人员能够以用户的身份参与到现有系统的使用过程中，那么在亲身实践的基础上，开发人员就能直接地体会到现有系统的弊端以及新系统应该解决的问题。这种亲身实践的需求获取方法就是实地操作。

为了进一步挖掘需求，了解用户对目标系统的想法，开发人员有时还采用建立原型系统的方法。在原型系统中，用户更容易表达自己的需求。所谓原型，就是目标系统的一个可操作的模型。原型化分析方法要求在获得一组基本需求说明后，能够快速地使某些重要方面"实现"，通过原型反馈加深对系统的理解，并对需求说明进行补充和优化。利用原型的需求获取过程可以用图2-4来表示。

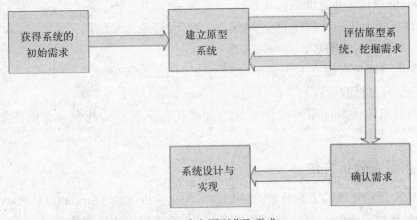

图2-4　建立原型获取需求

（2）分析建模

获取到需求后，下一步就应该对开发的系统建立分析模型了。模型就是为了理解事物而对事物做出的一种抽象，通常由一组符号和组织这些符号的规则组成。对待开发系统建立各种角度的模型有助于人们更好地理解问题。通常，从不同角度描述或理解软件系统需要不同的模型。常用的建模方法有数据流图、实体关系图、状态转换图、控制流图、用例图、类图、对象图等。

（3）需求描述

需求描述就是指编制需求分析阶段的文档。一般情况下，对于复杂的软件系统，需求阶段会产生三个文档：系统定义文档（即用户需求报告）、系统需求文档（即系统需求规格说明书）、软件需求文档（即软件需求规格说明书）。而对于简单的软件系统而言，需求阶段只需要输出软件需求文档就可以了。软件需求规格说明书（Software Requirement Specification, SRS）主要描述软件部分的需求，它站在开发者的角度，对开发系统的业务模型、功能模型、数据模型等内容进行描述。经过严格的评审后，它将作为概要设计和详细设计的基线。

（4）需求验证

需求分析的第4步是验证以上需求分析的成果。需求分析阶段的工作成果是后续软件开发的重要基础，为了提高软件开发的质量，降低软件开发的成本，必须对需求的正确性进行严格的验证，确保需求的一致性、完整性、现实性和有效性。确保设计与实现过程中的需求可回溯性，并进行需求变更管理。

2.2.3　需求管理

为了更好地进行需求分析并记录需求结果，需要进行需求管理。需求管理是一种用于查找、记录、组织和跟踪系统需求变更的系统化方法。可用于：

- 获取、组织和记录系统需求；
- 使客户和项目团队在系统变更需求上达成并保持一致。

有效需求管理的关键在于维护需求的明确阐述、每种需求类型所适用的属性，以及与其他需求和其他项目工件之间的可追踪性。

需求管理实际上是项目管理的一个部分，它涉及三个主要问题：

- 识别、分类、组织需求，并为需求建立文档。
- 需求变化（即带有建立对需求不可避免的变化是如何提出、如何协商、如何验证以及如何形成文档的过程）。
- 需求的可跟踪性（即带有维护需求之间以及与系统的其他制品之间依赖关系的过程）。

2.3 结构化需求分析方法

一种考虑数据和处理的需求分析方法称做结构化分析方法（Structured Analysis，SA），是20世纪70年代由Yourdon Constaintine及DeMarco等人提出和发展的，并得到广泛的应用。它基于"分解"和"抽象"的基本思想，逐步建立目标系统的逻辑模型，进而描绘出满足用户要求的软件系统。

"分解"是指对于一个复杂的系统，为了将复杂性降低到可以掌握的程度，可以把大问题分解为若干个小问题，然后再分别解决。图2-5演示了对目标系统X进行自顶向下逐层分解的示意图。

最顶层描述了整个目标系统X，中间层将目标系统划分为若干个模块，每个模块完成一定的功能，而最底层是对每个模块实现方法的细节性描述。可见，在逐层分解的过程中，起初并不考虑细节性的问题，而是先关注问题最本质的属性，随着分解自顶向下地进行，才会逐渐考虑到越来越具体的细节。这种用最本质的属性表示一个软件系统的方法就是"抽象"。

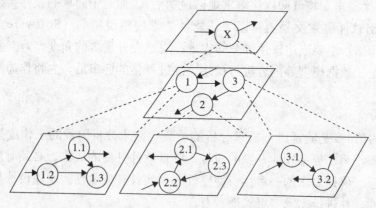

图2-5　对目标系统X自顶向下逐层分解

结构化的需求分析方法是一种面向数据流的需求分析方法，其中数据作为独立实体转换，数据建模定义了数据的属性和关系，操作数据的处理建模表明当数据在系统流动时处理如何转换数据。

结构化分析的具体步骤为：

1）建立当前系统的"具体模型"：系统的"具体模型"就是现实环境的忠实写照，这样的表达与当前系统完全对应，因此用户容易理解。

2）抽象出当前系统的逻辑模型：分析系统的"具体模型"，抽象出其本质的因素，排除次要因素，获得当前系统的"逻辑模型"。

3）建立目标系统的逻辑模型：分析目标系统与当前系统逻辑上的差别，从而进一步明确目标系统"做什么"，建立目标系统的"逻辑模型"。

4）为了对目标系统进行完整的描述，还需要考虑人机界面和其他一些问题。

在结构化分析中经常用到的建模方法主要有：数据流图（DFD）、实体联系图（E-R）、控制流图（CFD）和状态迁移图（STD）。

每种建模方法对应其各自的表达方式和规约，描述系统某一方面的需求属性。它们基于同一份数据描述，即数据字典。

2.4 结构化分析建模

需求分析中的建模过程是使用一些抽象的图形和符号来描述系统的业务过程、问题和整个系统。这种描述较之自然语言的描述更易于理解，因此对模型的描述是系统分析和设计过程之间的重要桥梁。

不同的模型往往描述系统需求的不同方面，而模型之间又相互关联，相互补充。接下来将介绍结构化需求分析中常用到的几种模型。

2.4.1 实体联系图

实体联系图（简称E-R图）可以明确描述待开发系统的概念结构数据模型。对于较复杂的系统，通常要先构造出各部分的E-R图，然后将各分E-R图集合成总的E-R图，并对E-R图进行优化，以得到整个系统的概念结构模型。

在建模的过程中，E-R图以实体、属性和联系三个基本概念概括数据的基本结构。实体就是现实世界中的事物，多用矩形框来表示，框内含有相应的实体名称。属性多用椭圆形表示，并用无向边与相应的实体联系起来，表示该属性归某实体所有。可以说，实体是由若干个属性组成的，每个属性都代表了实体的某些特征。例如，在某教务系统中，"学生"实体的属性如图2-6所示。

联系用菱形表示，并用无向边分别与有关实体连接起来，以此描述实体之间的关系。实体之间存在着三种联系类型，分别是一对一、一对多、多对多，它们分别反映了实体间不同的对应关系。如图2-7所示，"人员"与"车位"之间是一对一的联系，即一个人员只能分配一个车位，且一个车位只能属于一个人员。"订单"与"订单行"之间是一对多的联系，即一个订单包含若干个订单行，而一个订单行只属于一个订单。"学生"与"课程"之间是多对多的联系，即一个学生能登记若干门课程，且一门课程能被多个学生登记。

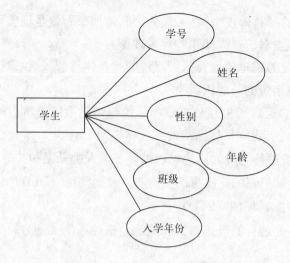

图2-6   "学生"实体及其属性

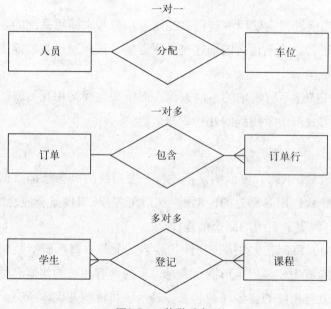

图2-7   三种联系类型

图2-8是某教务系统中课程、学生和教师之间的E-R图。其中，矩形框表示实体，有学生、教师和课程三个实体；椭圆形表示实体的属性，如学生实体的属性有学号、姓名、性别和专业；菱形表示联系，学生和课程是选课关系，且是一个多对多关系，教师和课程是任教关系，且是一个一对多关系；实体与属性、实体与联系之间用实线进行连接。

运用E-R图，在调查用户需求的基础上，对现实世界中的数据及其关系进行分析、整理和优化。需要指出的是，E-R图并不具有唯一性，也就是说，对于同一个系统，可能有多个E-R图，这是由于不同的分析人员看问题的角度不同。

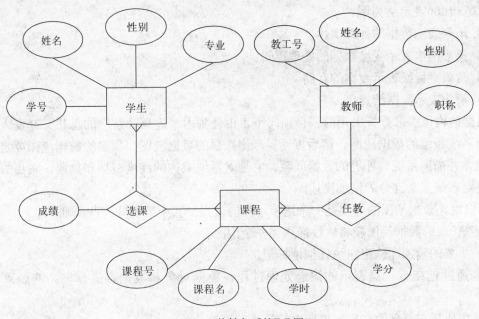

图2-8 某教务系统E-R图

2.4.2 数据流图

数据流图（简称DFD图）就是采用图形方式来表达系统的逻辑功能、数据在系统内部的逻辑流向和逻辑变换过程，是结构化系统分析方法的主要表达工具及用于表示软件模型的一种图示方法。

在数据流图中，有以下4种描述符号：

1）外部实体：表示数据的源点或终点，它是系统之外的实体，可以是人、物或者其他系统。

2）数据流：表示数据流的流动方向。数据流可以从加工流向加工、从加工流向文件、从文件流向加工。

3）数据变换：表示对数据进行加工或处理，比如对数据的算法分析和科学计算。

4）数据存储：表示输入或输出文件。这些文件可以是计算机系统中的外部或者内部文件，也可以是表、账单等。

数据流图主要分为Yourdon和Gane两种表示方法。其符号约定如图2-9所示。

	Yourdon	Gane
外部实体		
数据流		
数据变换		
数据存储		

图2-9 数据流图表示符号

以Yourdon表示法为例：

1）矩形表示数据的外部实体。

2）圆形泡泡表示变换数据的处理逻辑。

3）两条平行线表示数据的存储。

4）箭头表示数据流。

根据结构化需求分析采用的"自顶向下，由外到内，逐层分解"的思想，开发人员要先画出系统顶层的数据流图，然后再逐层画出底层的数据流图。顶层的数据流图要定义系统范围，并描述系统与外界的数据联系，它是对系统架构的高度概括和抽象。底层的数据流图是对系统某个部分的精细描述。

可以说，数据流图的导出是一个逐步求精的过程。其中要遵守一些原则：

1）第0层的数据流图应将软件描述为一个泡泡。

2）主要的输入和输出应该仔细地标记。

3）通过把在下一层表示的候选处理过程、数据对象和数据存储分离，开始求精过程。

4）应使用有意义的名称标记所有的箭头和泡泡。

5）当从一层转移到另一层时要保持信息流的连续性。

6）一次精化一个泡泡。

图2-10是某考务处理系统顶层DFD图。其中只用一个数据变换表示软件，即考务处理系统；包含所有相关外部实体，即考生、考试中心和阅卷站；包含外部实体与软件中间的数据流，但是不包含数据存储。顶层DFD图应该是唯一的。

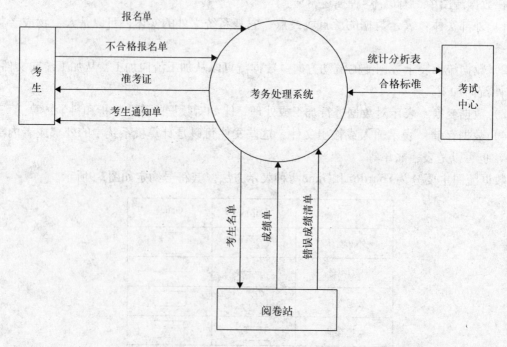

图2-10 某考务处理系统顶层DFD图

　　对顶层DFD图进行细化，得到0层DFD图，细化时要遵守上文所介绍的各项原则。如图2-11所示。软件被细分为两个数据处理，"登记报名表"和"统计成绩"，即两个"泡泡"；同时引入了数据存储"考生名册"。

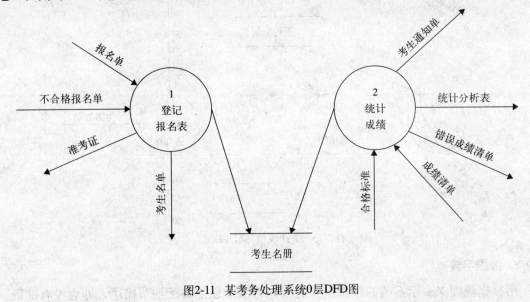

图2-11　某考务处理系统0层DFD图

　　同理，可以对"登记报名表"和"统计成绩"分别细化，得到该系统2张1层DFD图，如图2-12和图2-13所示。

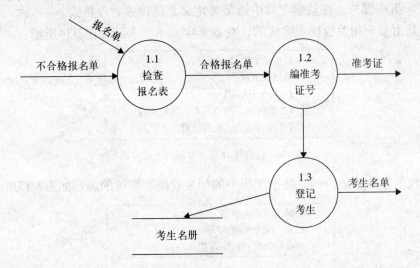

图2-12　登记报名表1层DFD图

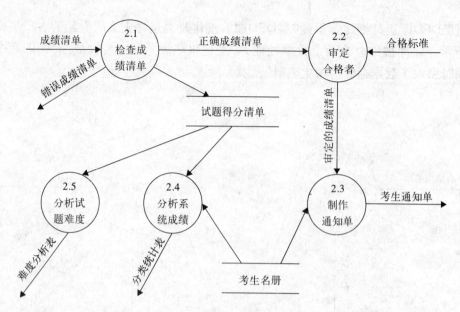

图2-13　统计成绩1层DFD图

2.4.3　数据字典

　　用数据流图来表示系统的逻辑模型直观、形象，但是缺乏细节描述，即它没有准确、完整地定义各个图元。可以用数据字典（简称DD）来对数据流图做出补充和完善。

　　在数据流图中有三种类型的数据：数据项、数据流、数据文件或数据库。数据项是数据流的基本组成部分，在数据字典中通常要定义其逻辑或物理格式。

　　数据流是由多个相关数据项组成的，在数据字典中的表示如图2-14所示。

> 数据流名称【别名列表】
> 数据流组成
> 【来源】【去向】
> 【处理特点（使用频率，数量等）】
> 【备注（格式、位置等）】

图2-14　数据流在数据字典中的表示

　　以某高校的教务系统为例，数据流图中的学生成绩数据流的表示如图2-15所示。

> 数据流名称：成绩
> 别名：学生成绩
> 组成：学号+姓名+课程代码+成绩

图2-15　学生成绩数据流

　　数据文件在数据字典中的表示如图2-16所示。

> 文件名【别名】
> 记录定义
> 【文件组织】
> 【存储介质描述】

图2-16　数据文件在数据字典中的表示

在上文的教务系统的例子中，学生的成绩库文件的表示如图2-17所示。

文件名：学生成绩库
记录定义：学生成绩=学号+姓名+{课程代码+成绩+[必修/选修]}
学号：由6位数字组成
姓名：2~4个汉字
课程代码：8位字符串
成绩：1~3位十进制整数
文件组织：以学号为关键字递增排列

图2-17 学生的成绩库文件

数据流图不仅含有数据，还有加工。在数据字典中对加工所作的说明称为加工说明。加工说明由输入数据、加工逻辑和输出数据组成。加工逻辑是加工说明的主体，它描述了把输入数据转换为输出数据的策略。

2.4.4 状态迁移图

状态迁移图（简称STD）是一种描述系统对内部或外部事件响应的行为模型。它描述系统状态和事件，事件引发系统在状态间的转换，而不是描述系统中数据的流动。这种模型尤其适合用来描述实时系统，因为这类系统多是由外部环境的激励而驱动的。

在状态迁移图中：

• 圆圈"○"表示可得到的系统状态。

• 箭头"→"表示从一种状态向另一种状态的迁移。

• 箭头上两排文字的第一排加下划线，表示触发状态迁移的条件。

• 箭头上两排文字的第二排表示状态迁移时执行的操作。

使用状态迁移图具有以下优点：

• 状态之间的关系能够直观地捕捉到。

• 由于状态迁移图的单纯性，能够机械地分析许多情况，可很容易地建立分析工具。

• 状态迁移图能够很方便地对应状态迁移表等其他描述工具。

图2-18是一个复印机软件简化的STD图。

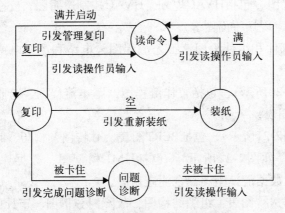

图2-18 复印机软件简化的STD图

2.5 Visio的功能及使用方法介绍

　　Microsoft Office Visio是Microsoft Office办公软件家族中的一个绘图工具软件。它有助于IT和商务专业人员轻松地可视化、分析和交流复杂信息。它能够将难以理解的复杂文本和表格转换为一目了然的Visio图表。该软件通过创建与数据相关的Visio图表（而不使用静态图片）来显示数据，这些图表易于刷新，并能够显著提高生产率。使用Visio中的各种图表可了解、操作和共享企业内组织系统、资源和流程的有关信息。当前最新版本的Visio是Microsoft Office Visio 2007（以下简称Visio）。

　　Visio的文件共有三种类型，分别是绘图文件、模具文件和模板文件。绘图文件后缀为.vsd，它用于存储绘制的各种图形。模具文件后缀为.vss，是与特定的Visio模板文件相关联的形状的集合，它用来存放绘图过程中产生的各种图形的"母体"。模板文件的后缀为.vst，它同时存放了绘图文件和模具文件，并定义了相应的工作环境。三种类型文件之间的关系如图2-19所示。

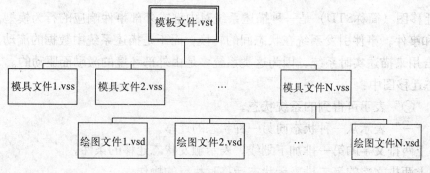

图2-19 Visio中三种文件之间的关系

　　Visio提供了各种模板：业务流程的流程图、网络图、工作流图、数据库模型图和软件图，这些模板可用于可视化和简化业务流程、跟踪项目和资源、绘制组织结构图、映射网络、绘制建筑地图以及优化系统。对于Visio中模板文件的详细介绍如下：

　　1）常规框图，包括基本框图、基本流程图、具有透视效果的框图。

　　2）地图和平面布置图，包括HVAC规划、HVAC控制逻辑图、安全和门禁平面图、办公室布局、三维方向图、现场平面图等。

　　3）工程图，包括部件和组件绘图、工艺流程图、电路和逻辑电路、系统、管道和仪表设备图等。

　　4）流程图（如图2-20所示），包括工作流程图、基本流程图、跨职能流程图、数据流图表、SDL图、IDEF0图表。

　　5）日程安排（如图2-21所示），包括PERT图表、甘特图、日历、时间线。

　　6）软件和数据库（如图2-22所示），包括UML模型图、数据库模型图、Jackson、ORM图表、程序结构、数据流模型图、企业应用等。

　　7）商务，包括数据透视图表、组织结构图、故障树分析图、审计图、营销图表等。

　　8）网络，包括基本网络图、网站图、详细网络图、机架图等。

我们经常会使用到的主要模板类别有流程图、日程安排、软件和数据库、网络等。

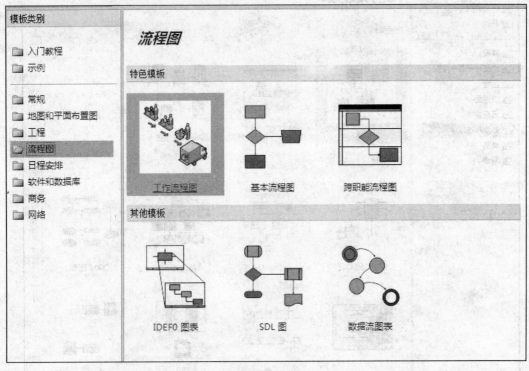

图2-20　流程图

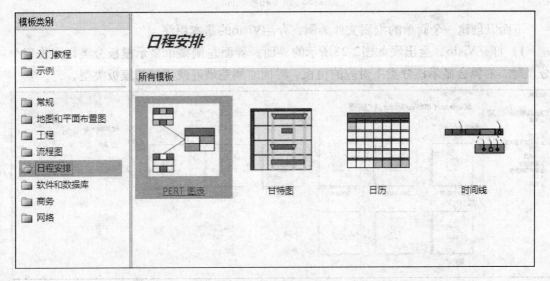

图2-21　日程安排

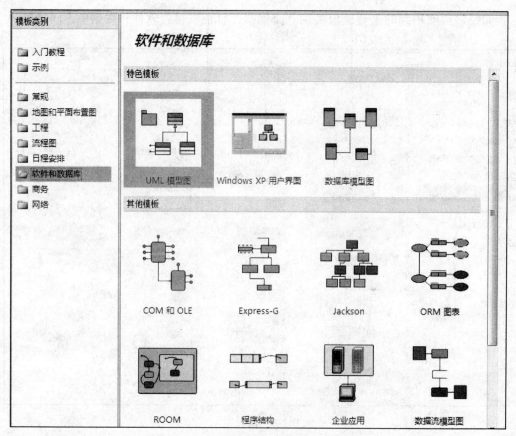

图2-22 软件和数据库

下面以创建一个简单的绘图文件为例，介绍Visio的基本用法。

1）打开Visio，会出现如图2-23所示的界面。界面左侧菜单显示模板分类，点击每个分类时，右侧会显示该分类下对应的模板；界面右侧是最近使用过的模板类型。

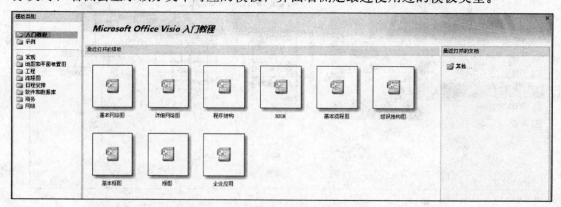

图2-23 Visio打开后的界面

2）选择左侧分类中的"常规"，并在右侧选择"基本框图"，如图2-24所示。

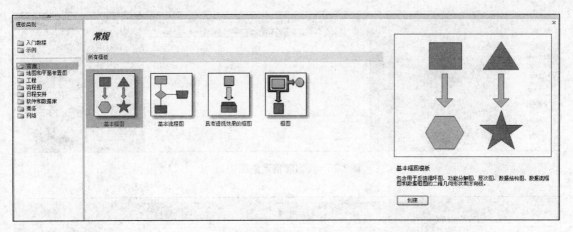

图2-24 选择模板

3）界面右侧会出现对框图模板的介绍。单击"创建"按钮，就会进入Visio的工作窗口，如图2-25所示。工作窗口的最上面一行是菜单，菜单的下面是工具栏。工具栏的具体内容可以通过右键点击工具栏，并在其中进行选择来设置。界面左侧是各种模具及每种模具包含的形状，默认包括"背景"、"边框和标题"、"基本形状"三类。界面右侧是布满网格的工作区，即绘图窗口。

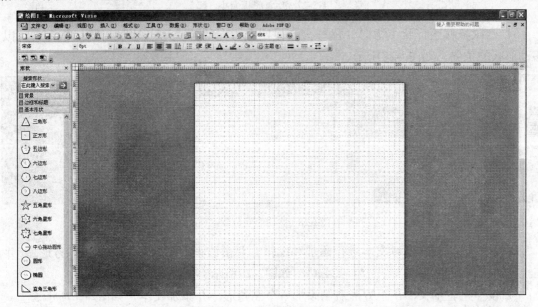

图2-25 Visio的工作窗口

4）Visio支持"拖曳式绘图"，可在左侧的窗口中选择某个形状，直接用鼠标把它拖到绘图窗口上。用此方法，将一个正方形拖入绘图窗口中，如图2-26所示。

5）正方形边缘有8个点，可以通过鼠标拖曳这些点来调整形状的大小。正方形上方有一个点，可以将鼠标放置其上，当鼠标形状变成一个带箭头的弧线时，可以调整形状的角度。用鼠标拖曳正方形右上方的点将正方形放大，如图2-27所示。当鼠标点击绘图窗口其他地方时，形状上的点会消失，用鼠标单击该形状，形状上的点会再次出现。

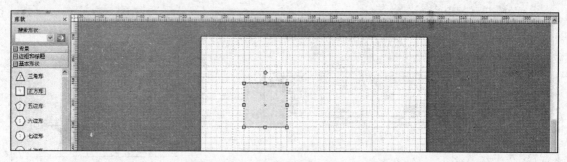

图2-26 添加形状到绘图窗口

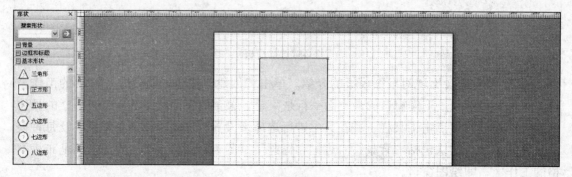

图2-27 改变形状大小

6）当鼠标移至形状上方时，鼠标会变成四个方向的箭头形，这时用鼠标拖曳，可以移动形状的位置，如图2-28所示。

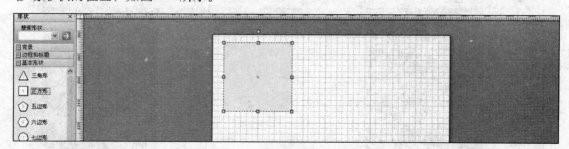

图2-28 移动形状位置

7）双击形状，可以对文本进行添加和编辑。双击该正方形，输入文本"正方形"，并在上方工具栏中将文本字号改为"24pt"，如图2-29所示。

8）按照上述步骤，在正方形右侧添加一个三角形，并添加文本，如图2-30所示。

9）在按住"Ctrl"键的情况下，选择正方形和三角形，则两个形状被同时选中。选择菜单栏"形状"中的"对齐形状"选项，出现的窗口如图2-31所示。选择垂直对齐中的第二项，点击"确定"按钮，两个形状将按照垂直中线对齐方式对齐。

10）将鼠标放在正方形上，右侧出现小三角形，当鼠标移至该小三角形上时，鼠标旁边出现了一个连接线形状的图标，并且右侧的三角形形状出现了一个边框，如图2-32所示。用鼠标单击小三角形，则在正方形和三角形中间添加了一条连接线。

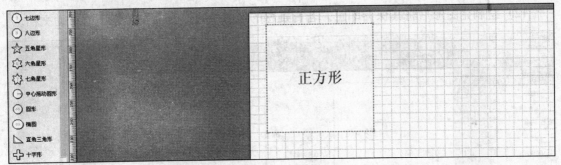

图2-29 为形状添加文本

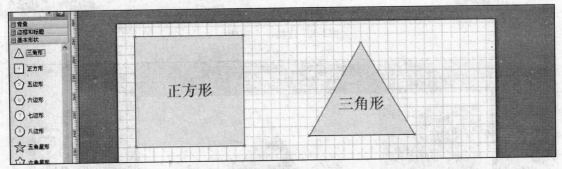

图2-30 添加另一个形状

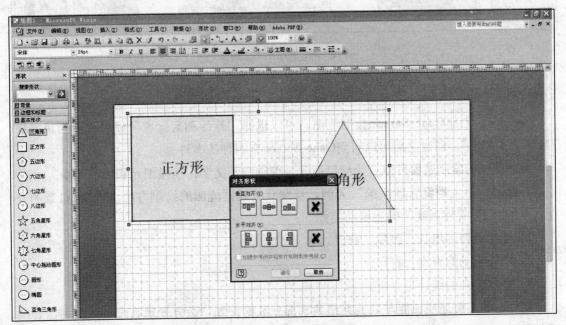

图2-31 对齐多个形状

11）点击工具栏中的"主题"按钮，在窗口右侧出现了"主题-颜色"窗口。当前形状使用的是系统默认的主题和配色方案。可以通过点取右侧"主题-颜色"中的主题，进行图形颜色的修改，如图2-33所示。

12）绘制完图形后将其保存即可。若有疑惑的地方，可以查看菜单栏下的帮助文档。

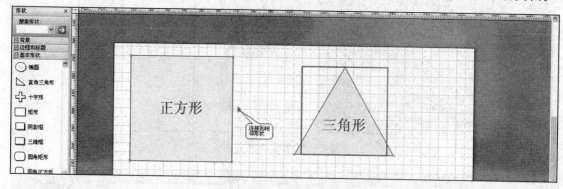

图2-32 连接多个形状

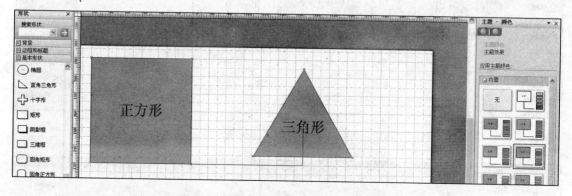

图2-33 修改图形主题

2.6 利用Visio绘制"学生档案管理系统"的数据流图

利用Visio创建Gane-Sarson数据流图，可以选择"软件和数据库"模板，然后再选择"数据流模型图"，创建之后可以看到Gane-Sarson有四种基本符号。

数据流图的绘制过程可以分为绘制图元、编辑图元文字、连接图元和排版四步。

下面以"学生档案管理系统"为例，详细介绍数据流图的绘制方法。根据第1章的介绍，"学生档案管理系统"的主要功能如下：

1）学生资料的增加、删除、修改。

2）学生信息的查询、打印。

3）学生信息的统计与分析。

此外，本系统还应该能与其他系统共享部分数据，如"教务管理系统"、"图书馆管理系统"等，这样可以节省很多数据存储的资源，还能方便学校的管理工作。

根据分析，这个系统中数据的来源是学生，他们提供最直接的信息来源，即他们的个人档案。本系统的使用者有其他相关系统和学校的相关职能部门。其他相关系统，如"教务管理系统"、"图书馆管理系统"会从"学生档案管理系统"获取部分学生的数据，比如"姓名"、"年龄"等，从而作为本系统的一部分数据输入。学校的相关职能部门应该能通过此系统获得经过统计或分析的学生档案资料以及报表。当然，学校的相关职能部门还应该能在此系统中查询学生档案的原始信息。

本系统的数据处理应该有数据输入与审查、对学生档案信息的增删改查、信息的统计分析及报表的打印、查询等。其中，数据的输入部分可能包含了多种数据输入的途径，如直接导入Excel表格，或从系统的界面输入数据等，在这里就不对这些数据输入途径作详细分析了。

数据存储就是系统中表示输入和输出的一些文件，通常为一些报表或账单。本系统中的数据存储应该有学生档案表和报表。

利用Visio为本系统绘制数据流图，其绘制过程如下：

1）打开Visio，选择"软件和数据库"类别中的"数据流模型图"模型。

2）绘制图元，即将所需要的图元拖到绘图窗口上，如图2-34所示。

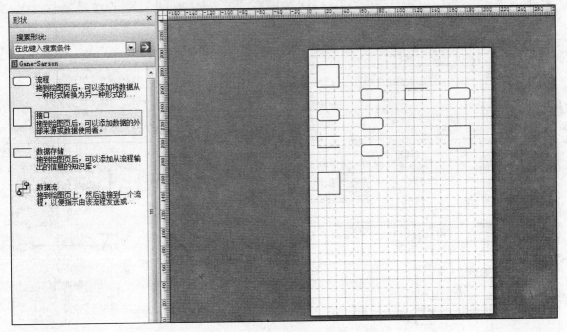

图2-34 绘制图元

3）编辑图元。双击每个图元，进入文本编辑状态后，输入相应的文字信息。这里要注意，Visio中不能对"数据存储"图元进行文字编辑。编辑好各图元后的结果如图2-35所示。

4）连接图元。对各图元进行连线时可以采用Visio中提供的自动连接功能，也可以把"数据流"形状直接拖到绘图窗口上进行手动连接，如图2-36所示。

5）对图元进行连线的工作完成后，对各连线进行编辑，添加数据流的描述信息，如图2-37所示。

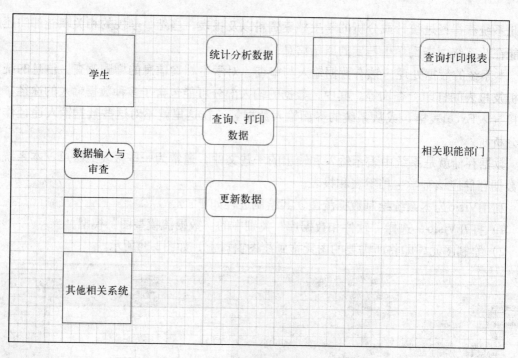

图2-35　编辑图元

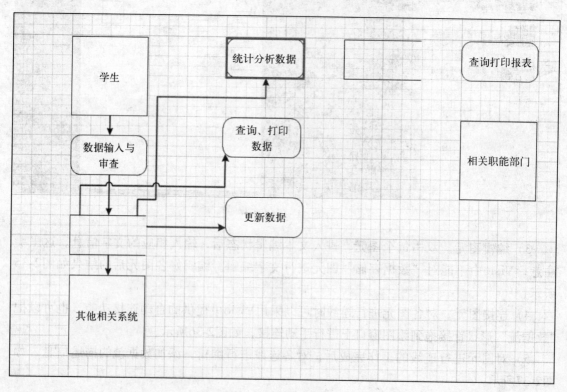

图2-36　自动连接图元

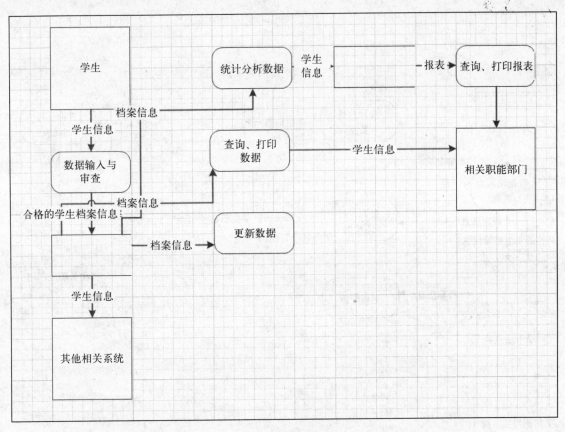

图2-37 编辑连线

6）排版。先选中多个图元，然后利用菜单栏里"形状"下的"对齐形状"和"分布形状"选项对图形进行排版，如图2-38所示。

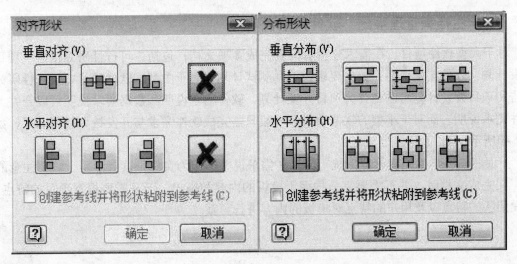

图2-38 排版

7）最后，保存就可以得到完整的数据流图。此系统的数据流图如图2-39所示。

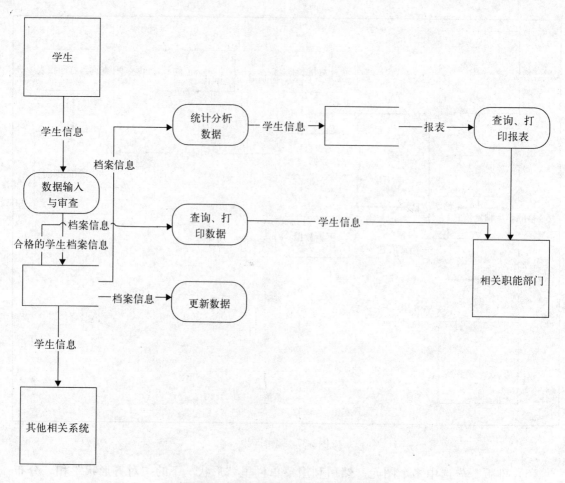

图2-39 "学生档案管理系统"数据流图

2.7 "学生档案管理系统"软件需求说明书

对于大型软件项目,在需求分析阶段要完成多项文档,包括:可行性研究报告、项目开发计划、软件需求说明、数据要求说明和测试计划。对于中型的软件项目,可行性研究报告和项目开发计划可以合并为项目开发计划,软件需求说明和数据要求说明可以合并为软件需求说明。而对于小型的软件项目,一般只需完成软件需求与开发计划就可以了,如图2-40所示。

下面将把"学生档案管理系统"的软件需求说明书作为实例供读者学习。需要注意的是,在完成文档时,并不需要完全拘泥于模板的内容和格式,而是需要根据项目的特点、开发团队的特点以及用户的特点对模板的内容进行剪裁。

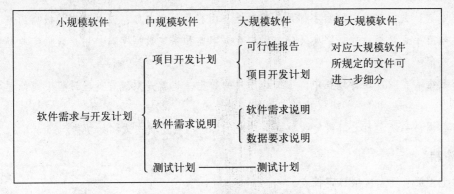

图2-40 文档与软件规模的对应关系

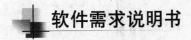

软件需求说明书

1引言

学生档案管理系统需求分析小组在×××高校领导和相关人员的大力支持和配合下，认真而全面地调查了用户对学生档案管理系统的需求，确定了系统的功能要求、性能要求及系统运行支持环境要求等。为下一步的开发工作奠定了良好的基础。

本软件需求说明书全面、概括性地描述了学生档案管理系统所要完成的工作，使软件开发人员和用户对本系统中的业务流程及功能达成共识。通过本软件需求说明书可以全面了解学生档案管理系统所要完成的任务和所能达到的功能。

1.1编写目的

1.作为软件系统开发技术协议的参考依据，为双方提供参考。

2.根据学生档案管理工作的特点和业务流程的特点，对被开发软件系统的主要功能、性能进行完整描述，为软件开发者进行设计和编程提供基础。

3.为软件提供测试和验收的依据，即为选取测试用例和进行验收提供依据。

预期读者：需求评审小组、项目开发人员、项目测试人员。

1.2背景

a.待开发软件系统的名称：《学生档案管理系统》

b.此项目的任务提出者：×××大学学生档案管理办公室

c.开发者：×××项目小组

d.用户：×××大学学生档案管理办公室

e.本系统还应该能与其他系统共享部分数据，如"教务管理系统"、"图书馆管理系统"等，这样可以节省很多数据存储的资源，还能方便学校的管理工作

1.3定义

列出本文件中用到的专门术语的定义和外文首字母词组的原词组。

总体结构：软件系统的总体逻辑结构。

数据字典：数据字典中的名字都是一些属性与内容的抽象与概括，其特点是数据的严密性和精确性，不能有半点含糊。数据字典又分为用户数据字典和系统数据字典。用户数据字典包括单位的各种编码或代码。

动态数据：在软件运行过程中，系统给用户的数据，也就是系统在处理过程中或处理之后所产生的数据。

静态数据：系统运行之前设定的数据，它表示系统的初始状态或初始功能。

1.4 参考资料

a. 学生档案管理系统项目审批表

b. 软件需求说明书（GB8567—88）

c. 可行性研究报告（GB8567—88）

2 任务概述

2.1 目标

近年来，由于学生数量和信息处理复杂程度增加等原因，学生档案处理的量迅速增长，目前的手工处理已不能满足业务日益发展的需要。因此，当务之急是建立一套完善的计算机管理系统，以计算机和网络技术为手段，实现现代化办公，实现信息资源共享，提高办公效率，为学校管理部门提供及时、准确、高效、优质的服务。

本系统的目标是实现对学生档案管理的计算机化和办公自动化。

学生档案管理系统的主要功能如下：

a. 对学生档案信息的增加、删除、修改。

b. 对学生信息的查询和打印。

c. 对学生信息的统计和分析。

d. 此外，本系统还应该能与其他系统共享部分数据。

2.2 用户的特点

系统管理员必须具备一定的网络及数据库的操作和管理知识，并具有高度的责任感和强烈的安全意识。

一般用户除了具有一定的计算机应用能力外，还必须各司其职，不得越权操作，不得随意泄露口令，以共同维护整个系统的安全和正常运行。

2.3 假定和约束

列出进行本软件开发工作的假定和约束，例如经费限制、开发期限等。

用户必须按照操作规程运行本软件，不得进行恶意破坏性操作。

3 需求规定

3.1 功能需求点列表／功能模型

学生档案管理系统顶层的数据流图如图1所示。

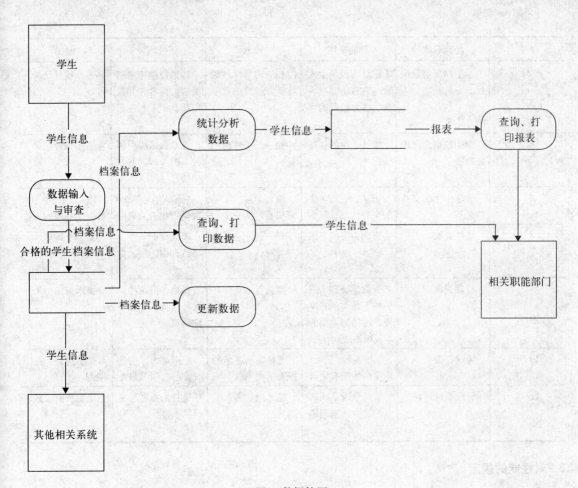

图1 数据流图

结合数据流图，可以得到系统的功能需求点列表如表1所示。

表1 功能需求点列表

序号	功能名称	功能描述	输入	系统响应	输出
1	建立并维护全部学生档案信息	建立学生档案信息表，录入学生档案信息，日后需要时可进行更新	全部学生的基本档案信息	将全部学生的基本档案信息存放到数据库相应的物理表中	提供学生条件查询和模糊查询的基本信息
2	建立并维护学生住宿信息	记录、更新学生的住宿情况	输入学号、宿舍号	将学号、宿舍号存放到数据库的"宿舍"实体中	住宿信息存放到了数据库中
3	管理学院与专业之间的对应关系	记录专业与学院之间的对应关系，并根据变化进行更新	不需用户输入	更新数据库中相应表之间的关系	学院与专业之间的对应关系得到更新
4	管理专业与班级之间的对应关系	记录专业与班级之间的对应关系，并根据变化进行更新	不需用户输入	更新数据库中相应表之间的关系	学院与班级之间的对应关系得到更新

（续）

序号	功能名称	功能描述	输入	系统响应	输出
5	学生档案信息统计、分析功能	统计在校学生人数、各省份学生人数、各年龄段的学生人数等	相应的事件被触发	读取数据库中相关表的内容，并做出统计	显示统计结果
6	学生住宿情况统计功能	统计学生的住宿情况	相应的事件被触发	读取数据库中相关表的内容，并做出统计	显示统计结果
7	管理学生的交费信息	记录、更新学生的交费信息	输入学号、学年、应交费、实交费	将输入信息存放到数据库相应的表中	输入信息被存放到数据库相应的表中
8	条件查询	查询需要的字段	查询条件	根据查询条件，进行查询，生成查询结果	显示查询结果
9	模糊查询	查询需要的字段，但并不是准确的字段，而是与需要的字段相关的所有记录	模糊查询条件	根据查询条件，进行查询，生成查询结果	显示查询结果
10	生成报表	以报表形式显示对应实体的所有记录	选择需要显示的报表类型	根据要求，进行统计处理，生成报表	显示报表、打印报表
11	管理系统用户	管理登录系统账号的建立、密码的修改	输入用户名、密码	进行用户名和密码的验证	显示登录信息

3.2 对性能的规定

3.2.1 精度

软件应能够保证系统运行稳定，避免系统崩溃；软件必须保证有足够的数据精度，不影响正常业务；软件应尽量做到响应快速、操作简便。

3.2.2 时间特性要求

a. 查询某条记录的时间少于3秒。

b. 更新某条记录的时间少于0.5秒。

c. 对数据进行有效性验证的时间少于0.2秒。

d. 生成报表的时间少于3秒。

3.2.3 性能需求点列表／性能模型

性能需求点列表如表2所示。

表2　性能需求点列表

序号	性能名称	性能描述	输入	系统响应	输出	备注
1	信息查询	根据条件查询数据库中存放的信息	查询条件信息	系统在3秒内显示查询结果	查询结果	

（续）

序号	性能名称	性能描述	输入	系统响应	输出	备注
2	信息更新	对数据库的信息进行增加、修改	输入待录入和修改的信息	系统在0.5秒内对数据库的内容进行更新	提示信息	
3	检查输入信息的有效性	对用户输入的各种信息进行有效性检查	各种信息	系统在0.2秒内判断出输入信息是否有效	提示信息	
4	生成报表	用报表形式显示数据库中相关信息	报表类型	系统在3秒内生成报表并显示出来	需要显示的报表	

3.3输入输出要求

软件对数据输入均进行数据有效性检查。

除指明提供打印输出外，其余数据输出均不考虑打印输出。

3.4数据管理能力要求

运行本软件系统所需的各种基础数据及前期的其他数据的规模约为1200M，数据的平均增长约为4G／学年，系统用于日志等记录的数据增长约为10M／月。具体增长速度由用户的使用频率及每学年的招生人数而定。

3.5故障处理要求

设备的硬件故障可能造成本软件不能运行或不能正常进行输入／输出等后果，系统的资源不足及网络传输通道阻塞可能造成本软件不能正常运行，并有可能造成机器"死机"，上述故障的处理由用户自行解决。

软件在运行过程中产生的数据库错误，将由系统自动记入错误日志，非网络传输引起的错误将由系统管理员或软件开发者解决。

软件在运行过程中产生的其他错误，将根据情况由软件开发者或软件开发者协助系统管理员解决。

3.6其他专门要求

1. 软件必须严格按照设定的安全权限机制运行，并有效防止非授权用户进入本系统。
2. 软件必须提供对系统中各种码表的维护、补充操作。
3. 软件必须按照需求规定记录各种日志。
4. 软件对用户的所有错误操作或不合法操作进行检查，并给出提示信息。

4运行环境规定

4.1设备

a. CPU：Pentium III 500MHz以上

b. 磁盘空间容量：600MB以上

　　c. 内存：512MB以上

　　d. 其他：鼠标、键盘

4.2支持软件

　　a. 操作系统：Windows XP/Windows Vista

　　b. 数据库：SQL Server 2005

　　c. 开发工具：Visual Studio 2008

4.3接口

　　学生档案管理系统的部分学生的基本信息被学校的教务系统、图书馆管理系统共享。

5目标系统界面

　　a. 输入设备：键盘、鼠标

　　b. 输出设备：显示器、打印机

　　c. 显示风格：图形界面与字符界面相结合

　　d. 显示方式：1024×768

　　e. 输入格式：打印格式

　　f. 输出类型：Excel，报表形式

2.8 小结

　　本章主要介绍了软件生存周期中可行性研究和需求分析阶段的相关内容。

　　任何一个完整的软件工程项目都是从项目立项开始的。项目立项包括项目发起、项目论证、项目审核和项目立项4个过程。可行性研究就是指在项目进行开发之前，对该项目是否能在特定的资源、时间等制约条件下完成做出评估，并且确定它是否值得去开发。可行性研究需要从多个方面进行评估，主要包括：战略可行性、操作性可行性、计划可行性、技术可行性、社会可行性、市场可行性、经济可行性和风险可行性等。可行性研究的一般步骤是：明确系统的目标；分析研究现行系统；设计新系统的高层逻辑模型；获得并比较可行的方案；撰写可行性研究报告。

　　可行性研究之后，需要对系统进行需求分析。需求分析就是要回答"系统必须做什么"这个问题。一般来说，需求分析分为需求获取、分析建模、需求描述和需求验证4步。它主要有两个任务：

　　1）建立系统的分析模型。通过本章的学习，读者应了解结构化需求分析方法的步骤。需求建模可以帮助人们更有效地进行需求分析。本章介绍了结构化分析方法中常用的建模方法，包括实体关系图、数据流图、数据字典和状态迁移图。

　　2）把需求文档化。对于简单的软件系统而言，需求阶段只需要输出软件需求规格说明书就可以了。软件需求规格说明书简称SRS（Software Requirement Specification），它是从开发者的角度出发，对开发系统的业务模型、功能模型、数据模型等内容的描述。本章给出需求分析文档的样例，可供读者参考。

  Microsoft Office系列的Visio软件是在软件需求分析阶段经常会使用到的建模工具软件。通过本章的学习，读者应该掌握Visio的基本用法，并学会建立需求阶段的各种模型工具。同时通过对书中软件需求说明书案例的学习，读者也应该掌握该文档的写作。

2.9 练习题

1. 什么是项目立项，包括哪几个步骤？
2. 可行性研究包括哪些方面？每个方面关注的问题领域是什么？
3. 进行可行性研究的一般步骤是什么？
4. 需求分析和可行性研究的侧重点有什么不同？
5. 获取需求的常用方法有哪些？
6. 如何进行结构化需求分析，其建模方法都有哪些？
7. 根据"学生档案管理系统"的数据流图，完成它的数据字典。
8. 有如下一个学生选课系统：教师提出开课计划，系统批准后给教师下发开课通知。学生可向系统提出选课申请，系统批准后给学生下发选课申请结果通知。课程结束后，系统还可以帮助教师录入学生成绩，同时把成绩单发送给学生。

  请用Visio画出该系统顶层的数据流图。

第3章 软件设计

【本章目标】
- 了解软件设计的意义和目标。
- 掌握软件设计的原则。
- 了解软件体系结构的定义和建模方法。
- 熟悉常见的软件体系结构风格。
- 了解软件的质量属性。
- 掌握面向数据流的软件设计方法。
- 了解概要设计和详细设计的主要内容及其区别。
- 熟悉数据设计、构件设计和界面设计的工具和方法。

3.1 软件设计的基本概念

完成了需求分析，软件的生存周期就进入了设计阶段。软件设计就是要把需求规格说明书里归纳的需求转换为可行的解决方案，并把解决方案反映到设计说明书里。通俗地讲，需求分析就是回答软件系统能"做什么"的问题，而软件设计就是要解决"怎么做"的问题。

3.1.1 软件设计的意义和目标

软件设计在软件开发过程中处于核心地位，它是保证质量的关键步骤。设计为我们提供了可以用于质量评估的软件表示，设计是我们能够将用户需求准确地转化为软件产品或系统的唯一方法。软件设计是所有软件工程活动和随后的软件支持活动的基础。

软件设计是一个迭代的过程，通过设计过程，需求被变换为用于构建软件的"蓝图"。McGlaughlin提出了可以指导评价良好设计演化的三个特征：

1）设计必须实现所有包含在分析模型中的明确需求，而且必须满足用户期望的所有隐含需求。

2）对于程序员、测试人员和维护人员而言，设计必须是可读的、可理解的指南。

3）设计必须提供软件的全貌，从实现的角度说明数据域、功能域和行为域。

以上每一个特征实际上都是软件设计过程应该达到的目标。

3.1.2 软件设计原则

为了保证软件设计的质量，达到软件设计的目标，在进行软件设计的过程中应该遵循一系列的原则。

（1）模块化

模块是数据说明、可执行语句等程序对象的集合，它被单独命名并且可以通过名字来访问。过程、函数、子程序和宏等都可以作为模块。可以说，模块是构成程序的基本构件。模块的公共属性有：

- 每个模块都有输入/输出的接口，且输入/输出的接口都指向相同的调用者。
- 每个模块都具有特定的逻辑功能，完成一定的任务。
- 模块的逻辑功能由一段运行的程序来实现。
- 模块还应有属于自己的内部数据。

模块化就是把系统或程序划分成独立命名并且可以独立访问的模块，每个模块完成一个子功能，把这些模块集成起来就可以构成一个整体，完成指定的功能，进而满足用户需求。

在划分模块时，要注意模块的可分解性、可理解性以及保护性。可分解性就是指把一个大问题分解为多个子问题的系统化机制。可理解性是指一个模块可以作为一个独立单元来理解，以便于构造和修改。保护性是指当一个模块内部出现异常时，它的负面影响应该局限在该模块内部，从而保护其他模块不受影响。

此外，还要注意模块的规模要适中。模块中所含语句的数量可以用来衡量模块规模的大小。如果模块的规模过大，那么模块内部的复杂度就会较大，也就加大了日后测试和维护工作的难度。如果模块的规模过小，那么势必模块的数目会较多，增大了模块之间相互调用关系的复杂度，同时也增大了花费在模块调用上的开销。虽然并没有统一的标准来规范模块的规模，但是一般认为，程序的行数在50~100范围内比较合适。采用模块化，不仅降低了问题的复杂度，而且可以实现系统的并行开发，加快了开发进度。

（2）抽象化

抽象是人们认识复杂的客观世界时所使用的一种思维工具。在客观世界中，一定的事物、现象、状态或过程之间总存在着一些相似性，如果能忽略它们之间非本质性的差异，而把其相似性进行概括或集中，那么这种求同存异的思维方式就可以看做是抽象。

毕竟现实世界中的很多问题是非常复杂的，而人类的思维能力是有限的。只有运用抽象的思维方法，人们才能有效地解决问题。

通常，在软件项目的开发过程中，人们运用不同层次的抽象。一个庞大、复杂的系统可以先用一些高级的宏观的概念构造和理解，然后这些概念又可以用一些较微观较细节的概念构造和理解，如此进行，直到最低层次的元素。

此外，在软件的生存周期中，从可行性研究到系统实现，每一步的进展也可以看做是一种抽象，这种抽象是对解决方案的抽象层次的一次精化。在可行性研究阶段，目标系统被看成是一个完整的元素。在需求分析阶段，人们通常用特定问题环境下的常用术语来描述目标系统不同方面、不同模块的需求。从概要设计到详细设计的过渡过程中，抽象化的程度也逐渐降低。而当编码完全实现后，就达到了抽象的最底层。

（3）逐步求精

逐步求精与抽象化的概念是密切相关的。抽象化程度逐渐降低的过程，也是开发人员对系统的认识逐步求精的过程。

在面对一个新问题时，开发人员应该首先集中精力解决主要问题，暂不考虑非本质的问题细节，这种思想就是逐步求精。按照逐步求精的思想，程序的体系结构是按照层次结构，逐步精化过程细节而开发出来的。可见，求精就是细化，它与抽象是互补的概念。

（4）信息隐藏

信息隐藏与模块化的概念相关。当一个系统被分解为多个模块时，这些模块之间应该尽量的独立。也就是说，一个模块的具体实现细节对于其他不相关的模块而言应该是不可见的，即模块内部的特定信息被隐藏起来，而不能被其他不相关的模块访问。

信息隐藏提供了对模块内部的实现细节施加访问限制的机制，这种机制有利于后续的软件测试工作和维护工作，因为一个模块的局部错误不会影响到系统的其他模块。

通常，模块的信息隐藏可以通过接口来实现。模块通过接口与外部进行通信，而把模块的具体实现细节（如数据结构、算法等内部信息）隐藏起来。一般来说，一个模块具有有限个接口，外部模块通过调用相应的接口来实现对目标模块的操作。

3.1.3 软件设计分类

软件设计可以从技术观点和管理观点分别对其进行分类。

从技术观点来看，软件设计是对软件需求进行数据设计、体系结构设计、接口设计、构件设计和部署设计。

1）数据设计创建在高抽象级别上表示的数据模型和信息模型。然后，数据模型被精化为越来越多和实现相关的特定表示，即基于计算机的系统能够处理的表示。

2）体系结构设计为我们提供软件的整体视图，定义了软件系统各主要成分之间的关系。

3）接口设计告诉我们信息如何流入和流出系统以及被定义为体系结构一部分的构件之间是如何通信的。接口设计有三个重要元素：用户界面，和其他系统、设备、网络或其他信息生产者或使用者的外部接口，各种设计构件之间的内部接口。

4）构件设计完整地描述了每个软件构件的内部细节，为所有本地数据对象定义数据结构，为所有在构件内发生的处理定义算法细节，并定义允许访问所有构件操作的接口。

5）部署设计指明软件功能和子系统如何在支持软件的物理计算环境内分布。

从工程管理角度来看，软件设计分为概要设计和详细设计。前期进行概要设计，得到软件系统的基本框架。后期进行详细设计，明确系统内部的实现细节。

概要设计确定软件的结构以及各组成部分之间的相互关系。它以需求规格说明书为基础，概要地说明软件系统的实现方案，包括：

- 目标系统的总体架构。
- 每个模块的功能描述、数据接口描述及模块之间的调用关系。
- 数据库、数据定义和数据结构等。

其中，目标系统的总体架构为软件系统提供了一个结构、行为和属性的高级抽象，由构成系统的元素的描述、这些元素之间的相互作用、指导元素集成的模式以及这些模式的约束组成。

详细设计确定模块内部的算法和数据结构，产生描述各模块程序过程的详细文档。它对每个模块的功能和架构进行细化，明确要完成相应模块的预定功能所需要的数据结构和算法，并将其用某种形式描述出来。详细设计的目标是得到实现系统的最详细的解决方案，明确对目标系统的精确描述，从而在编码阶段可以方便地把这个描述直接翻译为用某种程序设计语言书写的程序。在进行详细设计的过程中，设计人员的工作涉及的内容有过程、数据和接口等。

- 过程设计主要是指描述系统中每个模块的实现算法和细节。
- 数据设计是对各模块所用到的数据结构进一步细化。
- 接口设计针对的是软件系统各模块之间的关系或通信方式以及目标系统与外部系统之间的联系。

详细设计针对的对象与概要设计针对的对象具有共享性，但是二者在粒度上会有所差异。详细设计更具体、更关注细节，更注重最底层的实现方案。此外，详细设计要在逻辑上保证实现每个模块功能的解决方案的正确性，同时还要将实现细节描述得清晰、易懂，从而方便编程人员的后续编码工作。

3.2 软件的体系结构

体系结构是研究系统各部分组成及相互关系的技术学科。每一个建筑物都有体系结构，体系结构就相当于一个系统的整体框架的草图，描述了系统组成的骨架。同样，软件系统也具有自己的体系结构。软件体系结构对于一个软件系统具有至关重要的作用，它的好坏直接决定了软件系统是否能合理高效地运行，软件体系结构是构建计算机软件实践的基础。具体来说，软件体系结构是系统的一个或多个结构，如图3-1所示，它包括：

1）软件的组成元素（组件）。
2）这些（组件）元素的外部可见性。
3）这些元素（组件）之间的相互关系。

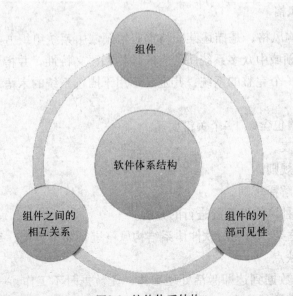

图3-1 软件体系结构

软件体系结构不仅指定了系统的组织结构和拓扑结构，也显示了系统需求和构成系统的元素之间的对应关系，提供了一些设计决策的基本原理。

在建筑学中，建筑师通常用不同种类的蓝图来描述目标建筑物。在软件设计中，开发人员也经常用各种视图来描述目标系统，如功能视图、逻辑视图、结构视图、过程视图、物理视图、部署视图等。目前，UML已经提供了一套软件体系结构视图的标准。

3.2.1　软件体系结构建模

针对某一具体的软件系统研发项目，需要以某种可视化/形式化的形式将软件体系结构的设计结果显式地表达出来，进而支持：

1）用户、软件架构师、开发者等各方人员之间的交流。

2）分析、验证软件体系结构设计的优劣。

3）指导软件开发组进行系统研发。

4）为日后的软件维护提供基本文档。

根据建模的侧重点不同，可以将软件体系结构的模型分为结构模型、框架模型、动态模型、过程模型和功能模型5种。

软件体系结构建模可分为4个层次：

1）软件体系结构核心元模型：软件体系结构模型由哪些元素组成，这些组成元素之间按照何种原则组织。

2）软件体系结构模型的多视图表示：从不同的视角描述特定系统的体系结构，从而得到多个视图，并将这些视图组织起来以描述整体的软件体系结构模型。

3）软件体系结构描述语言：在软件体系结构基本概念的基础上，选取适当的形式化或半形式化的方法来描述一个特定的体系结构。

4）软件体系结构文档化：记录和整理上述3个层次的描述内容。

3.2.2　软件体系结构风格

所谓软件体系结构风格，是描述某一特定应用领域中系统组织方式的惯用模式。软件体系结构风格反映了领域中众多系统所共有的结构和语义特性，并指导如何将各个模块和子系统有效地组织成一个完整的系统；其定义了用于描述系统的术语表和一组指导构件系统的规则。

软件体系结构风格包含以下4个关键要素：

1）提供一个词汇表。

2）定义一套配置规则。

3）定义一套语义解释规则。

4）定义对基于这种风格的系统进行的分析。

根据以上四要素框架，对通用软件体系结构风格进行如下分类，每种体系结构风格有各自的应用领域和优缺点。

1）数据流风格：数据到达即激活处理工作，无数据时不工作。一般来说，数据的流向是有序的。在纯数据流系统中，处理之间除了数据交换，没有任何其他的交互。主要研究近似线性的数据流，或在限度内的循环数据流。其中包括批处理序列、管道/过滤器。
管道/过滤器系统示意图如图3-2所示。

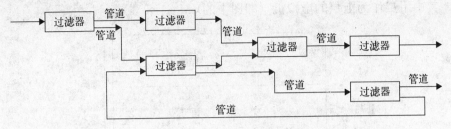

图3-2 管道/过滤器系统示意图

2）调用/返回风格：各个组件通过调用其它组件和获得返回参数来进行交互，配合完
成功能。其中包括主程序/子程序、面向对象风格、层次结构。主程序/子程序系统示意图
如图3-3所示。

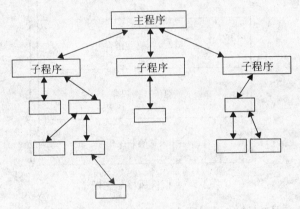

图3-3 主程序/子程序系统示意图

3）独立构件风格：这种风格的主要特点是事件的触发者并不知道哪些构件会被这些
事件影响，相互保持独立，这样不能假定构件的处理顺序，甚至不知道哪些过程会被调
用；各个构件之间彼此无连接关系，各自独立存在，通过对事件的发布和注册实现关联，
其中包括进程通信、事件系统。事件系统示意图如图3-4所示。

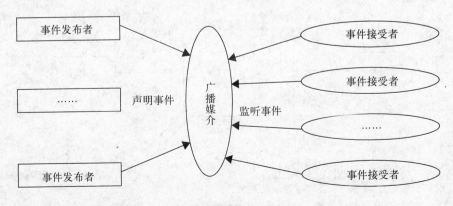

图3-4 事件系统示意图

4）虚拟机风格：它创建了一种虚拟的环境，将用户与底层平台隔离开来，或者将高层抽象和底层实现隔离开来。其中包括解释器、基于规则的系统。虚拟机风格示意图如图3-5所示，其中下层作为上层的虚拟机（即图中的VM）。

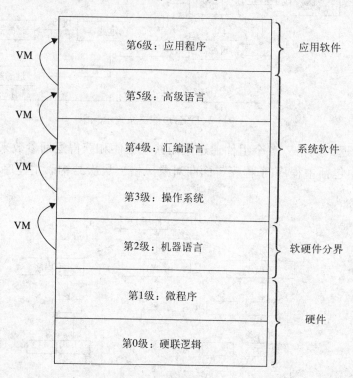

图3-5　虚拟机风格示意图

5）仓库风格：仓库是存储和维护数据的中心场所。在仓库风格中存在两类构件，表示当前数据的状态的中心数据结构和一组对中心数据进行操作的独立构件。其中包括数据库系统、超文本系统、黑板系统。黑板系统示意图如图3-6所示。

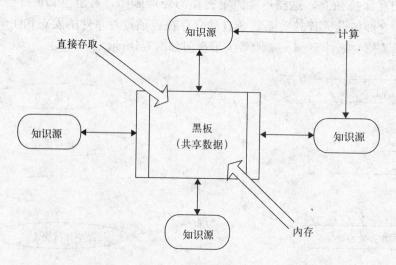

图3-6　黑板系统示意图

除此之外，常见的软件体系结构风格还包括C/S风格、B/S风格、模型−视图−控制器（MVC）风格、点对点（P2P）风格、网格（Grid）风格等。

3.2.3 软件质量属性

软件质量属性是指软件系统在其生存周期过程中所表现出的各种特征。质量属性既和软件体系结构有关，也和具体实现有关。但软件设计是保证软件质量的重要阶段，而软件体系结构是获取许多质量属性的基础，因此在软件体系结构设计时就应考虑到这些质量属性，并在软件体系结构层次上进行评估。

质量属性可以分为三类：系统属性、商业属性和构架属性。

系统属性按运行时是否可见又分为：

1）运行时可观察到的：包括性能、安全性、可用性、易用性。

2）运行时不可观察的：包括可修改性、可移植性、可测试性、可集成性、可重用性。

商业属性包括投放市场时间、成本和预计的系统生存周期长短。

构架属性包括软件体系结构本身的概念完整性、正确性和可构建性。

我们在软件体系结构设计时，除了考虑到系统要实现的功能外，还应充分考虑到系统所要求的各类质量属性。

3.3 软件概要设计

软件设计的方法有面向数据流的设计方法、面向数据结构的设计方法、面向对象的设计方法等。本章将重点介绍面向数据流的设计方法。有关面向对象的设计内容将在随后的章节中进行详述。

3.3.1 软件概要设计中的重要概念和原则

在软件概要设计过程中，有一些影响设计质量的概念需要介绍：

- 模块深度：也就是在软件概要设计中SC图（Stract Chart，结构图）分层的层数，模块深度过大表示分工过细。
- 模块宽度：同一层上模块数的最大值，模块宽度过大表示系统复杂度大。
- 扇出：一个模块直接调用/控制的模块数，一般扇出数为3~9比较适中。
- 扇入：直接调用该模块的模块数，在不破坏独立性的前提下，扇入数大的比较好，代表了比较好的软件模块复用性。
- 模块的作用域：模块中一个判定所影响的所有模块。
- 模块的控制域：在SC图中以该模块为出发点的一切模块和其子模块都属于该模块的控制域。

此外，还有两个重要的概念为模块的内聚和耦合。

内聚指的是一个模块内部各组成部分的处理动作的组合强度，又称块内联系。包括几种内聚类型：

- 偶然内聚：模块内各成分无实质性的联系，只是偶然地被凑到一起。
- 逻辑内聚：模块内部各组成部分的处理动作在逻辑上相似，但功能却彼此不同或无关。

- 时间内聚：将若干在同一个时间带内进行的工作集中在一个模块内，但这些工作彼此无关。
- 过程内聚：模块内部包含的各个成分按照某种确定的顺序进行，但所做工作没有什么关系。
- 通信内聚：模块内的各个组成部分都使用相同的输入数据或产生相同的输出数据。
- 顺序内聚：模块中各个组成部分顺序执行，前一个成分的输出就是后一个成分的输入。
- 功能内聚：模块内的各个组成部分全都为完成同一个功能而存在，共同完成一个单一的功能，并且只完成一个功能。

其中，偶然内聚最弱，功能内聚最强。

软件设计要求每一个模块的内部都具有很强的内聚性，它的各个组成部分彼此都密切相关，是为了完成一个共同的功能而组合在一起的。避免使用低内聚的模块，多用中高内聚、特别是功能内聚的模块，遵守"一个模块，一个功能"原则，它是衡量模块独立性的最高标准。

耦合指的是两个模块之间的相互依赖关系，又称块间联系。包括以下几种类型的耦合：
- 非直接耦合：调用和被调用模块之间不存在直接的数据联系。
- 数据耦合：调用和被调用模块之间存在像简单变量这样的数据传递。
- 特征耦合：调用和被调用模块之间存在诸如数组这样的数据结构的数据传递。
- 控制耦合：耦合的模块之间传递的不是数据信息，而是控制信息，或称为开关量或标志量。
- 外部耦合：允许多个模块访问同一个全局变量。
- 公共耦合：允许多个模块访问同一个全局性数据结构。
- 内容耦合：允许一个模块直接调用另一个模块中的数据。

非直接耦合、数据耦合、特征耦合属于弱耦合。在进行软件设计时，非直接耦合是最希望的情况。

模块之间的联系越多或越复杂，它们之间的依赖程度就越高，每一个模块的独立性就越低。要求尽可能地减弱系统中模块之间的耦合程度，提高每一个模块的独立性，这是因为：
- 模块之间的耦合程度越弱，相互影响就越小，产生连锁反应的概率就越低。
- 在修改一个模块时，要能使修改范围控制在最小限度以内。
- 在对一个模块进行维护的时候，不必担心任何其它模块的内部运行程序是否会受到影响。

基于以上概念，一般在软件设计时应该遵守以下原则：
- 争取低耦合、高内聚。
- 模块规模适中，过大不易理解，太小则接口开销过大。
- 分解后不应降低模块的独立性。

- 适当控制深度和宽度。
- 作用域在控制域内。
- 降低接口的复杂程度。
- 单出单入，避免内容耦合。
- 模块功能可预测，相同输入必产生相同输出。

3.3.2 软件概要设计方法

面向数据流的设计方法是由IBM公司的L. Constantine和E. Yourdon等人于1974年提出的，是常用的结构化设计方法，多在概要设计阶段使用。面向数据流的设计方法就是通常所说的结构化设计方法，它以数据流图为基础，把DFD变换成软件结构的不同映射方法，以SC图的形式表现。SC图描述软件系统的层次和分块结构关系，体现模块与模块之间的联系与通信，从而表达软件的体系结构。其基本符号包括：

1）用矩形表示模块。

2）用模块间带箭头的连线表示调用关系。

3）在调用关系边上用短箭头表示模块间信息传递关系，其中空心圆箭头代表数据信息，实心圆箭头代表控制信息。

体系结构设计的基础是分析模型。在面向数据流的方法中，分析模型主要表现为DFD，因此体系结构的设计过程就是由DFD产生SC图的过程。通常，数据流分为变换流和事务流两种类型。

信息沿输入路径流入系统，在系统中经过加工处理（变换）后又离开系统，当信息流具备这种特征时就是变换流，如图3-7所示。

图3-7 变换流示意图

对于变换流，设计人员应该重点区分其输入和输出分支，通过变换分析将数据流图映射为变换结构。变换流应转换成如图3-8所示的SC图。

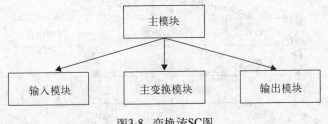

图3-8 变换流SC图

当信息沿输入路径流入系统，到达一个事务中心，这个事务中心根据输入数据的特征和类型在若干动作序列中选择一个执行方式，这种情况下的数据流称为事务流，它是以事务为中心的，如图3-9所示。

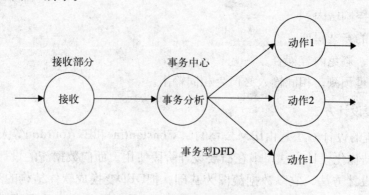

图3-9　事务流示意图

对于事务流，设计人员应该重点区分事务中心和数据接收通路，通过事务分析将数据流图映射为事务结构。事务流应转换成如图3-10所示的SC图。

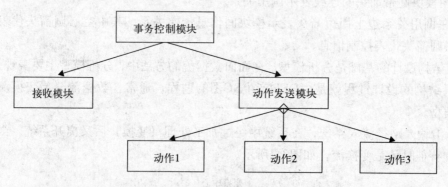

图3-10　事务流SC图

然后，应将初始SC图根据模块独立性原则进行精化，对模块进行合并、分解修改、调整，得到高内聚、低耦合模块，得到易于实现、易于测试和易于维护的软件结构，产生设计文档的最终SC图。

图3-11为某报表处理程序的SC图。

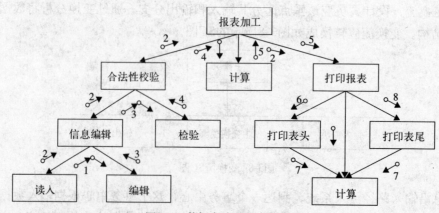

图3-11　某报表处理程序的SC图

3.4 软件详细设计

软件概要设计确定了系统的整体结构，而软件详细设计则是对概要设计结果的进一步细化，是对面向编码实现的目标的精确描述，其结果是可以直接交给程序员进行编码实现的详细规格说明。

概要设计针对需求，因此其目标体现在：

- 概要设计对需求的完整实现。
- 概要设计与需求的一致性。
- 概要设计向需求的反向可追溯性。
- 概要设计对系统结构设计的逻辑性、合理性与可扩展性。

而详细设计针对实现，因此其目标体现在：

- 设计应符合组织既定的标准。
- 设计结果对下一阶段的编码是可用的。

一般来说，软件详细设计包括数据设计、界面设计和构件设计。

3.4.1 数据设计

数据设计就是将需求分析阶段定义的数据对象（如E-R图、数据字典）转换为设计阶段的数据结构和数据库，包括以下两个方面：

1）程序级的数据结构设计：采用（伪）代码的方式定义数据结构（数据的组成、类型、默认值等信息）。

2）应用级的数据库设计：采用物理级的E-R图表示。

数据库是存储在一起的相关数据的集合，这些数据是结构化的，无有害的或不必要的冗余，并为多种应用服务；数据的存储独立于使用它的程序；对数据库插入新数据、修改和检索原有数据均能按一种公用的和可控制的方式进行。

数据库的主要特点包括：

1）实现数据共享。

2）减少数据的冗余度。

3）数据的独立性。

4）数据实现集中控制。

5）数据一致性和可维护性，以确保数据的安全性和可靠性。

6）故障恢复。

数据库的基本结构分为以下三个层次，反映了观察数据库的三种不同角度，如图3-12所示：

1）物理数据层：它是数据库的最内层，是物理存储设备上实际存储的数据的集合。这些数据是原始数据，是用户加工的对象，由内部模式描述的指令操作处理的位串、字符和字组成。

2）概念数据层：它是数据库的中间一层，是数据库的整体逻辑表示。指出了每个数据的逻辑定义及数据间的逻辑联系，是存储记录的集合。它所涉及的是数据库所有对象的逻辑关系，而不是它们的物理情况，是数据库管理员概念下的数据库。

　　3）逻辑数据层：它是用户所看到和使用的数据库，表示了一个或一些特定用户使用的数据集合，即逻辑记录的集合。

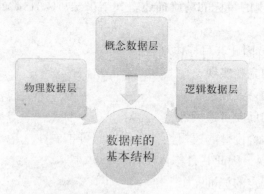

图3-12　数据库的基本结构

　　数据库不同层次之间的联系是通过映射进行转换的。

　　数据库设计是指根据用户的需求，在某一具体的数据库管理系统上，设计数据库的结构和建立数据库的过程。一般来说，数据库的设计过程大致可分为以下5个步骤，如图3-13所示：

　　1）需求分析：调查和分析用户的业务活动和数据的使用情况，弄清所用数据的种类、范围、数量以及它们在业务活动中交流的情况，确定用户对数据库系统的使用要求和各种约束条件等，形成用户需求规约。

　　2）概念设计：对用户要求描述的现实世界（可能是一个工厂、一个商场或者一个学校等），通过对其中信息的分类、聚集和概括，建立抽象的概念数据模型。这个概念模型应反映现实世界各部门的信息结构、信息流动情况、信息间的互相制约关系以及各部门对信息储存、查询和加工的要求等。所建立的模型应避开数据库在计算机上的具体实现细节，用一种抽象的形式表示出来。以扩充的实－联系模型（E-R模型）方法为例，第一步先明确现实世界各部门所包含的各种实体及其属性、实体间的联系以及对信息的制约条件等，从而给出各部门内所有信息的局部描述（在数据库中称为用户的局部视图）。第二步再将前面得到的多个用户的局部视图集成为一个全局视图，即用户要描述的现实世界的概念数据模型。

　　3）逻辑设计：主要工作是将现实世界的概念数据模型设计成数据库的一种逻辑模式，即适应于某种特定数据库管理系统所支持的逻辑数据模式。与此同时，可能还需为各种数据处理应用领域产生相应的逻辑子模式。这一步设计的结果就是所谓"逻辑数据库"。

　　4）物理设计：根据特定数据库管理系统所提供的多种存储结构和存取方法等依赖于具体计算机结构的各项物理设计措施，对具体的应用任务选定最合适的物理存储结构（包括文件类型、索引结构和数据的存放次序与位逻辑等）、存取方法和存取路径等。这一步设计的结果就是所谓"物理数据库"。

　　5）验证设计：在上述设计的基础上，收集数据并具体建立一个数据库，运行一些典型的应用任务来验证数据库设计的正确性和合理性。一般地，一个大型数据库的设计过程往往需要经过多次循环反复。当设计的某个步骤发现问题时，可能就需要返回到前面去进行修改。因此，在做上述数据库设计时就应考虑到今后修改设计的可能性和方便性。

在进行概念设计时，经常使用的建模工具是之前介绍的E-R图。通过对需求分析中数据部分的分析，为数据实体、属性和关系之间建立模型。因此，数据库设计的前两个部分经常在需求分析阶段完成，得到的E-R图既是需求分析阶段的重要模型，也是在设计过程中数据库设计的基础。

在逻辑设计中，需要把E-R模型转换成逻辑模型，经常使用到的逻辑模型是关系模型。关系模型由美国IBM公司San Jose研究室的研究员E. F. Codd于1970年提出，是目前主要采用的数据模型。

在用户观点下，关系模型中数据的逻辑结构是一张二维表，它由行和列组成。它包含以下一些基本概念：

- 关系：一个关系对应通常所说的一张表。
- 元组：表中的一行即为一个元组，也称为记录。
- 属性：表中的一列即为一个属性，给每一个属性起一个名称即属性名。
- 主键：表中的某个属性组，它可以唯一确定一个元组。
- 域：属性的类型和取值范围。
- 分量：元组中的一个属性值。
- 关系模式：对关系的描述。

图3-13 数据库设计过程

E-R模型向关系模型的转换，实际上就是把E-R图转换成关系模式的集合，需要使用到两条规则：

1）规则1（实体类型的转换）：将每个实体类型转换成一个关系模式，实体的属性即为关系模式的属性，实体标识符即为关系模式的键。

2）规则2（二元联系类型的转换）：

- 若实体间联系是1:1：隐含在实体对应的关系中。
- 若实体间联系是1:N：隐含在实体对应的关系中。
- 若实体间联系是M:N：直接用关系表示。

某系统的E-R模型如图3-14所示。

根据规则1，建立"学生"关系，属性分别为"学号"、"姓名"、"年龄"和"性别"，其中标识符"学号"为键。

根据规则1，建立"课程"关系，属性分别为"课程号"、"课程名"、"教师名"，其中标识符"课程号"为键。

根据规则2，"学生"和"课程"为多对多关系，建立"选课"关系，属性为"学号"、"课程号"、"成绩"，其中"学号"和"课程号"共同作为键，分别对应"学生"关系和"课程"关系。

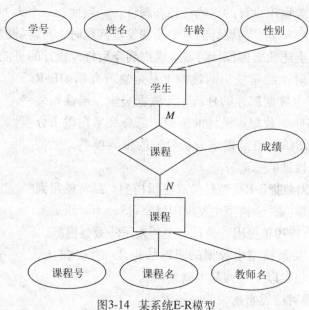

图3-14　某系统E-R模型

为一个给定的逻辑数据模型选取一个最适合应用环境的物理结构的过程，就是数据库的物理设计。它包括设计关系表、日志等数据库文件的物理存储结构，为关系模式选择存取方法等。

数据库常用的存取方法包括：索引方法、聚簇索引方法和散列方法。

在物理设计过程中，要熟悉应用环境，了解所设计的应用系统中各部分的重要程度、处理频率、对响应时间的要求，并把它们作为物理设计过程中平衡时间和空间效率时的依据；要了解外存设备的特性，如分块原则、块因子大小的规定、设备的I/O特性等；要考虑存取时间、空间效率和维护代价间的平衡。

3.4.2　界面设计

界面设计是接口设计中的重要组成部分。用户界面的设计要求在研究技术问题的同时对人加以研究。Theo Mandel在其关于界面设计的著作中提出了三条"黄金原则"：

1）置用户于控制之下：以不强迫用户进入不必要的或不希望的动作的方式来定义交互模式；提供灵活的交互；允许用户交互被中断和撤销；当用户技能级别增长时能够支持交互流水化并允许定制交互；使用户隔离内部技术细节；允许用户和出现在屏幕上的对象直接交互。

2）减少用户的记忆负担：减少对用户短期记忆的要求；建立有意义的缺省；定义直觉性的捷径；界面的视觉布局应该基于真实世界的隐喻；以不断进展的方式揭示信息。

3）保持界面一致：允许用户将当前任务放入有意义的语境；在应用系列内保持界面风格一致性；如果过去的交互模式已经得到用户肯定，就不要改变它，除非有不得已的理由。

这些黄金原则实际上构成了指导用户界面设计活动的基本原则。

界面设计是一个迭代的过程，其核心活动包括：

1）创建系统功能的外部模型。

2）确定为完成此系统功能，人和计算机应分别完成的任务。

3）考虑界面设计中的典型问题。

4）借助CASE工具构造界面原型。

5）实现设计模型。

6）评估界面质量。

在界面的设计过程中先后涉及4个模型：

1）由软件工程师创建的设计模型（design model）。

2）由人机工程师（或软件工程师）创建的用户模型（user model）。

3）终端用户对未来系统的假想（system perception或user's model）。

4）系统实现后得到的系统映像（system image）。

一般来说，这4个模型之间差别很大，界面设计时要充分平衡它们之间的差异，设计协调一致的界面。

在界面设计中，应该考虑以下4个问题：

1）系统响应时间：指当用户执行了某个控制动作后（如点击鼠标等），系统做出反应的时间（指输出信息或执行对应的动作）。若系统响应时间过长，或不同命令在响应时间上的差别过于悬殊，用户将难以接受。

2）用户求助机制：用户都希望得到联机帮助，联机帮助系统有两类，集成式和叠加式。此外，还要考虑诸如帮助范围（仅涉及部分功能还是全部功能）、用户求助的途径、帮助信息的显示、用户如何返回正常交互工作及帮助信息本身如何组织等一系列问题。

3）出错信息：应选用用户明了、含义准确的术语描述，同时还应尽可能提供一些有关错误恢复的建议。此外，显示出错信息时，若辅以听觉（如铃声）、视觉（专用颜色）刺激，则效果更佳。

4）命令方式：键盘命令曾经一度是用户与软件系统之间最通用的交互方式，随着面向窗口的点选界面的出现，键盘命令虽不再是唯一的交互形式，但许多有经验的熟练的软件人员仍喜爱这一方式，更多的情形是菜单与键盘命令并存，供用户自由选用。

3.4.3 构件设计

构件设计单独考虑每个模块内部的算法实现，确定模块内部的详细执行过程，包括：局部数据组织、控制流、每一步具体处理要求和各种实现细节等。目的是确定应该怎样来具体实现所要求的系统。

在传统软件构件的设计中，所有的程序都可以建立在一组限定好的逻辑构造之上，这一组逻辑构造强调了对功能域的支持，其中每一个逻辑构造有可预测的逻辑结构，从顶端进入，从底端退出。

这些逻辑构造包括顺序型、条件型和重复型：

1）顺序型实现了任何算法规格说明中的核心处理步骤。

2）条件型允许根据逻辑情况选择处理的方式。

3）重复型提供了循环。

在构件设计中，有很多种图形、表格或程序设计语言的表示方法，包括流程图、N-S

图、PAD图、决策表与决策树、伪代码等。

流程图也称为程序框图，它是一种比较直观、形象地描述过程的控制流程的图形工具。它包含有5种基本的控制结构，分别是顺序型、选择型、先判定型循环（WHILE-DO）、后判定型循环（DO-WHILE）以及多分支选择型，如图3-15所示。

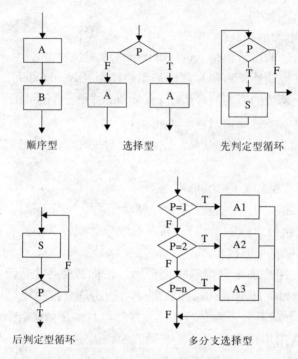

图3-15 流程图的基本控制结构

N-S图又称为盒图，是一种符合结构化程序设计原则的图形描述工具。人们可以通过观察N-S图很方便地确定一个特定控制结构的作用域，以及局部和全局数据的作用域。由于盒图内不存在箭头，因此它不像流程图那样允许随意控制转移。N-S图的几种基本控制结构图形如图3-16所示。

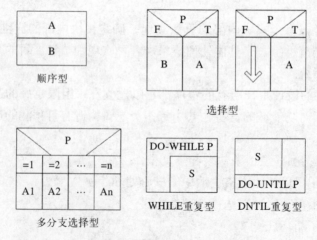

图3-16 N-S图的基本控制结构

  PAD图（Problem Analysis Diagram）也叫做问题分析图，是一种由流程图演化而来的，基于结构化程序设计思想，能够表现程序逻辑结构的图形工具。在PAD图中，一条竖线代表一个层次，最左边的竖线是第一层控制结构。随着层次的加深，图形不断向右展开。PAD图的基本控制结构如图3-17所示。

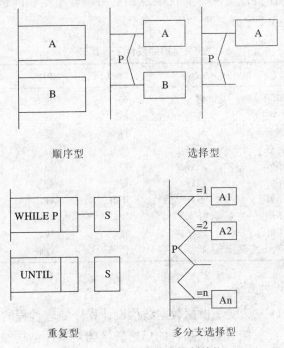

图3-17　PAD图的基本控制结构

  在很多应用系统软件中，模块需要对复杂的组合条件求值，并根据这些条件选择要执行的动作。决策表将在处理叙述中描述的动作和条件翻译成表格，该表格很难被误解，并且能够作为某一个表驱动算法的机器可识别的输入。决策表分为4个部分（如图3-18所示），左上部列出了所有的条件，左下部列出了所有可能的动作，右下部构成了一个矩阵，表示条件的组合以及特定条件组合对应的动作，因此矩阵的每一列可以理解成一条处理规则。除表格形式外，还可以树形结构进行描述，称之为决策树，本书不再详细讨论。

	规划号
条件行	可能的条件组合
动作行	特定条件组合下采取 的动作

图3-18　决策表示意图

程序设计语言（PDL）也称为伪代码，是一种混合语言，采用一种语言的词汇和另一种语言的语法。PDL允许在自身的语句间嵌入叙述性文字，因此不能被编译，但使用工具可以将PDL翻译为程序设计语言框架和设计的图形表示，并生成嵌套图、设计操作索引、交叉索引表以及其他一些信息。

比较以上的几种构件设计工具，其优缺点和使用场合不尽相同，应根据构件设计的实际需要进行选择，如表3-1所示。

表3-1   构件设计工具比较

	流程图	N-S图	PAD	PDL	决策表/决策树
容易使用	好	好	好	很好	较好
逻辑表示	较好	好	好	好	很好
易编码	较好	好	好	很好	好
易维护	不好	不好	较好	好	好
自动处理	不好	不好	较好	很好	很好
结构化构造	不好	很好	好	好	不适用
数据表示	不好	不好	不好	好	不好
块结构	不好	好	较好	好	不适用
逻辑验证	不好	较好	较好	较好	很好
使用频率	高	低	低	一般	低

3.4.4   面向数据结构的设计方法

面向数据结构的设计方法就是根据数据结构设计程序处理过程的方法。这种方法通常在详细设计阶段使用，旨在把对数据结构的描述转换为对软件结构的描述。分析目标系统的数据结构是面向数据结构的设计方法的关键。面向数据结构的设计方法通常在详细设计阶段使用。

目前比较流行的面向数据结构的设计方法包括Jackson方法和Warnier方法。在这里，主要介绍Jackson方法。

Jackson方法把数据结构分为三种基本类型：顺序型结构、选择型结构和循环型结构。它的基本思想是：在充分理解问题的基础上，找出输入数据、输出数据的层次结构的对应关系，将数据结构的层次关系映射为软件控制层次结构，然后对问题的细节进行过程性描述。Jackson图是Jackson方法的描述工具，它将三种基本数据结构类型划分为四种图形化形式。Jackson方法的基本逻辑结构如图3-19所示。

顺序型图示中，数据A由B、C和D三个元素顺序组成。在选择型结构中，数据A包含两个或多个元素，每次使用该数据时，按照一定的条件从罗列的多个数据元素中选择一个，结构图上的S右边括号中的i代表分支条件的编号。在循环型结构中，数据A根据条件由元素B出现零次或多次组成。元素B后加"*"符号表示重复，i代表循环结束条件的编号。在可选型结构中，A或者是元素B或者不出现。

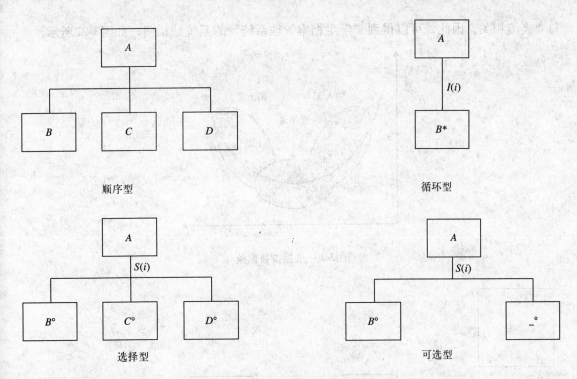

图3-19 Jackson方法的基本逻辑结构

3.5 利用面向数据流的方法设计"学生档案管理系统"

第2章我们绘制出了"学生档案管理系统"的数据流图，本节将在数据流图的基础上，运用面向数据流的方法对该系统进行设计。设计过程可以分为以下三个步骤：

1）区分数据流中的变换型数据流和事务型数据流。

2）对丁变换型数据流，识别变换型数据流中的输入流、变换流和输出流，对于事物型数据流，识别事务中心和数据接收通路。

3）设计软件系统结构。

对于"学生档案管理系统"，其数据流图如图2-39所示。

变换型数据流是指信息沿输入路径流入系统，在系统中经过加工处理后又离开系统的数据流，如图3-20所示。事务型数据流是指信息沿输入路径流入系统，到达一个事务中心，这个事务中心根据输入数据的特征和类型在若干动作序列中选择一个执行方式。可见，"学生档案管理系统"的数据流属于变换型数据流，其数据流图中并不存在事务中心。对于变换型数据流，要区分它的输入流、输出流和变换流。

输入流对应的输入控制模块完成数据输入及与数据输入相关的操作。变换流对应的中心控制模块包括所有对数据的核心操作。输出流对应的输出控制模块协调输出信息的产生过程。经分析，具有流边界的"学生档案管理系统"的数据流图如图3-21所示。

"数据输入与审查"是与输入流相关的处理过程，"查询、打印报表"是与输出流相关的处理过程，中间部分的"统计分析数据"、"查询、打印数据"和"更新数据"处理过程与变换流相关。因此，可以得到"学生档案管理系统"的系统结构图，如图3-22所示。

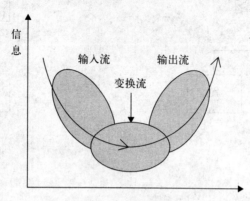

图3-20　变换型数据流

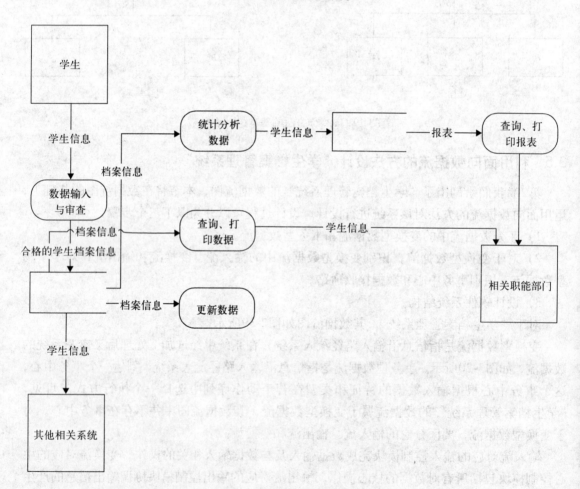

图3-21　具有边界的数据流图

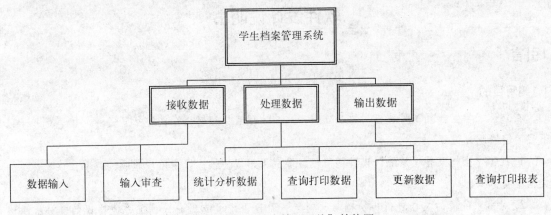

图3-22 "学生档案管理系统"结构图

由于使用系统时需要对用户的身份进行验证,并且可把"统计分析数据"等模块进行进一步的细分,所以该系统结构图还可以进行细化和优化,结果如图3-23所示。

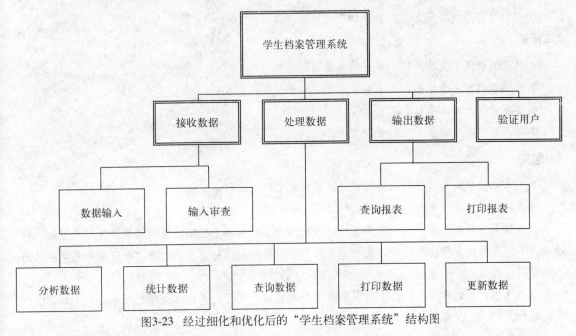

图3-23 经过细化和优化后的"学生档案管理系统"结构图

3.6 "学生档案管理系统"软件设计说明书

对于大型软件项目,在设计阶段一般要完成概要设计说明书、详细设计说明书和数据库设计说明书。对于中、小型软件项目,上述三种说明书可以合并为软件设计说明书。将概要设计说明书、详细设计说明书和数据库设计说明书合并为一份软件设计说明书时,可以根据对待开发系统的设计程度、项目特点及开发人员的能力,恰当地选取概要设计说明书、详细设计说明书和数据库设计说明书中的内容,对其在最终的文档中进行描述,而不需要面面俱到,把三份文档机械地组合在一起。

本节中把"学生档案管理系统"的软件设计说明书作为样例,供读者参考。

软件设计说明书

1 引言

1.1 编写目的

在分析"学生档案管理系统"的基础上，×××项目小组对该系统进行了设计，主要是基于以下目的编写此说明书：

1. 把"学生档案管理系统"设计的阶段任务成果形成文档，以便阶段验收、评审，以及最终的文档验收。

2. 对需求阶段的文档进行再次确认，对前一阶段需求没有做充分的部分或错误的部分提出修改。

3. 明确整个系统的功能框架和数据库结构，为下一阶段的编码、测试提供参考依据。

4. 明确编码规范和命名规范，统一程序界面。

预期读者：设计评审小组、项目开发人员、项目测试人员。

1.2 背景

a. 待开发软件系统的名称：学生档案管理系统

b. 此项目的任务提出者：×××大学学生档案管理办公室

c. 开发者：×××项目小组

d. 用户：×××大学学生档案管理办公室

1.3 定义

列出本文件中用到的专门术语的定义和英文首字母组词的原词组。

总体结构：软件系统的总体逻辑结构。

数据字典：数据字典中的名字都是一些属性与内容的抽象与概括，其特点是数据的严密性和精确性，不能有半点含糊。数据字典又分为用户数据字典和系统数据字典。用户数据字典包括单位的各种编码或代码。

动态数据：在软件运行过程中，系统给用户的数据，也就是系统在处理过程中或处理之后所产生的数据。

静态数据：系统运行之前设定的数据，它表示系统的初始状态或初始功能。

1.4 参考资料

a. "学生档案管理系统"项目审批表

b. "学生档案管理系统"需求规格说明书

c. 概要设计说明书（GB8567—88）

d. 详细设计说明书（GB8567—88）

e. 数据库设计说明书（GB856T—88）

2总体设计

2.1需求规定

对"学生档案管理系统"的功能性需求规定如表1所示。

表1 功能性需求规定表

序号	功能名称	功能描述	输入	系统响应	输出
1	建立并维护全部学生档案信息	建立学生档案信息表，录入学生档案信息，日后需要时可进行更新	全部学生的基本档案信息	将全部学生的基本档案信息存放到数据库相应的物理表中	提供学生条件查询和模糊查询的基本信息
2	建立并维护学生住宿信息	记录、更新学生的住宿情况	输入学号、宿舍号	将学号、宿舍号存放到数据库的"宿舍"实体中	住宿信息存放到了数据库中
3	管理学院与专业之间的对应关系	记录专业与学院之间的对应关系，并根据变化进行更新	不需用户输入	更新数据库中相应表之间的关系	学院与专业之间的对应关系得到更新
4	管理专业与班级之间的对应关系	记录专业与班级之间的对应关系，并根据变化进行更新	不需用户输入	更新数据库中相应表之间的关系	学院与班级之间的对应关系得到更新
5	学生档案信息统计、分析功能	统计在校学生人数、各省份学生人数、各年龄段的学生人数、各民族的学生人数等	相应的事件被触发	读取数据库中相关表的内容，并做出统计	显示统计结果
6	学生住宿情况统计功能	统计学生的住宿情况	相应的事件被触发	读取数据库中相关表的内容，并做出统计	显示统计结果
7	管理学生的交费信息	记录、更新学生的交费信息	输入学号、学年、应交费、实交费	将输入信息存放到数据相应的表中	输入信息被存放到数据库相应的表中
8	条件查询	查询需要的字段	查询条件	根据查询条件，进行查询，生成查询结果	显示查询结果
9	模糊查询	查询需要的字段，但并不是准确的字段，而是与需要的字段相关的所有记录	模糊查询条件	根据查询条件，进行查询，生成查询结果	显示查询结果
10	生成报表	以报表形式显示对应实体的所有记录	选择需要显示的报表类型	根据要求，进行统计处理，生成报表	显示报表、打印报表
11	管理系统用户	管理登录系统账号的建立、密码的修改	输入用户名、密码	进行用户名和密码的验证	显示登录信息

对学生档案管理系统的性能需求规定如表2所示。

表2 性能需求规定表

序号	性能名称	性能描述	输入	系统响应	输出	备注
1	信息查询	根据条件查询数据库中存放的信息	查询条件信息	系统在3秒内显示查询结果	查询结果	
2	信息更新	对数据库的信息进行增加、修改	输入待录入和修改的信息	系统在0.5秒内对数据库的内容进行更新	提示信息	
3	检查输入信息的有效性	对用户输入的各种信息进行有效性检查	各种信息	系统在0.2秒内判断出输入信息是否有效	提示信息	
4	生成报表	用报表形式显示数据库中相关信息	报表类型	系统在3秒内生成报表并显示出来	需要显示的报表	

以上两个表是对"学生档案管理系统"主要的需求规定，另外还有数据管理能力、数据精度等方面的需求规定请参见软件需求说明书。

2.2 运行环境

软件平台：

a. 操作系统：Windows XP/Windows Vista

b. 数据库：SQL Server 2005

硬件平台：

a. CPU：Pentium III 500MHz 以上

b. 磁盘空间容量：600MB以上

c. 内存：512MB以上

d. 其他：鼠标、键盘

2.3 基本设计概念和处理流程

本系统的数据处理流程如图1所示。

本系统的设计基于低耦合、高内聚的理念，尽量使不同的功能分配到不同的模块中实现，而把目标相同，处理数据类似的功能分配到同一模块中实现。

2.4 结构

本系统的总体结构示意图可由如图2表示。

在"学生档案管理系统"的系统结构示意图中，系统的低层模块包含：数据输入、输入审查、查询报表、打印报表、分析数据、统计数据、查询数据、打印数据和更新数据；系统的高层模块包含：接收数据、处理数据、输出数据、用户验证。

为了让模块的名称更直观、便于用户理解，各高层模块可分别重命名为：学生档案信息的输入、学生档案信息的处理、学生档案信息的发布、系统用户登录。

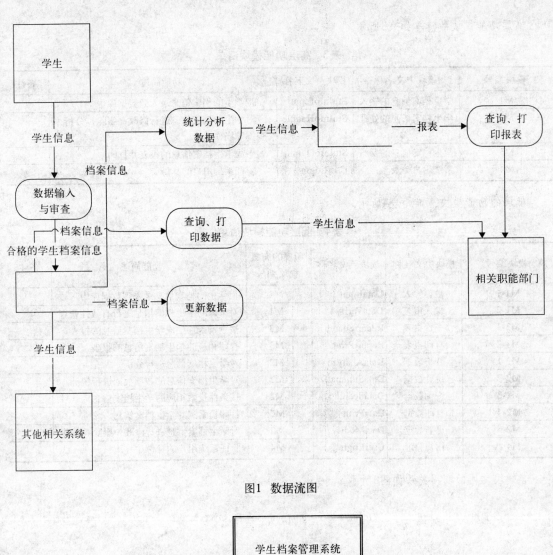

图1 数据流图

图2 总体结构图

高层功能模块的清单如表3所示。

表3 高层功能模块清单

模块编号	模块中文名称	模块英文名称	功能简述	备注
M1	学生档案信息的输入	StuInfoInput	把学生的档案信息录入到数据库中	
M2	学生档案信息的处理	StuInfoHandle	对学生的档案信息进行修改、删除、分析、查询等操作	
M3	学生档案信息的发布	StuInfoOutput	生成学生档案信息的报表并打印	
M4	系统用户登录	UserLogin	验证系统用户的身份	

低层的功能模块清单如表4所示。

表4 低层功能模块清单

模块编号	模块中文名称	模块英文名称	所属的高层模块编号	功能简述	备注
M1-1	数据输入	DataInput	M1	把学生的档案信息录入到数据库中	
M1-2	输入审查	DataVerify	M1	对录入的学生档案信息进行有效性检查	
M3-1	查询报表	ReportSearch	M3	按查询条件生成学生档案信息的报表	
M3-2	打印报表	ReportPrint	M3	打印相应的学生档案信息的报表	
M2-1	分析数据	DataAnalyze	M2	对学生档案信息进行分析	
M2-2	统计数据	DataSummarize	M2	对学生档案信息的各项数据进行统计	
M2-3	查询数据	DataSearch	M2	按条件检索相应的学生档案信息	
M2-4	打印数据	DataPrint	M2	打印检索到的学生档案信息	
M2-5	更新数据	DataModify	M2	对学生档案信息进行修改、删除等操作	
M4	用户验证	UserLogin	M4	验证系统用户的身份	

各模块之间的调用关系如图3所示。

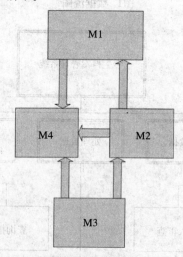

图3 模块调用关系图

2.5 功能性需求与程序的关系

下面用如图4所示的矩阵图说明各项功能需求的实现同各模块的分配关系。

功能需求序号	M1-1	M1-2	M2-1	M2-2	M2-3	M2-4	M2-5	M3-1	M3-2	M4
1	√	√					√			
2	√	√					√			
3	√	√					√			
4	√	√					√			
5			√	√						
6			√	√						
7	√	√					√			
8					√	√				
9					√	√				
10								√	√	
11										√

图4 功能需求与模块关系图

注：功能需求序号对应的详细功能需求描述请参见软件需求说明书中的功能需求点列表，模块序号对应的模块功能请参见表4中的低层功能模块清单。

2.6人工处理过程

本系统实现了对学生档案信息的自动化处理，无需人工处理。

2.7尚未解决的问题

暂无。

3接口设计

3.1用户接口

用户接口如表5所示。

表5 用户接口表

模块编号	模块中文名称	功能简述	用户接口入口参数	用户接口出口参数	备注
M1-1	数据输入	把学生的档案信息录入到数据库中	学生档案信息	录入数据库	
M1-2	输入审查	对录入的学生档案信息进行有效性检查	学生档案信息	允许或拒绝录入数据库	
M3-1	查询报表	按查询条件生成学生档案信息的报表	查询条件	电子报表	
M3-2	打印报表	打印相应的学生档案信息的报表	无	物理报表	
M2-1	分析数据	对学生档案信息进行分析	无	无	
M2-2	统计数据	对学生档案信息的各项数据进行统计	无	无	
M2-3	查询数据	按条件检索相应的学生档案信息	查询条件	特定的学生档案信息	
M2-4	打印数据	打印检索到的学生档案信息	无	记录个别学生档案信息的物理文件	
M2-5	更新数据	对学生档案信息进行修改、删除等操作	更新后的数据项	录入数据库	
M4	用户验证	验证系统用户的身份	用户名、密码	登录成功或失败的信息	

3.2外部接口

外部接口如表6所示。

表6 外部接口表

模块编号	模块中文名称	功能简述	外部接口	参数	备注
M1-1	数据输入	把学生的档案信息录入到数据库中	无	无	
M1-2	输入审查	对录入的学生档案信息进行有效性检查	无	无	
M3-1	查询报表	按查询条件生成学生档案信息的报表	教务系统	包含学号、名称、班级、院系信息的报表	
M3-2	打印报表	打印相应的学生档案信息的报表	无	无	
M2-1	分析数据	对学生档案信息进行分析	无	无	
M2-2	统计数据	对学生档案信息的各项数据进行统计	无	无	
M2-3	查询数据	按条件检索相应的学生档案信息	无	无	
M2-4	打印数据	打印检索到的学生档案信息	无	无	
M2-5	更新数据	对学生档案信息进行修改、删除等操作	无	无	
M4	用户验证	验证系统用户的身份	无	无	

3.3内部接口

内部接口如表7所示。

表7 内部接口表

模块编号	模块中文名称	功能简述	内部接口入口	内部接口出口	备注
M1-1	数据输入	把学生的档案信息录入到数据库中	M2-5	M1-2 M2-1 M2-2 M2-3 M2-4 M2-5	
M1-2	输入审查	对录入的学生档案信息进行有效性检查	M1-2	无	
M3-1	查询报表	按查询条件生成学生档案信息的报表	无	M3-2	
M3-2	打印报表	打印相应的学生档案信息的报表	M3-1	无	
M2-1	分析数据	对学生档案信息进行分析	M1-1	M3-1	
M2-2	统计数据	对学生档案信息的各项数据进行统计	M1-1	M3-1	
M2-3	查询数据	按条件检索相应的学生档案信息	无	M2-4	
M2-4	打印数据	打印检索到的学生档案信息	M2-3	无	
M2-5	更新数据	对学生档案信息进行修改、删除等操作	无	M2-5	
M4	用户验证	验证系统用户的身份	无	无	

4系统数据结构设计

4.1数据库表名清单

数据库表名清单如表8所示。

表8 数据库表名清单表

序号	中文表名	英文表名	表功能说明
1	班级	Class	存放班级基本信息
2	宿舍	Live	存放宿舍基本信息
3	学院	College	存放学院基本信息
4	用户登录	Login	存放用户账号、密码、权限
5	民族	Nation	存放民族基本信息
6	专业、班级关系	Majclass	存放专业与班级之间的关系
7	学院、专业关系	Majcollege	存放学院与专业之间的关系
8	专业	Major	存放专业基本信息
9	学生	Student	存放学生的基本信息
10	交费	Cost	存放学生的交费情况
11	住宿	Room	存放学生的住宿情况

4.2 数据库表的详细清单

数据库表的详细清单如表9至表19所示。

表9 Class表

序号	字段中文名	字段英文名	类型、宽度、精度	允许空	主键/外键
1	名称	Name	char(30)		PK
2	人数	StuNum	int		
3	班主任名称	TeaName	char(30)		
4	班长名称	MonitorName	char(30)		

表10 Live表

序号	字段中文名	字段英文名	类型、宽度、精度	允许空	主键/外键
1	名称	Name	char(30)		
2	编号	ID	char(20)		PK
3	位置	Position	char(30)		

表11 College表

序号	字段中文名	字段英文名	类型、宽度、精度	允许空	主键/外键
1	名称	Name	char(30)		PK
2	学生人数	StuNum	int		
3	教职工人数	StaNum	int		
4	简介	Description	char(200)		

表12 Login表

序号	字段中文名	字段英文名	类型、宽度、精度	允许空	主键/外键
1	名称	Name	char(20)		PK
2	密码	Password	char(20)		
3	身份	Identity	char(10)		

表13   Nation表

序号	字段中文名	字段英文名	类型、宽度、精度	允许空	主键/外键
1	名称	Name	char(8)		PK
2	人口数目	Population	int		
3	地理位置	Position	char(30)		
4	特色	Feature	char(100)		

表14   Majclass表

序号	字段中文名	字段英文名	类型、宽度、精度	允许空	主键/外键
1	专业	Major	char(30)		PK,FK
2	班级	Class	char(30)		PK,FK

表15   Majcollege表

序号	字段中文名	字段英文名	类型、宽度、精度	允许空	主键/外键
1	专业	Major	char(30)		PK,FK
2	学院	College	char(30)		PK,FK

表16   Major表

序号	字段中文名	字段英文名	类型、宽度、精度	允许空	主键/外键
1	名称	Name	char(30)		PK
2	简介	Description	char(100)		

表17   Student表

序号	字段中文名	字段英文名	类型、宽度、精度	允许空	主键/外键
1	学号	ID	char(10)		PK
2	姓名	Name	char(10)		
3	性别	Sex	char(2)		
4	出生日期	Birthday	Datetime		
5	民族	Nation	char(8)		FK
6	学院	College	char(30)		FK
7	专业	Major	char(30)		FK
8	班级	Class	char(30)		FK
9	入学年份	InYear	char(6)		
10	毕业年份	GraduateYear	char(6)		
11	联系电话	Phone	char(20)		
12	身份证号	StatusID	char(18)		
13	电子邮箱	Email	char(20)		
14	家长姓名	ParentsName	char(20)		
15	家长电话	ParentsPhone	char(20)		
16	联系地址	Address	char(100)		
17	邮政编码	PostalCode	char(10)		
18	备注	Memo	char(100)		
19	相片	Image	Image		

表18　Cost表

序号	字段中文名	字段英文名	类型、宽度、精度	允许空	主键/外键
1	学号	ID	char(10)		PK,FK
2	姓名	Name	char(10)		
3	学年度	Year	char(10)		
4	应交费	Fee1	Money		
5	实交费	Fee2	Money		

表19　Room表

序号	字段中文名	字段英文名	类型、宽度、精度	允许空	主键/外键
1	学号	ID	char(10)		PK/FK
2	姓名	Name	char(10)		
3	宿舍号	Live	char(20)		FK

5系统出错处理设计

5.1出错信息

出错处理如表20所示。

表20　出错处理信息表

错误编码	错误信息	处理方法
001	安装路径空间不足	用户重新选择存储空间充足的硬盘进行安装
002	数据库配置出错	用户重新运行数据库配置工具进行重新配置
003	输入信息不能为空	用户输入必填内容
004	已存在该信息	重新输入其他信息或进入修改界面进行信息修改
005	输入信息格式错误	改正格式错误的信息，重新输入
006	查询结果不存在	修改查询条件，重新查询

5.2补救措施

故障出现后可能采取的补救措施包括：

a. 周期性地把磁盘信息记录到磁带上去，当原始系统数据万一丢失时，利用磁带记录建立副本；

b. 故障发生后，将使用恢复再启动技术使软件从故障点恢复执行。

3.7　小结

软件需求是软件设计的基础，软件设计是软件开发的核心。本章主要介绍了软件设计的原理和方法。软件设计就是要把需求规格说明书里归纳的需求转换为可行的解决方案，并把解决方案反映到设计说明书里。通俗来讲，软件设计就是要解决"怎么做"的问题。

通过本章的学习，读者应该对软件设计的原则有所了解。软件设计的原则主要有：模块化、抽象化、逐步求精、信息隐藏。模块化就是把系统或程序划分成独立命名并且可以独立访问的模块，每个模块完成一个子功能，把这些模块集成起来就可以构成一个整体，完成指定的功能，进而满足用户需求。抽象化就是忽略事物之间非本质性的差异，而把其相似性进行概括或集中。在面对一个新问题时，开发人员应该首先集中精力解决主要问题，暂不考虑非本质的问题细节，这种思想就是逐步求精。信息隐藏就是一个模块的具体实现细节对于其他不相关的模块而言应该是不可见的。遵循软件设计的原则，有利于保证软件质量。

软件设计可以从技术观点和管理观点分别对其进行分类。从技术观点来看，软件设计是对软件需求进行：数据设计、体系结构设计、接口设计、构件设计和部署设计。从工程管理角度来看，软件设计分为概要设计和详细设计。

通过本章的学习，读者应该对软件体系结构有一个整体的了解。软件体系结构是系统的一个或多个结构，它包括软件的组成元素（组件）、这些（组件）元素的外部可见特性和这些元素（组件）之间的相互关系。常见的软件体系结构可分为5种风格：数据流风格、调用/返回风格、独立构件风格、虚拟机风格和仓库风格。我们在体系结构设计过程中，除了考虑系统要实现的功能外，还要考虑系统要达到的质量属性。

软件设计的方法是本章的重点，分为概要设计和详细设计两个步骤。在概要设计中，本章主要介绍的是面向数据流的设计方法。面向数据流的设计方法就是通常所说的结构化设计方法，它主要是指依据一定的映射规则，将需求分析阶段得到的数据流图转换为软件系统的结构。而转换方法主要可分为变换流和事务流两种类型。软件概要设计应该符合高内聚、低耦合、模块规模适中；适当的深度和宽度、作用域在控制域内、降低接口的复杂程度；模块功能可预测等原则。

详细设计主要分为数据设计、接口设计和构件设计。数据设计主要是数据结构和数据库的设计，数据库设计可以分为需求分析、概念设计、逻辑设计、物理设计和验证设计5个步骤。在接口设计中，我们重点介绍了用户界面设计。构件设计包括多种设计工具和表达方式，主要有流程图、N-S图、PAD图、决策表与决策树、伪代码等，需要在具体设计中进行选择使用。此外还简要介绍了面向数据结构的设计方法。

读者还应该通过实例学习从需求分析中产生的数据流图到SC图的转换方法，以及软件设计说明书的写作。

3.8　练习题

1. 软件设计的意义和目标是什么？
2. 在软件设计的过程中要遵循哪些规则？
3. 软件设计如何分类，分别有哪些活动？
4. 什么是软件体系结构，什么是软件体系结构风格？
5. 常见的软件体系结构风格有哪些，如何分类？
6. 面向数据流的设计方法的主要思想是什么？

7. 什么是内聚、耦合，包括哪些常见类型？

8. 详细设计时，应该完成哪些工作？

9. 数据库设计有哪些步骤，每一步的主要工作是什么？

10. 如何进行E-R模型到关系模型的转换？

11. 界面设计应该遵循什么原则？

12. 构件设计有哪些设计工具？

13. 利用Visio实现3.5节的设计。

第4章 软件编码及实现

【本章目标】
- 了解程序设计语言的发展。
- 掌握程序设计语言的分类。
- 了解常见的程序设计语言。
- 了解在选择程序设计语言时要考虑的因素。
- 掌握良好的编码风格。
- 熟悉Visual Studio 2010的使用方法。

4.1 程序设计语言

编码的过程就是要把软件设计的成果转化为可以在计算机上运行的软件产品的过程。可运行的软件产品通常都是由某种程序设计语言所描述的源程序。程序设计语言是人和计算机交互的最基本的工具，它把人类的意识、思想等行为转化为计算机可以理解的指令，进而让计算机帮助人类完成某些任务或操作。

4.1.1 程序设计语言的发展与分类

选择合适的程序设计语言是编码过程的关键。软件开发人员通过使用程序设计语言来实现目标系统的功能。程序设计语言经历了漫长的发展和演变，其发展阶段如图4-1所示。

图4-1　程序设计语言的发展

机器语言是计算机可以直接识别、执行的指令代码，它是计算机发展早期的语言。由于机器指令直接操纵计算机硬件的执行，所以不同结构的计算机有不同的机器语言。用机器语言编码时必须考虑到机器的实现细节，所以它的编程效率极低，而且很难掌握。

汇编语言用一组助记符来代替机器语言中晦涩、难懂的二进制代码，使得代码比较直观，易于理解。在执行时，汇编语言必须由特定的翻译程序转化为机器语言才能由计算机执行。可以说，每种汇编语言都是支持这种语言的计算机独有的，所以它与机器语言一样都是"面向机器"的低级语言。由于汇编语言的抽象层次太低，所以程序员在使用时需要考虑大量的机器细节。

高级语言出现于20世纪50年代，它不仅在语义上更易于理解，而且在实现上也不再依赖于特定的计算机硬件。它为程序员的编码工作提供了方便，同时大大提高了软件的生产效率。

一些高级语言是面向过程的，采用模块化的思想，对现实问题进行从上往下逐步求精。如Fortran、Cobol、Algol、Basic，这些语言基于结构化的思想，它们使用结构化的数据结构、控制结构、过程抽象等概念体现客观事物的结构和逻辑含义。

还有一些高级语言是面向对象的，以C++语言为典型代表，这类语言与面向过程的高级语言有着本质上的区别。它们将客观事物看成具有属性和行为的对象，并通过抽象把一组具有相似属性和行为的对象抽象为类。不同的类之间还可以通过继承、多态等机制实现代码的复用。面向对象的高级语言可以更直观地描述客观世界中存在的事物及它们之间的相互关系。

总之，高级语言的出现是计算机编程语言发展的一个飞跃。

第四代语言是超高级语言，它是对数据处理和过程描述的更高级的抽象，一般由特定的知识库和方法库支持，比如与数据库应用相关的查询语言，描述数据结构和处理过程的图形语言等，它们的目的在于直接实现各种应用系统。

4.1.2 常见程序设计语言介绍

下面对一些常见程序设计语言做一个简要的介绍。

（1）Fortran语言

Fortran语言出现于1954年，是世界上最早的高级语言，广泛应用于科学和工程计算领域。Fortran语言以其特有的功能在数值、科学和工程计算领域发挥着重要作用。

（2）Pascal语言

Pascal语言是最早的结构化编程语言，常用于算法和数据结构的描述。用Pascal编写的程序有一种结构化的美感，学习Pascal语言有助于培养良好的程序设计风格和编程习惯。

（3）Basic语言

Basic语言相对于其他编程语言来说简单易用，并具有"人机会话"功能，是一种比较适合于初学者和爱好编程的非专业人士的语言。但是其简单与随意的特性也容易让使用者养成不好的编程习惯。

（4）Cobol语言

Cobol语言是最接近于自然语言的高级语言之一，它使用了300多个英文保留字，语法规则严格，程序通俗易懂，是一种功能很强而又极为冗长的语言，常用于商业数据处理等领域。

（5）C语言

C语言兼顾高级语言和汇编语言的特点，灵活性很好，效率高，常用来开发比较底层的软件。例如，Linux操作系统就是用C语言编写的。要充分掌握该语言需要一定的计算机基础和编程经验，所以虽然现在很多高校选择C语言作为入门编程语言，但它并不十分适合初学者。

（6）C++语言

C++语言在C语言的基础上加入了面向对象的特性，既支持结构化编程又支持面向对象编程，其应用领域十分广泛，是现在使用较多的编程语言之一。

（7）Java语言

Java语言是现在非常流行的一种编程语言，具有平台无关性、安全性、面向对象、分布式、健壮性等特点。Java分为3个体系：JavaSE、JavaEE和JavaME，适合企业应用程序和各种网络程序的开发。

（8）Delphi语言

Delphi语言以Pascal语言为基础，扩充了面向对象的能力，并加入了可视化的开发手段，用于开发Windows环境下的应用程序。

（9）C#语言

C#语言是微软公司发布的一种面向对象的、运行于.NET Framework之上的高级程序设计语言，它充分借鉴了C++、Java和Delphi的优点，是现在微软.NET Windows网络框架的主角。

（10）标记语言

标记语言主要用来描述网页的数据和格式，没有传统编程语言提供的控制结构和复杂的数据结构定义。例如，超文本标记语言（HTML）和可扩展标记语言（XML）。

（11）脚本语言

脚本语言是可以被另一种语言解释执行的语言。脚本语言假设已经存在了一系列由其他语言写成的有用的组件，它不是为了实现最原始的应用，而主要是把组件连接在一起，实现某一特定领域的功能，如Shell、Perl、JSP等。这种领域专业语言的应用是未来编程的发展方向之一。

随着计算机科学的发展和应用领域的扩大，程序设计思想在不断发展，程序设计语言也在不断演化。每个时期都有一些主流编程语言，也都有一些语言出现或消亡。每种语言都有其自身的优点和缺点，适合于不同的应用领域，也都不可避免地具有一定的局限性。

4.1.3 选择程序设计语言的考虑因素

不同的程序设计语言有各自不同的特点。进行系统开发时，应该根据待开发系统的特征及开发团队的情况考虑使用合适的程序设计语言。一般有以下几个因素需要考虑：

1）待开发系统的应用领域。不同的应用领域一般需要不同的软件开发语言。通常情况下，Fortran比较适合做一些大规模的科学计算，C++、C或Java比较适合用于商业软件的开发，而在人工智能领域则多使用LISP、Prolog和OPSS。

2）用户的要求。用户应该熟悉系统所使用的开发语言，这样方便维护工作。

3）将使用何种工具进行软件开发。软件开发工具可以提高软件开发的效率。特定的软件开发工具只支持部分程序设计语言，所以应该根据将要使用的开发工具确定采用哪种语言。

4）开发人员的喜好和能力。采用开发人员熟悉的语言能够缩短软件开发的时间。

5）系统的可移植性要求。可移植性好的语言可以使系统方便地在不同的计算机系统上运行。如果目标系统要适用于多种计算机系统，那么程序设计语言的可移植性是非常重要的。

4.2 编码风格

编码风格就是指源程序的书写习惯。具有良好编码风格的源程序不仅可读性强，而且在大的软件项目中也使得代码容易控制。良好的个人编码风格是优秀程序员素质的一部分，项目内部相对统一的编码风格也使得该项目的版本管理、代码评审等软件工程相关工作更容易实现。良好的编码风格一般可以从以下几个方面做起。

1. 版权和版本声明

应该在每个代码文件的开头对代码的版权和版本进行声明，主要内容有：

1）版权信息。

2）文件名称、标识符、摘要。

3）当前版本号、作者/修改者、完成日期。

4）版本历史信息。

版权和版本声明是对代码文件的一个简要介绍，包括了文件的主要功能、编写者、完成和修改时间等信息。添加版权和版本声明使得代码更加容易阅读和管理。一个典型的版权和版本声明如下所示。

```
/*
 * Copyright (c) 2010,BUAA
 * All rights reserved.
 *
 * 文件名称：filename.h
 * 文件标识：见配置管理计划书
 * 摘    要：简要描述本文件的内容
 *
 * 当前版本：1.1
 * 作    者：输入作者（或修改者）名字
 * 完成日期：2010年5月2日
 *
 * 取代版本：1.0
 * 原作者  ：输入原作者（或修改者）名字
 * 完成日期：2010年4月20日
 */
```

2. 程序版式

在程序编写过程中应该注意代码的版式，使代码更加清晰易读。对空行、空格的使用及对代码缩进的控制与程序的视觉效果密切相关。比较图4-2中的两段代码，不难发现，右侧采用了缩进和空行的代码在布局上更清晰。

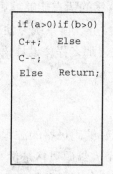
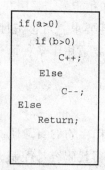

图4-2 采用不同布局的代码示例

好的代码版式没有统一的标准，但在长期的代码编写过程中，程序员基本积累了一些程序版式规则，例如：

1）在每个类声明之后、每个函数定义结束之后都要加空行。

2）在一个函数体内，逻辑上密切相关的语句之间不加空行，其他地方应加空行分隔。

3）一行代码只做一件事情，如只定义一个变量或只写一条语句。

4）if、for、while、do等语句自占一行，执行语句不得紧跟其后，不论执行语句有多少都要加{}。

5）尽可能在定义变量的同时初始化该变量。

6）关键字之后要留空格，函数名之后不要留空格，","之后要留空格，如应该写作：

```
void Func1(int x, int y, int z);
```

而不要写成：

```
void Func1 (int x,int y,int z);
```

7）赋值操作符、比较操作符、算术操作符、逻辑操作符、位域操作符等二元操作符的前后应当加空格，一元操作符前后不加空格。

8）程序的分界符"{"和"}"应独占一行并且位于同一列，同时与引用它们的语句左对齐。

9）代码行最大长度宜控制在70至80个字符以内。

10）长表达式要在低优先级操作符处拆分成新行，操作符放在新行之首。

随着集成开发环境的发展，很多集成开发环境都自动加入了对程序版式的默认编辑功能。比如一条语句完成后输入";"时，会自动在语句内加入空格。但是作为编程人员，还是应当了解并遵守一些基本的程序版式规则。

3. 注释

注释阐述了程序的细节，是软件开发人员之间以及开发人员和用户之间进行交流的重要途径。做好注释工作有利于日后的软件维护。

不同语言的注释方式有所不同，但基本上所有语言都支持注释功能。注释一般位于以下几个位置：

1）版本、版权声明。

2）函数接口说明。

3）重要的代码行或段落提示。

例如：

```
/*
* 函数介绍:
* 输入参数:
* 输出参数:
* 返回值:
*/
void Function(float x, float y, float z)
{
    ...
}
```

在合适的位置适当添加注释有助于理解代码，但不可过多地使用注释。添加注释也应当遵守一些基本规则：

1）注释是对代码的"提示"，而不是文档，注释的花样要少。

2）注释应当准确、易懂，防止注释有二义性。

3）注释的位置应与被描述的代码相邻，可以放在代码的上方或右方，不可放在下方。

4）当代码比较长，特别是有多重嵌套时，应当在一些段落的结束处加注释，便于阅读。

4. 命名规则

比较著名的命名规则有微软公司的"匈牙利"法，该命名规则的主要思想是：在变量和函数名中加入前缀以增进人们对程序的理解。但是由于这种方法过于繁琐，所以在实际编程中应用很少。

事实上，没有一种命名规则可以让所有的程序员都赞同，在不同的编程语言、操作系统和集成开发环境中，使用的命名规则可能不尽相同。因此，软件开发中仅需要制定一种令大多数项目成员满意的命名规则，并在项目中贯彻实施。但有几点基本事项还是需要注意：

1）标识符应当直观且可以拼读，力求可望文知意，不必进行"解码"。

2）标识符的长度应当符合"min-length && max-information"原则。

3）命名规则尽量与所采用的操作系统或开发工具的风格保持一致。

4）程序中不要出现仅靠大小写区分的相似的标识符。

5）尽量避免名字中出现数字编号，除非逻辑上的确需要编号。

5. 数据说明

在进行数据说明时应该遵循一定的次序，比如哪种数据类型的说明在前，哪种在后，有了这样的次序就会便于查阅和测试。当在同一语句中说明同一数据类型的多个变量时，变量之间也应该按照特定的顺序排列，比如按字母顺序。此外，对于复杂的数据结构的说明还应该采用注释。

6. 代码构造

在构造代码本身时，有多条规则需要遵守：

1）将经常使用的具有一定独立功能的代码封装为一个函数或公共过程。

2）在含有多个条件语句的算术表达式或逻辑表达式中使用括号来清晰地表达运算顺序。

3）不要编写太复杂的复合表达式。

4）尽量不使用GOTO语句。

5）避免使用多层次的嵌套语句。

7. 输入输出

软件系统的输入输出部分与用户的关系比较紧密，良好的输入输出的实现能够直接提高用户对系统的满意度。一般情况下，对软件系统的输入输出模块要考虑以下原则：

1）要对所有的输入数据施行严格的数据检验机制，及时识别出错误的输入。

2）输入的步骤、操作尽量简单。

3）输入格式的限制不要太严格。

4）应该允许默认输入。

5）在交互式的输入方式中，系统要给予用户正确的提示。

6）对输出数据添加注释。

7）输出数据要遵循一定的格式。

8. 效率

效率主要是指程序的运行时间和存储容量，它是对计算机资源利用率的度量。可以采用一些方法来降低程序的运行时间，提高存储器的利用率。这些方法包括减少循环嵌套的层数，将循环结构的语句用嵌套结构的语句来表示，简化算术和逻辑表达式，尽量不使用混合数据类型的运算等，例如：

```
//简洁但效率低的程序
for (i=0; i<N; i++)
{
if (condition)
    Call 1();
else
    Call 2();
}
//效率高但不太简洁的程序
if (condition)
{
```

```
for (i=0; i<N; i++)
    Call 1();
}
else
{
    for (i=0; i<N; i++)
    Call 2();
}
```

4.3 Visual Studio

Microsoft Visual Studio 2010是微软公司的开发工具Visual Studio的最新版本，包括Standard、Professional、Team System和免费的Express版本。其中，Express版本免费发行但是在使用上受到End User License Agreement的限制；Professional版本可以通过微软公司为大学生免费提供软件的DreamSpark计划得到（但是DreamSpark软件受到其独有的DreamSpark End User License Agreement限制）。

Microsoft Visual Studio 2010是一个集成开发环境，它包括了编辑器、编译器、Linker、调试器和其他的辅助工具。使用Microsoft Visual Studio 2010进行代码编写如图4-3所示。用它可以开发32位和64位的程序；Microsoft Visual Studio 2010可以为最新的Microsoft产品提供开发支持，包括Microsoft Office 2007、Microsoft SQL Server 2010、Microsoft Windows Vista/Server 2010等。

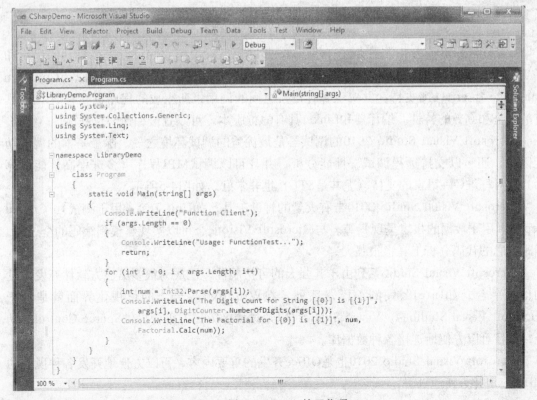

图4-3 用Visual Studio编写代码

Microsoft Visual Studio 2010的编辑器非常强大。除了简单的语法、高亮、自动补全（IntelliSense）等以外，C#等语言编辑器还具有Refactor、Snippet等功能，可以实现快速开发。如图4-4所示。另外，针对GUI和Windows Workflow Foundation等图形化编程，强大的可视化Designer也是Visual Studio的优势之一。

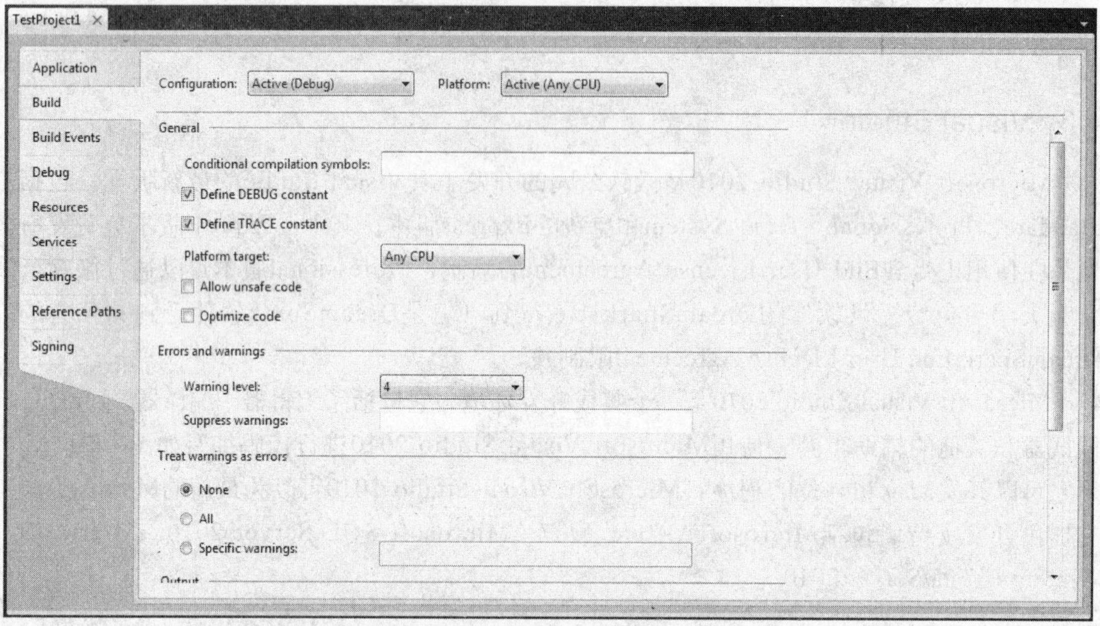

图4-4 Visual Studio编辑器

编译器和Linker也非常强大（有些版本可以免费获得）。它们可以支持自动的优化和手工的优化，并支持OpenMP多线程库；Microsoft .NET的所有语言都可以为Common Language Interface所支持，并实现各种语言之间的调用；所生成的程序也具有.NET所具有的安全和高效的特性。编译器和Linker具有64位版本，可以直接编译64位程序。

Microsoft Visual Studio 2010的调试器是最优秀的调试环境之一。除最基本的调试功能以外，还可以支持远程调试、性能分析，并且可以调试MPI程序（多进程高性能计算库）；对标准C++语言的支持（尤其是STL）也非常好。如图4-5所示。

Microsoft Visual Studio 2010带有大量的辅助工具，如Unit Test（用于测试）、Crystal Report（用于数据的报表呈现）等。与Microsoft Visio配合可以实现建模到编码的全过程。同时，它的代码分析工具也很强大。

Microsoft Visual Studio系列由于其强大的可扩展性，已成为很多第三方软件开发工具的依托平台。如Intel公司的编译器系列，在Windows平台上的可视化界面就是基于Microsoft Visual Studio的。Visual Studio可以通过诸多第三方平台提供Source Control的功能，并且可以方便地连接各种数据库。

Microsoft Visual Studio 2010也是Office开发的重要内容，可以方便地开发各种现成的Office应用并方便地部署。

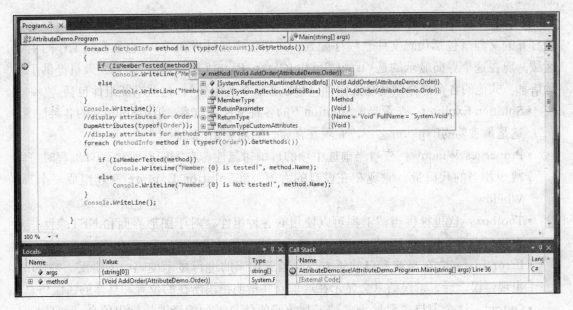

图4-5 Visual Studio调试器

4.3.1 Visual Studio界面介绍

第一次启动Visual Studio 2010时，会要求用户选择开发环境的类型（这里我们选择 C# Developer，选择也可以在以后更改），这个类型主要包括各种窗口的设置、键盘快捷键等。

启动以后的界面如图4-6所示。

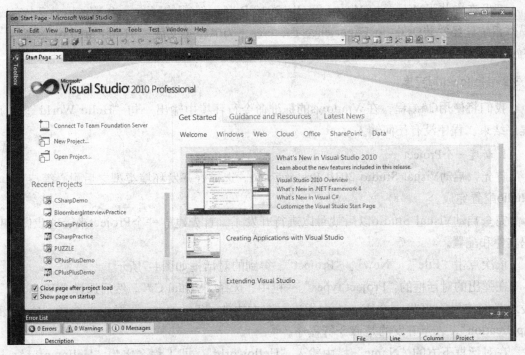

图4-6 Visual Studio欢迎页面

图中上方是普通的菜单栏，各种功能的介绍会在鼠标悬浮在其上时出现。主窗口是当前打开的文档（包括代码文件、程序配置、应用程序设计界面等），也是我们工作的主要区域。现在这个界面显示的是Visual Studio的Start Page（起始页），为开发人员提供了各种信息。其他的各个部分则是功能组件（可以扩展各种组件）。这些功能组件包括：

- Solution Explorer：查看当前Solution下的各种文件和信息，组织Solution的各种配置。这是最重要的Explorer之一，它现在在窗口的右侧。
- Properties Window：查看当前选中项的可编辑属性，在图形界面和.NET编程时可以减少相当的代码量。它现在在窗口的右侧，和Solution Explorer一起组成一个Tab Window。
- Toolbox：这里提供当前工程可以使用的各种组件，对于图形界面和.NET编程非常有用。它和Solution Explorer在窗口的右侧一起组成Tab Window。
- Error List：它在当前窗口的下方，会随着编码的进行显示编码中的错误。当Build出现错误以后，错误信息会显示在这里，并指明错误所在的位置和具体的错误信息。
- Output：这个窗口主要显示各种工具传回的信息，如编译器的输出信息（如果编译器遇到错误，则错误也会在这里输出，并且在Error List里面也有输出）。它在当前窗口的下方，和Error List组成一个Tab Window。

以上是完成下面的实验任务所需要的所有窗口。

我们首先使用Visual Studio开发一个命令行的程序，最标准的范例为Helloworld；然后，我们将实现一个输入两个数字求和的程序；最后，我们实现一个图形界面的求和程序，并演示Debugger的使用。

开发在安装了Microsoft Visual Studio 2010 Professional的Microsoft Windows 7上完成。操作系统已经安装Desktop Experience Features，为64位英文版。Visual Studio已经配置为C#开发人员环境。

4.3.2　Helloworld程序

我们将使用C#编程，在Windows的标准命令行环境中输出一句"Hello World"，然后程序结束。程序没有任何输入。

1. 新建一个Project

首先，启动Visual Studio 2010 Professional。选择好开发环境类型之后耐心等待Visual Studio配置完成。

完全启动Visual Studio以后就可以进行开发了。首先建立一个Project来管理我们的代码文件和配置。

依次点击"File"、"New"、"Project"，得到的对话框如图4-7所示。

在弹出的对话框的"Project types"一栏中，选择"Visual C#"，然后选择"Windows"，表示我们使用C#开发一个Windows程序。在右边的"Templates"栏中，选择"Console Application"，表示开发的是命令行程序。

在对话框下方的"Name"栏中输入"Helloworld"，即工程名字为"Helloworld"。接受其他默认设置。

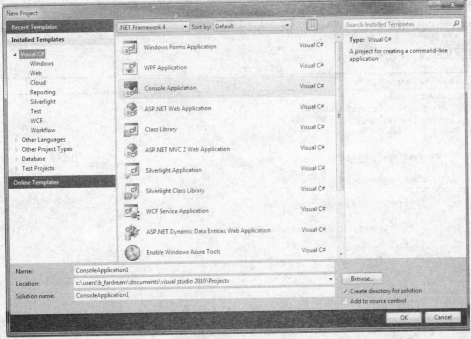

图4-7　新建Project对话

　　新建好Project以后，Visual Studio会自动新建并打开"Helloworld"这个Project下面的"Program.cs"文件，这个文件就是程序文件，如图4-8所示。

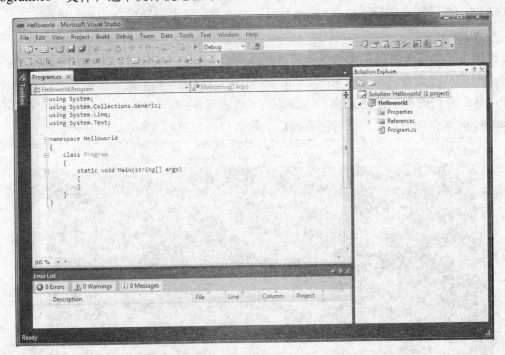

图4-8　新建完成的Project

2. 编码

将以下代码复制到static void Main(string[] args)后面的花括号中：

```
System.Console.WriteLine("Hello World");
```

得到的代码如图4-9所示。

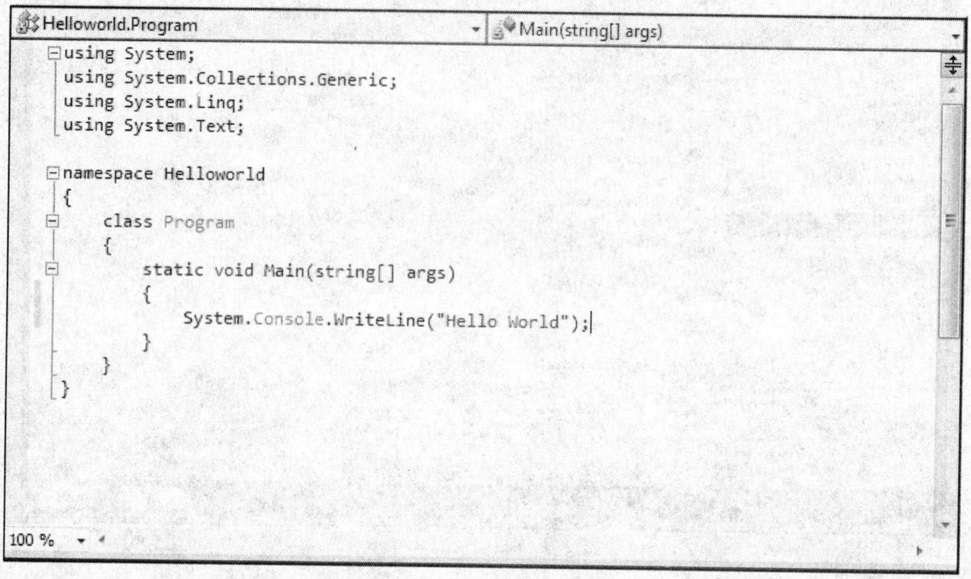

图4-9　编码

在这句简单的代码中，System.Console表示系统的标准输入/输出；WriteLine函数是它的方法，可以用来向标准输入/输出写出一个语句，并在语句尾自动加入换行。

3. 生成和运行

理论上，完成编码以后需要进行编译和链接，Visual Studio将这两个过程统一为Build命令。我们依次点击"Build"和"Build Solution"，程序开始生成，请耐心等待至完成。

这样，我们的程序已经完成了。如果需要查看程序的运行结果，依次点击"Debug"，"Start without debugging"，就可以看到输出的语句，如图4-10所示。

图4-10　运行结果

如果编码出现问题，则在进行Build时会出现错误，并在屏幕下方的"Error List"对话框中显示，我们可根据错误提示进行相应的更改，如图4-11所示。

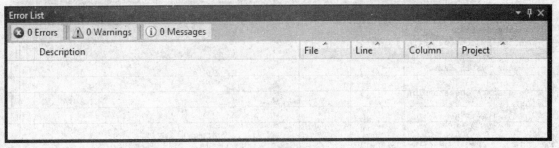

图4-11 错误列表

至此，我们的第一个程序"Helloworld"已经完成。

4.3.3 加法程序

下面我们来实现一个加法程序。首先，从标准的输入读入两个整型数，然后在标准输出上输出。

1. 新建一个Project

新建一个Project有很多种方式，在前面的"Helloworld"程序中我们已经演示了一种。现在，关闭刚才新建的那个Project（如果还没有关闭的话，可以依次点击"File"、"Close solution"）。然后再新建一个Project，Project的名称（即"Name"对话框中所填入的内容）为"operatorplus"。

2. 编码

新建Project以后，Program.cs文件会自动打开。我们希望可以用一个函数来求加法。在static void Main(string[] args) 前面一行加入：

```
public static int add(int l, int r)
{
    return l + r;
}
```

代码表示返回int型数据，而需要两个int参数的函数相加。函数的返回值为l+r。public修饰表示函数对全局可见，static表示函数不依存于任何一个具体的类实例。

下面，我们来修改主函数，在static void Main(string[] args)后面输入：

```
int i, j;
int.TryParse(System.Console.ReadLine(), out i);
int.TryParse(System.Console.ReadLine(), out j);
System.Console.WriteLine(add(i, j));
```

第一句生成了两个int型（整数）来存放输入的数据。int.TrypParse函数是将字符串转化为数字的函数，它有两个参数，一个是待转化的字符串，一个是存放结果的int型；这里，待转化的字符串为System.Console.ReadLine()读入。最后一行使用Console.WriteLine输出，C#编译环境会自动将结果转化为文本。注意，这个地方我们直接调用了函数add。

得到的程序如图4-12所示。

```csharp
using System;
using System.Collections.Generic;
using System.Linq;
using System.Text;

namespace operatorplus
{
    class Program
    {
        public static int add(int l, int r)
        {
            return l + r;
        }
        static void Main(string[] args)
        {
            int i, j;
            int.TryParse(System.Console.ReadLine(), out i);
            int.TryParse(System.Console.ReadLine(), out j);
            System.Console.WriteLine(add(i, j));
        }
    }
}
```

图4-12 编码

3. 生成和运行

与上一程序相同，编译然后运行。我们首先从键盘输入一个整型数，按Enter键，再输入一个整型数，再按Enter键，这时，程序会给出结果，如图4-13所示。

图4-13 运行程序

4.3.4 图形界面

大部分用户所接触到的程序都是图形界面程序，图形界面程序的输入和输出依靠图形化的界面。Windows图形界面程序一般包括两个部分，一个是图形界面部分，另一个是图形界面之下的逻辑部分。一般情况下，图形界面部分不需要编程，使用Visual Studio的图形界面Designer就可以完成（当然，也可以完全手工编程实现一个图形界面）；而逻辑部分往往由代码实现。

下面这个程序比较复杂。在这个程序中输入由两个可以接受输入的文本框得到，输出将使用一个不可以接受输入的文本框。点击"计算"按钮以后进行计算。我们将首先建立图形界面，然后再编辑代码。

1. 新建一个Project

新建一个Project（如图4-14所示），依次点击"File"、"New"、"Project"。

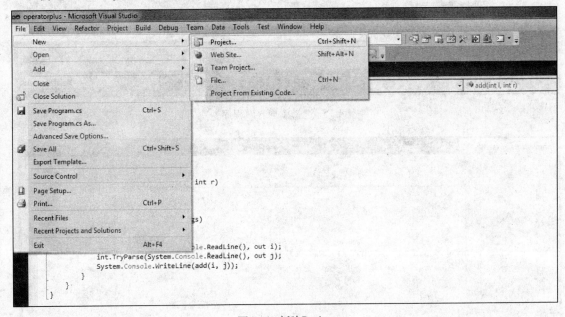

图4-14 新建Project

出现"New Project"的对话框，如图4-15所示。

在"Project Types"中选择"Visual C#"下面的"Windows"，在"Templates"中选择"WPF Application"，表示使用最新的Windows显示功能（基于.NET Framework）来实现我们的程序。在"Name"栏中输入"operatorplus_gui"，接受其他默认设置。

2. 编码

这时，Visual Studio会自动打开我们所要编辑的图形界面"Window1.xaml"，如图4-16所示。

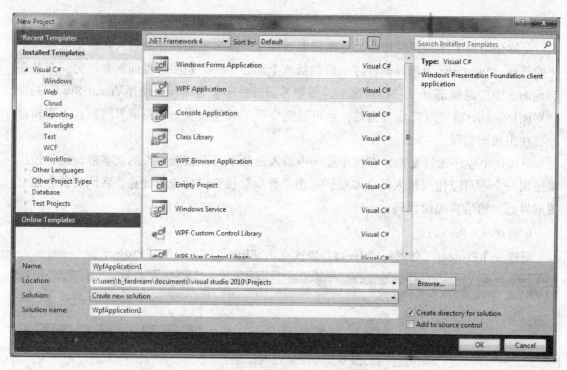

图4-15 选择图形界面程序

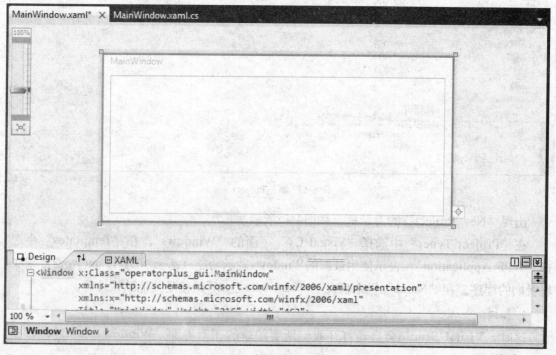

图4-16 界面的设计

可以首先编译程序，然后运行程序，可以看到窗口中没有任何内容，如图4-17所示。

图4-17 空白窗口

现在，我们需要开始编辑程序。首先，确认"Toolbox"和"Properties Window"这两个对话框存在；如果不存在，则从"View"菜单下分别选中这两个对话框。

然后修改窗口的名称。点击界面设计中的窗口的任何部分，点击"Properties Window"，"Properties Window"这时应该显示如图4-18所示的内容。

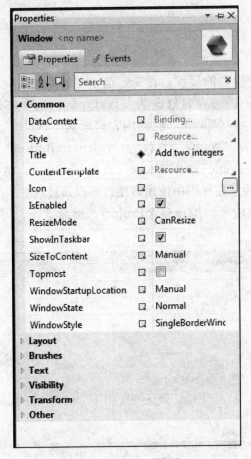

图4-18 Properties Window

在"Title"一栏中，将"Window1"修改为"Add two integers"。这时，保持"Window1"依然选定，点击"Toolbox"对话框，将"Controls"下的"Textbox"拖入"Window1"中，拖入两个。这两个"TextBox"将作为输入数据的文本框。然后，依照同样的做法从"Toolbox"中选中"Button"，添加到图形界面下方。最后，拖入一个"Label"。添加完的四个组件如图4-19所示。

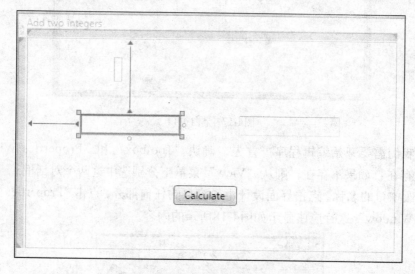

图4-19 界面效果

现在我们来编辑各个组件的属性。首先，选中左边的文本框，然后选中"Properties Window"，将"Name"栏的内容修改为"lvalue"；选中右边的文本框，然后选中"Properties Window"，将"Name"栏的内容修改为"rvalue"。选中按钮，然后选中"Properties Window"，将"Name"修改为"calculateButton"，将"Content"栏改为"Calculate"。最后，将"Lable"的"Name"改为"result"，将"Label"的"Content"清空。修改"Name"是为了在代码中使用方便，可以通过这些"Name"访问这些组件。

这时，界面就设计完成了。编译整个Project，然后运行，可以看到如图4-20所示的效果。

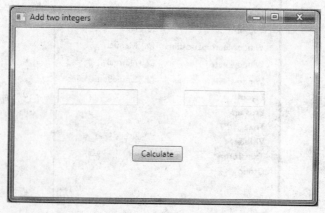

图4-20 运行效果图

这时可以在文本框中输入任何文字（将输入的文字限定到特殊的一个集合需要更多的代码，但是我们不会在此演示），并点击"Calculate"按钮，但是不会有任何运行效果。和任何Windows程序一样，该窗体的最大化，最小化，关闭按钮都可以正常使用。窗口可以缩放，Label在这个窗口中不可见（因为它没有任何内容）。

现在来添加代码。我们要实现的是：点击"Calculate"按钮以后，程序会得到两个文本框中的值，然后将它们相加，相加的结果显示在"result"中。.NET Framework已经安排好了所有的机制，我们只要为"Calculate"按钮添加Click事件的一个处理就可以了。

关闭运行的程序（右上角关闭按钮；如果不关闭程序则代码的编辑无法进行）。双击"Solution Explorer"中的Window1.xaml，打开界面设计。选中"Calculate"按钮，然后双击它。

这时，Visual Studio会打开与"Main Window.xaml"对应的代码文件，"Main Window.xaml.cs"（使用C#编辑）。并自动添加函数calculateButton_Click。如图4-21所示。我们所要做到只是在这个函数内写入我们的代码就可以。

```csharp
namespace operatorplus_gui
{
    /// <summary>
    /// Interaction logic for MainWindow.xaml
    /// </summary>
    public partial class MainWindow : Window
    {
        public MainWindow()
        {
            InitializeComponent();
        }

        private void calculateButton_Click(object sender, RoutedEventArgs e)
        {

        }
    }
}
```

图4-21 添加代码处理按钮点击的事件

这个函数是窗口（Main Window）的一个函数，因此，它可以直接访问按钮，文本框和Label；在这个函数中添加如下的代码段：

```csharp
int l, r;
string ls, rs;
ls = lvalue.Text;
rs = rvalue.Text;
int.TryParse(ls, out l);
int.TryParse(rs, out r);
result.Content = l + r;
```

现在，我们的程序功能就已经完善了。

3. 生成和运行

编译并且运行程序，在对话框中输入数字，单击"Calculate"按钮，则会出现结果。如图4-22所示。

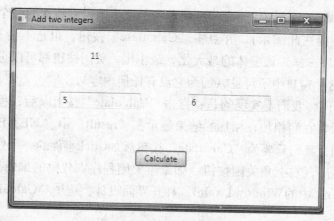

图4-22　计算

图形界面程序是由事件驱动的，因此，计算完成以后并不会退出——单击右上角的关闭按钮，退出当前程序。

4.3.5　调试

调试是程序开发遇到错误时需要进行的工作，我们现在演示调试器的使用。

1．设置断点

打开"Main Window.xaml.cs"文件，在result.Content = l + r;一句左侧的窗口灰色区域，单击鼠标——这时，应该会有一个红色圆形显示在相应的行中，并且，相应的语句会成为红色反白的格式——我们这是添加了一个断点；当程序执行到相应的断点时（即将要执行相应语句时），程序会停止。

通过调试器，我们可以查看程序的各种属性，各种变量的情况。可以设置多个断点，并且可以为断点增加条件。另外，如果程序遇到错误，会自动中断到错误位置，并启动调试器。如图4-23所示。

```
namespace operatorplus_gui
{
    /// <summary>
    /// Interaction logic for MainWindow.xaml
    /// </summary>
    public partial class MainWindow : Window
    {
        public MainWindow()
        {
            InitializeComponent();
        }

        private void calculateButton_Click(object sender, RoutedEventArgs e)
        {
            int l, r;
            string ls, rs;
            ls = lvalue.Text;
            rs = rvalue.Text;
            int.TryParse(ls, out l);
            int.TryParse(rs, out r);
            result.Content = l + r;
        }
    }
}
```

图4-23　设置断点

2.使用调试器

启动调试器；依次单击"Debug"、"Start Debugging"，程序会自动开始运行。如图 4-24所示。

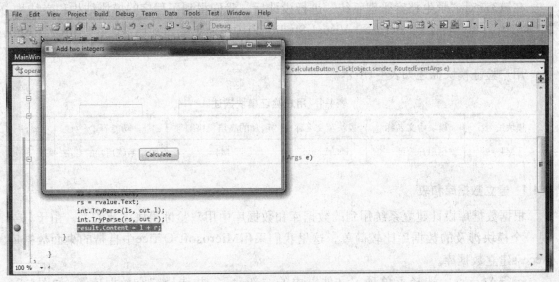

图4-24 使用调试器

在对话框中输入数字，如6和5，然后点击"Calculate"按钮；这时，程序会在运行刚 才我们设置断点的地方停止运行；黄色箭头所指的语句为下一步执行的语句；"Locals" 对话框显示当前函数各种变量的值；下方右侧显示了函数的调用关系；可以通过这些信息 来查找错误。如图4-25所示。

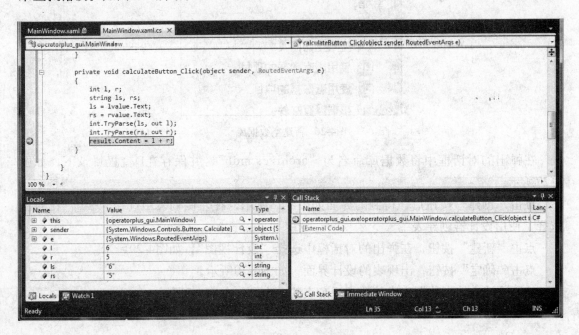

图4-25 运行中的调试器

停止调试可以通过直接关闭程序来实现，也可以依次点击Debug、Stop Debugging。

4.4 使用Visual Studio实现"学生档案管理系统"用户验证模块

在第3章对"学生档案管理系统"进行设计后，我们得到了程序的模块结构和表结构。在本节中，我们将使用Microsoft Visual Studio 2010作为集成开发环境，并使用C#作为开发语言，来实现"学生档案管理系统"中的用户验证模块。

用户验证模块描述如表4-1所示。

表4-1 用户验证模块描述

模块编号	模块中文名称	模块英文名称	所属的高层模块编号	功能简述	备注
M4	用户验证	UserLogin	M4	验证系统用户的身份	

4.4.1 建立数据库和表

根据数据库设计建立系统用到的数据库和数据库中用户验证模块涉及的表。由于只实现一个模块涉及的数据库比较简单，这里我们采用Microsoft Office中自带的桌面数据库Access建立数据库。

运行Access，选择菜单项"文件"中的"新建"，并选择"空数据库"，如图4-26所示。

图4-26 新建空数据库

在弹出的对话框中将数据库命名为"archives.mdb"，并保存在D盘根目录下，如图4-27所示。

点击"创建"按钮后，得到的界面如图4-28所示。在左侧列表中选择"表"，在右侧选择"使用设计器创建表"。

点击"新建"按钮，在弹出的对话框中选择"设计视图"，如图4-29所示。

点击"确定"按钮，出现表的设计界面，如图4-30所示。

按照设计文档中数据库设计要求添加表的各个列，如表4-2所示。

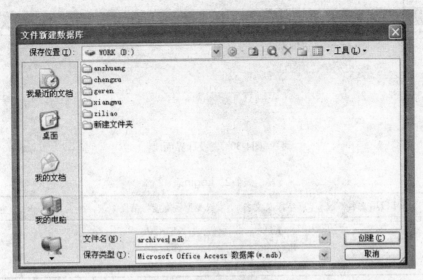

图4-27 保存数据库

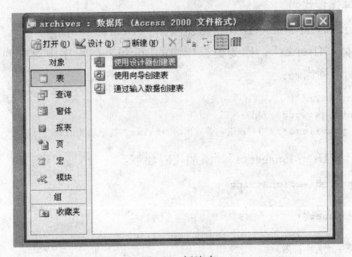

图4-28 新建表

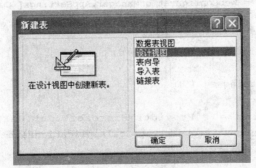

图4-29 选择设计视图

图4-30 表设计界面

表4-2 Login表

序号	字段中文名	字段英文名	类型、宽度、精度	允许空	主键/外键
1	名称	Name	char(20)		PK
2	密码	Password	char(20)		
3	身份	Identity	char(10)		

4.4.2 编写数据库操作代码

打开Microsoft Visual Studio 2010，新建网站"ArchivesManager"。

新建代码文件"User.cs"，作为数据库中的Login表在程序中对应的封装。在public User()函数前添加下列代码：

```
public string id;//用户名称
public string password;//用户密码
public bool privilege;//用户权限：普通用户为false，管理员为true
```

新建代码文件"UserManager.cs"，添加代码如下：

```
public string ConnectionString = "";
//进行初始化
public UserManager()
    {
    //设置数据库连接字符串
    this.
    ConnectionString = WebConfigurationManager.AppSettings["ConnectionString"];
}
//通过用户名称进行用户验证
public List<User> FindUserByID(string id)
{
    if (ConnectionString == "")
    {
    ConnectionString = @"Provider=Microsoft.Jet.OLEDB.4.0;Data Source=
"+HttpContext.Current.Request.PhysicalApplicationPath+"\\ContactInfo.mdb";
    }
    //新建数据库连接
    OleDbConnection MyCon = new OleDbConnection(ConnectionString);
    MyCon.Open();
    //生成查找字符串
    string strSQL = "select * from LoginInformation where id=@id";
```

```
OleDbCommand MyCom = new OleDbCommand(strSQL, MyCon);
MyCom.Parameters.Add(new OleDbParameter("@id", id));
List<User> result = new List<User>();
//进行查找
OleDbDataReader MyDataReader = MyCom.ExecuteReader();
while (MyDataReader.Read())
{
    User obj = new User();
    try
    {
        obj.ID = Convert.ToString((MyDataReader["id"]));
        obj.Password = Convert.ToString((MyDataReader["password"]));
        obj.Privilege = Convert.ToBoolean((MyDataReader["privilege"]));
        obj.ContactID = Convert.ToInt32((MyDataReader["contactid"]));
    }
    catch (Exception ex)
    {
    }
    result.Add(obj);
}
//关闭查找和数据库连接
MyDataReader.Close();
MyCon.Close();
return result;
}
```

在"Web.config"文件的<appSettings>中添加语句：

```
<add key="ConnectionString" value="Provider=Microsoft.Jet.OLEDB.4.0;Data
Source=ContactInfo.mdb"/>
```

4.4.3 编写页面和逻辑代码

添加新页面"Login.aspx"，切换到设计模式，添加表格和控件，如图4-31所示。

用户登录	
用户名：	
密　码：	
登录	[Label1]

图4-31 表单设计

双击"登录"按钮，在protected void Button1_Click(object sender, EventArgs e)中添加如下代码：

```
//新建用户对象
    User user = new User();
```

```
    user.ID = this.TextBox1.Text;
    user.Password = this.TextBox2.Text;
UserManager um = new UserManager();
//进行用户查找
    List<User> ul=um.FindUserByID(user.ID);
    if (ul.Count == 0)
{
//不存在该用户名称
    this.Label1.Text = "该用户不存在";
}
    else
{
//用户密码不正确
    if (!ul[0].Password.Equals(user.Password))
    {
        this.Label1.Text = "密码不正确";
    }
    else
    {
        Session["user_id"] = ul[0].ID;
        //管理员权限
        if (ul[0].Privilege)
        {
            Response.Redirect("ModifyUser.aspx");
        }
        //普通用户权限
        else
        {
            Response.Redirect("CommonView.aspx");
        }
    }
}
```

这样，与用户验证相关的模块就实现完毕了。

由于Microsoft Visual Studio 2010和C#语言都是基于对象编程，因此本例中的程序涉及很多类和对象相关的内容，面向对象相关内容将在第6章进行详细介绍。感兴趣的读者可以把本书中的案例全部实现，并尝试使用SQL Server 2005作为数据库。

4.5　小结

本章主要讨论了和编码相关的问题。编码是把软件设计的结果翻译成用某种设计语言书写的程序。

通过本章的学习，读者应该了解程序设计语言发展的四个阶段：机器语言、汇编语言、高级语言和超高级语言。高级语言分为面向过程的语言和面向对象的语言。面向过程的语言基于结构化的思想，它们使用结构化的数据结构、控制结构、过程抽象等概念体现客观事物的结构和逻辑含义。面向对象的语言以C++为代表，它将客观事物看成具有属性和行为的对象，并通过抽象把一组具有相似属性和行为的对象抽象为类。

随着计算机科学的发展，历史上曾出现了很多程序设计语言，常见的有Fortran、Pascal、Basic、Cobol、C、C++、Java、Delphi、C#和各类标记语言及脚本语言。由于计算机软件始终是需要由编程实现的，因此掌握至少一门程序语言是基本技能。

选择适合的程序设计语言有利于提高软件产品的质量。选择程序设计语言进行软件项目开发时要考虑多种因素：待开发系统的应用领域，用户的要求，将使用何种工具进行软件开发，开发人员的喜好和能力以及系统的可移植性要求等。

此外，通过本章的学习，读者还应该注意到良好的编码风格的重要性。良好的编码风格可以提高源程序的可读性，提高软件产品的生产效率。可以从版权和版本声明、程序版式、注释、命名规则、数据说明、代码构造、输入输出、效率等方面采取措施使源程序具有良好的风格。

本章还详细介绍了使用Visual Studio进行程序开发的过程，包括Visio Studio的基本操作、建立工程、设计界面、添加代码、生成和运行、调试等，并通过实际案例介绍了一个具体功能的实现过程，其中还包括了数据库的建立和简单操作。通过本章的学习，读者应该掌握使用一种程序设计语言，在某类集成开发环境上进行实际软件开发的能力。

4.6 练习题

1. 程序设计语言的发展经历了哪几个阶段？每个阶段语言的特点是什么？
2. 面向对象的高级语言中包含哪些基本概念？
3. 你了解的程序设计语言都有哪些？
4. 要形成良好的编码风格可以从哪些方面做起？
5. 使用Microsoft Visual Studio 2010和C#编程来求两个整数的最大公约数。

第5章 软件测试与维护

【本章目标】

- 掌握软件测试的原则。
- 了解软件测试的常用模型。
- 了解软件测试的分类。
- 熟悉软件测试的一般步骤。
- 了解测试用例和测试用例设计方法。
- 掌握等价类划分技术和基本路径测试技术。
- 了解软件维护的分类。
- 了解软件的可维护性概念。
- 掌握Visual Studio中Unit Test工具的使用方法。

5.1 软件测试的基本概念

测试就是执行产品所提供的功能的过程。软件测试的目的是为了发现软件产品中存在的软件缺陷，进而保证软件产品的质量。软件测试是软件开发过程中的一个重要阶段。在软件产品正式投入使用之前，软件开发人员需要保证软件产品正确地实现了用户的需求，并满足稳定性、安全性、一致性、完全性等各个方面的要求，从而通过软件测试来对产品的质量实现保证。

所谓的软件缺陷是指软件产品中存在的问题，表现为用户所需的功能没有实现，无法满足用户需求。在实际的项目开发过程中，缺陷的产生是不可避免的。开发人员之间的交流不畅、系统设计上的失误以及编码中产生的问题等都会造成软件缺陷，从而为修复这些缺陷带来了巨大的成本损失。为了尽早地揭示这些软件缺陷，提高软件产品的质量，降低软件开发的成本，软件测试的过程是必需的。

5.1.1 软件测试原则

软件测试是为了发现错误而执行程序的过程，它并不可能完全发现所有的错误，但是却可以减少潜在的错误或缺陷。在进行软件测试的过程中，我们要掌握如下几个软件测试的原则：

1）完全测试是不可能的。基于时间、人员、资金或设备等方面的限制，不可能对软件产品进行完全的测试，即不可能考虑或测试到软件产品的所有执行情况或路径。Robert L. Glass曾说，"普通程序员认为已经彻底测试过的软件其实只执行了55%～60%的逻辑路径。采用覆盖分析器等自动工具，可以将上述比例提高到85%～90%。但是测试软件中100%的逻辑路径几乎是不可能的。"

2）测试中有风险存在。软件测试的准确性与多种因素相关。每个软件测试人员都有自己独特的思维习惯或思考问题的方式，在设计测试用例或者进行产品测试时，难免考虑问题不全面。此外，测试方法各有优缺点，不论是黑盒测试还是白盒测试，每种方法本身都存在着缺陷。而且，测试工具也常常会出现异常。综合各种因素，软件测试中是存在风险的，测试的结果不一定是准确无误的。基于所使用的测试工具、测试方法或测试用例的局限性，在某些情况下，软件缺陷不会被发现。对于如图5-1所示的要判定x是否大于1的伪代码，如果使用测试用例"x = 3"，那么这段代码的错误是不能被发现的。

```
if (x >= 1)
    print"x > 1"
else
    print"x <= 1"
```

图5-1 示例的伪代码

3）软件测试只能表明缺陷的存在，而不能证明产品已经没有缺陷。即使测试人员使用了大量的测试用例，用不同的测试方法对软件产品进行测试，测试成功以后也不能说明软件产品已经准确无误，完全符合用户的需求。

4）软件测试所发现的缺陷越多，说明软件产品中存在的缺陷越多。一般情况下，潜在的错误数与发现的错误数存在着正比关系。

5）要避免软件测试的杀虫剂现象。所谓杀虫剂现象是指，如果长期使用某种药物，那么生物就会对这种药物产生抗药性。同理，如果同一个软件产品总是由特定的测试人员去测试的话，那么基于这个测试人员思维方式、测试方法的局限，有些缺陷是很难被发现的。所以，在软件测试的过程中，最好有不同的测试人员参与到测试工作中。

6）在设计测试用例时，应包括输入数据和预期的输出结果两个部分，并且输入数据不仅应该包括合法的情况，还应该包括非法的输入情况。测试用例由对程序输入数据的描述和由这些输入数据产生的程序的正确结果的精确描述两部分组成。测试人员可以通过对实际的测试结果与测试用例预期的输出结果进行对照，方便地检验程序运行的正确与否。由于用户在使用软件产品时，不可避免地会输入一些非法的数据。而软件产品是否能对非法输入做出准确的响应也是其质量的一个重要方面，因此测试用例还应该包括非法的输入情况。

7）要集中测试容易出错或错误较多的模块。在软件测试工作中，存在着二八定律，即80%的错误会集中存在于20%的代码中。为了提高测试的工作效率，应该对容易出错或错误较多的模块给予充分的注意，集中测试这些模块。

8）应该长期保留所有的测试用例。测试的主体工作完成之后，还要进行回归测试。为了方便回归测试，有时还可以用已经使用过的用例。保留所有的测试用例有助于后期的回归测试。

9）使开发人员和测试人员分立，即软件的开发工作和测试工作不能由同一部分人来完成。由于思维的局限性，开发人员很难发现自己的错误。如果由开发人员来完成对软件产品的测试，那么很多缺陷有可能被忽视。

10）测试工作应该尽早开始，并且贯穿于整个开发过程中。

测试工作开始得越早，在软件开发过程中出现的软件缺陷就能被及早地发现与纠正。一般来说，越到软件开发的后期，纠正同一软件缺陷所付出的代价就会越大。同时，由于软件开发的各个阶段都会引入软件缺陷，因此测试工作应该贯穿于整个开发过程中。

5.1.2 软件测试分类

软件测试按照不同的视角，有不同的分类方法。按照开发阶段划分，软件测试可分为单元测试、集成测试、确认测试、系统测试和验收测试；按照测试实施组织划分，软件测试可分为开发方测试、用户测试和第三方测试；按照测试技术划分，软件测试可分为白盒测试、黑盒测试和灰盒测试；按照测试内容划分，软件测试可分为符合性测试、易用性测试、兼容性测试、可靠性测试、安全性测试、性能测试等。

软件测试的分类如图5-2所示。

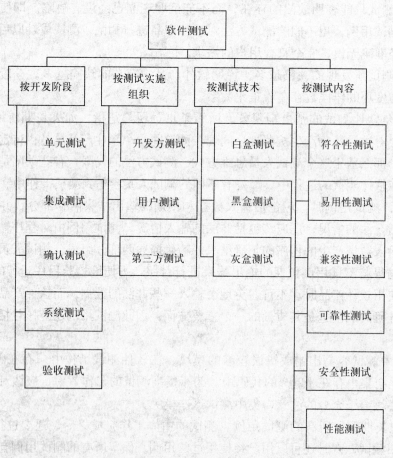

图5-2　软件测试的分类

在各种类型的软件测试中，常用的有易用性测试、兼容性测试、可靠性测试、安全性测试和性能测试，具体介绍如下：

- 易用性测试用来衡量处理服务请求时应用程序的可用频率。顾名思义，它以需求规格说明书中对系统的易用性要求为依据。
- 兼容性测试是为了检测各软件之间是否能正确地交互和共享信息，它主要关注软件的运行平台和应用系统的版本、标准和规范、数据的共享性。
- 可靠性测试关注于程序输出结果的准确性，它以需求规格说明书中对系统的可靠性要求为依据，评测最终的软件产品提供准确输出结果的能力。
- 安全性测试主要验证系统的安全性、保密性等措施是否能有效地发挥作用，包括用户管理和访问控制、数据备份与恢复、入侵检测等。
- 性能测试即针对软件系统的性能所进行的测试。软件系统的性能包括多方面的因素，比如输入/输出数据的精度、系统的响应时间、更新频率、数据的转换和传送时间、操作方式或运行环境变化时软件产品的适应能力、故障处理能力、资源利用率等。性能测试可以细分为负载测试、容量测试、压力测试。

其他分类和测试将在接下来的章节中分别介绍。

5.1.3 软件测试模型

所谓软件测试模型是指软件测试全部过程、活动或任务的结构框架。通常情况下，一个软件测试模型应该阐明的问题有：测试的时间、测试的步骤、如何对测试进行计划、不同阶段的测试中应该关注的测试对象、测试过程中应该考虑哪些问题和测试需要达到的目标等。一个好的软件测试模型可以简化测试的工作量，加速软件开发的进程。

常用的软件测试过程模型有V模型、W模型和H模型。

在V模型中，描述了基本的开发过程和测试行为。它的价值在于非常明确地标明了测试过程中存在的不同级别，并且清楚地描述了这些测试阶段和开发过程期间各阶段的对应关系。V模型的示意图如图5-3所示。

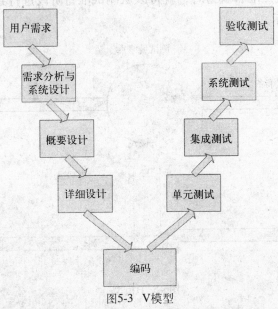

图5-3 V模型

在V模型的基础上，增加开发阶段的同步测试，就是W模型。在W模型中测试与开发同步进行，这样有利于尽早地发现问题。W模型的示意图如图5-4所示。

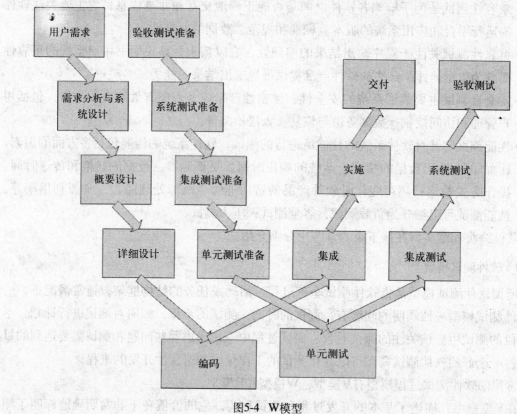

图5-4　W模型

在H模型中，软件测试过程的活动完全独立，贯穿于整个产品的周期，与其他流程并发地进行。当某个测试点准备就绪时，就可以从测试准备阶段进行到测试执行阶段。H模型的示意图如图5-5所示。

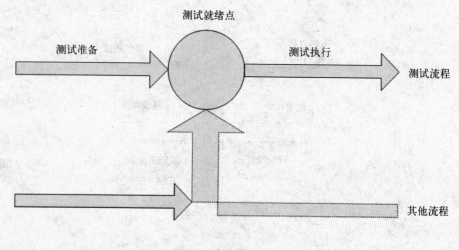

图5-5　H模型

5.2 软件测试策略

5.2.1 软件测试步骤

在传统软件测试过程中，测试工作按5个步骤进行，即单元测试、集成测试、确认测试、系统测试和验收测试，如图5-6所示。

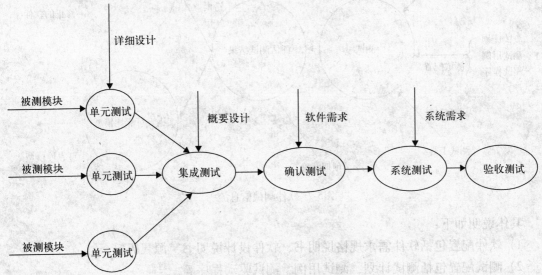

图5-6 传统的软件测试步骤

传统软件测试的5个步骤介绍如下：

- 单元测试又称为模块测试，是针对软件设计的最小单位进行正确性检验的测试工作。目的是检查每个程序单元能够正确实现详细设计说明中的模块功能、性能、接口和设计约束等要求，发现各模块内部可能存在的各种错误。单元测试需要从程序的内部结构出发设计测试用例。多个模块可以平行地独立进行单元测试。
- 集成测试也叫做组装测试，通常在单元测试的基础上，将所有程序模块进行有序的、递增的测试。目的是检验程序单元或部件的接口关系，逐步集成为符合概要设计要求的程序部件或整个系统。集成测试有自顶向下和自底向上两种方式。
- 确认测试是检查已实现的软件是否满足了需求规格说明书中确定了的各种需求，以及软件配置是否完全、正确。
- 系统测试把已经经过确认的软件纳入实际运行环境中，与其他系统成分组合在一起进行测试。
- 验收测试由用户参与，对系统做交付使用前的验收。分为α测试和β测试。α测试指的是由用户、测试人员、开发人员等共同参与的内部测试，而β测试指的是完全交给最终用户的测试。

5.2.2 软件测试信息流

软件测试过程需要三类输入：软件配置、测试配置、测试工具，如图5-7所示。

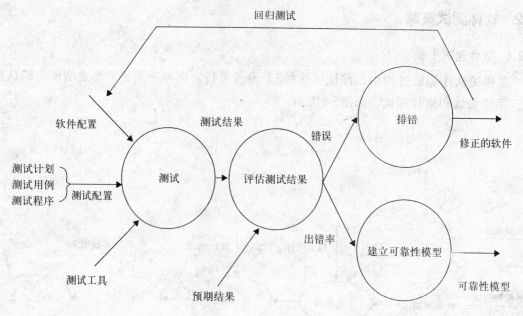

图5-7 软件测试信息流

具体说明如下：

1）软件配置包括软件需求规格说明书、软件设计说明书、源代码等。

2）测试配置包括测试计划、测试用例、测试驱动程序等。

3）测试工具是为了提高软件测试效率，为测试的实施提供某种服务，以减轻人们在测试任务中的手工劳动。它包括测试数据自动生成工具、静态分析程序、动态分析程序、测试结果分析程序等。

5.2.3 软件测试文档

在软件测试过程中，会产生很多的测试文档，本节将重点对这些测试文档进行更加详细的介绍。按IEEE软件测试标准，软件测试文档包括以下几种。

1. 测试计划书

制定软件测试计划是软件测试活动实施的第一个环节。仔细地制订测试计划，能够使测试活动的目标、范围、方法、资源、进度、组织、风险被尽早地识别和明确，使得测试活动能够在准备充分且定义清晰的条件下进行。测试计划文档可以作为软件测试人员之间，以及测试人员和软件开发人员之间的交流工具，为软件测试的管理提供依据，并能够帮助及早地发现和修正软件需求分析、设计等阶段存在的问题。早在软件需求分析阶段甚至更早，软件测试计划就应该开始了。其内容包括该测试计划书的文件名和存放地点、简要介绍、测试项目、测试对象、不纳入测试对象的部分、测试方法、测试判断准则、终止测试及继续测试的判断准则、测试依据及报告、测试工作、测试所需外界条件、测试任务分配、人力资源及所需培训、测试进度计划、风险及应急措施、测试认可。

2. 测试规格说明书

对测试计划中提到的测试方式及要进行哪些功能测试做进一步说明，内容包括该测试规格说明书的文件名和存放地点、测试项目、测试的具体方法、测试编号、测试判断准则。

3. 测试实例说明书

具体列明每一测试实例的过程。对于每一测试实例，内容包括测试实例编号、测试项目、输入数据说明、输出说明、测试所需的外部条件、特殊要求、测试实例间的关系。

4. 测试执行计划书

详细说明各类测试实例的操作步骤，内容包括此测试执行计划书的文件名和存放地点、测试目的、特殊要求、执行步骤。

5. 测试软件移送报告

确定送交测试的软件部分，以及具体操作人员、地点和相关情况，内容包括此报告书的文件名和存放地点、所移送的软件部分和它们的版本、存放待测试软件部分的CD的具体位置和编号、这些CD所存储软件部分的状况、批示人和签名空白。

6. 测试记录

记录测试操作过程和相关细节，内容包括记录的文件名和存放地点，测试单元及版本、测试外界条件，测试项目开始和结束时，记录日期、时间、测试人员，有关输出，异常现象、相关的测试意外事件报告文件名和存放地点。

7. 测试异常事件报告

内容应包括此报告文件名和存放地点，测试过程中出现异常事件的软件部分和版本，事件描述，此事件对整个测试计划、测试过程说明书及测试实例说明书的影响。测试异常报告中最常使用的是缺陷报告。

8. 测试总结报告

总结测试结果，并以这些结果为依据，提出对软件质量的评估。内容包括此报告的文件名和存放地点；各个测试单项版本和测试时的外部条件并对其结果进行分析和总结，以做出评估；所有测试单项中与软件设计说明书有差异的地方，或与测试计划、测试设计书、测试程序设计书不同的地方和相应原因；评估综合测试过程，列出哪些功能或组合功能没有测试及相应原因；测试结果总结；对每一测试项目进行全面评估；总结测试操作及出现的问题；认可人姓名和留给签名的空白。

在测试实际执行过程中，可以根据实际需求对上述文档标准提供的文档进行选择和裁剪，制定相应的规范。一般而言比较重要的测试文档应当包括软件测试计划、测试说明文档（说明具体的测试用例）、软件测试报告（记录测试用例的执行过程、结果和缺陷报告）、测试总结报告等。

5.3 测试用例

为达到最佳的测试效果或高效地揭露隐藏的错误而精心设计并执行少量测试数据，称为测试用例。简单地说，测试用例就是设计一种情况，软件程序在这种情况下，必须能够正常运行并且达到程序所设计的执行结果。

我们不可能进行穷举测试，为了节省时间和资源，提高测试效率，必须要从数量极大的可用测试数据中精心挑选出具有代表性或特殊性的测试数据来进行测试。一个好的测试用例在于它能发现至今未发现的错误。

5.3.1 测试用例设计方法

在测试用例设计过程中，有一些经验和方法可循。我们在接下来的章节中将会介绍其中的几种方法：

1）在任何情况下都必须选择边界值分析方法。经验表明用这种方法设计出的测试用例发现程序错误的能力最强。

2）必要时用等价类划分法补充一些测试用例。

3）用错误推测法再追加一些测试用例。

4）对照程序逻辑，检查已设计出的测试用例的逻辑覆盖度。如果没有达到要求的逻辑覆盖标准，应当再补充足够的测试用例。

5）如果程序的功能说明中含有输入条件的组合情况，则可选用因果图法。

5.3.2 测试用例场景

测试用例场景是通过描述流经测试用例的路径来确定的过程，这个流经过程要从测试用例开始到结束，遍历其中所有基本流和备选流。如图5-8所示，共包括8个场景。比如，场景一为基本流；场景二为基本流、备选流1、备选流2等。

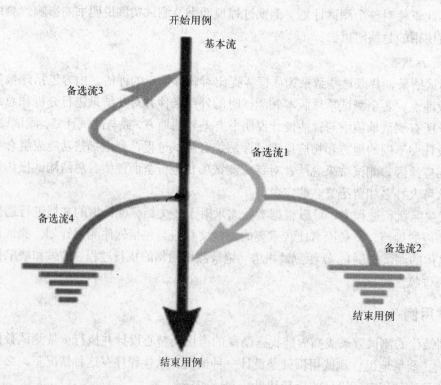

图5-8 用例场景

5.4 软件测试方法

从用例设计的角度，我们经常使用的软件测试方法主要包括黑盒测试和白盒测试。

黑盒测试又叫做功能测试，它主要关注被测软件功能的实现，而不是其内部逻辑。在黑盒测试中，被测对象的内部结构、运作情况对测试人员是不可见的。也就是说，测试人员把被测试的软件系统看成是一个黑盒子，并不需要关心盒子的内部结构和内部特性，而只关注于软件产品的输入数据和输出结果，从而检查软件产品是否符合它的功能说明。

黑盒测试有多种技术，如等价类技术、边界值技术、错误推断法、因果图法、判定表法等。黑盒测试示意图如图5-9所示。

白盒测试，有时也称为玻璃盒测试，它关注软件产品的内部细节和逻辑结构，即把被测的程序看成是一个透明的盒子。白盒测试利用构件层设计的一部分而描述的控制结构来生成测试用例。白盒测试需要对系统内部结构和工作原理有一个清楚的了解。白盒测试也有多种技术，如逻辑覆盖测试、基本路径测试等。白盒测试的示意图如图 5-18所示。

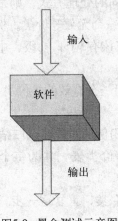

图5-9 黑盒测试示意图   图5-10 白盒测试示意图

一般在软件测试的过程中，宏观上采用黑盒测试，微观上采用白盒测试。大的功能模块采用黑盒测试，小的构件采用白盒测试。下面将以黑盒测试方法中的等价类划分法和白盒测试方法中的基本路径法为例对黑盒测试和白盒测试进行详细的介绍。

5.4.1 等价类划分法

等价类划分法是一种典型的黑盒测试方法，用这种方法设计测试用例完全不用考虑程序的内部结构，只需考虑对程序的要求和说明，即需求规格说明书。必须仔细分析和推敲说明书的各项内容，特别是功能需求。把说明中对输入的要求和输出的要求区别开来并加以分解。

等价类划分法把程序的输入域划分为若干部分，然后从每个部分中选取少数代表性数据当做测试用例。每一类的代表性数据在测试中的作用等价于这一类中的其他值。也就是说，如果某一类中的一个用例发现了错误，这一类中的其他用例也能发现同样的错误；反之，若某一类中的一个用例没有发现错误，则这一类中的其他用例也不会查出错误。

使用这一方法设计测试用例时，首先必须在分析需求规格说明书的基础上划分等价类，列出等价类表。等价类划分有两种不同的情况：有效等价类和无效等价类。有效等价类是指由对程序的规格说明是有意义的、合理的输入数据构成的集合。无效等价类是指由对程序的规格说明是无意义的、不合理的输入数据构成的集合。

在划分等价类时，应该遵循有以下一些规则：

1）如果输入条件规定了取值范围或个数，则可确定一个有效等价类和两个无效等价类。例如，输入值是选课人数，在0到100之间，那么有效等价类是：0≤学生人数≤100；无效等价类是：学生人数<0、学生人数>100。

2）如果输入条件规定了输入值的集合或是规定了"必须如何"的条件，则可确定一个有效等价类和一个无效等价类。例如，输入值是日期类型的数据，那么有效等价类是日期类型的数据；无效等价类是非日期类型的数据。

3）如果输入是布尔表达式，可以分为一个有效等价类和一个无效等价类，例如要求密码非空，则有效等价类为非空密码，无效等价类为空密码。

4）如果输入条件是一组值，且程序对不同的值有不同的处理方式，则每个允许的输入值对应一个有效等价类，所有不允许的输入值的集合为一个无效等价类。例如，输入条件"职称"的值是初级、中级或高级，那么有效等价类应该有3个：初级、中级、高级；无效等价类有一个：其他任何职称。

5）如果规定了输入数据必须遵循的规则，可以划分出一个有效的等价类（符合规则）和若干个无效的等价类（从不同的角度违反规则）。

划分好等价类后，就可以设计测试用例了。设计测试用例的步骤可以归结为3步：

1）对每个输入和外部条件进行等价类划分，画出等价类表，并为每个等价类进行编号。

2）设计一个测试用例，使其尽可能多地覆盖有效等价类，重复这一步，直到所有的有效等价类被覆盖。

3）为每一个无效等价类设计一个测试用例。

下面将以一个具体实例为出发点，讲解使用等价类划分法的细节。

三角形问题：三个整数a, b, c作为输入，用作三角形的边，程序输出由这三个边确定的三角形的类型：等边三角形、等腰三角形、不等边三角形、非三角形、非等边三角形、非等腰三角形。

画出该问题的等价类表，并为每个等价类进行编号，如表5-1所示。

表5-1　等价类表

输入条件	有效等价类		无效等价类	
是否为三角形的三个边	(a>0)	(1)	(a<=0)	(7)
	(b>0)	(2)	(b<=0)	(8)
	(c>0)	(3)	(c<=0)	(9)
	(a+b>c)	(4)	(a+b<=c)	(10)
	(b+c>a)	(5)	(b+c<=a)	(11)
	(a+c>b)	(6)	(a+c<=b)	(12)

（续）

输入条件	有效等价类		无效等价类	
是否为等腰三角形	(a=b)	(13)	(a!=b)and(b!=c)and(a!=c)(16)	
	(b=c)	(14)		
	(a=c)	(15)		
是否为等边三角形	(a=b)and(b=c)and(a=c) (17)		(a!=b)	(18)
			(b!=c)	(19)
			(c!=a)	(20)

根据等价类表，该问题测试用例设计如表5-2所示。

表5-2　测试用例表

序号	[a,b,c]	覆盖等价类	输出
1	3, 4, 5	(1), (2), (3), (4), (5), (6)	不等边三角形
2	0, 1, 2	(7)	非三角形
3	1, 0, 2	(8)	
4	1, 2, 0	(9)	
5	1, 2, 3	(10)	
6	3, 1, 2	(11)	
7	1, 3, 2	(12)	
8	3, 3, 4	(1), (2), (3), (4), (5), (6), (13)	等腰三角形
9	3, 4, 4	(1), (2), (3), (4), (5), (6), (14)	
10	3, 4, 3	(1), (2), (3), (4), (5), (6), (15)	
11	3, 4, 5	(1), (2), (3), (4), (5), (6), (16)	非等腰三角形
12	3, 3, 3	(1), (2), (3), (4), (5), (6), (17)	等边三角形
13	3, 4, 4	(1), (2), (3), (4), (5), (6), (18)	非等边三角形
14	3, 4, 4	(1), (2), (3), (4), (5), (6), (19)	
15	3, 3, 4	(1), (2), (3), (4), (5), (6), (20)	

5.4.2　基本路径测试法

基本路径测试法是在程序控制流图的基础上，通过分析控制构造的环路复杂性，导出基本可执行的路径集合，从而设计测试用例的方法。设计出的测试用例要保证在测试中程序的每个可执行语句至少执行一次。

程序的控制流图是描述程序控制流的一种图示方法。圆圈称为控制流图的一个结点，表示一个或多个无分支的语句或源程序语句；箭头称为边或连接，代表控制流。在将程序流程图简化成控制流图时，应注意以下两个方面：

1）在选择或多分支结构中，分支的汇聚处应有一个汇聚结点。

2）边和结点圈定的部分叫做区域，当对区域计数时，图形外的区域也应记为一个区域。

控制流图表示如图5-11所示。

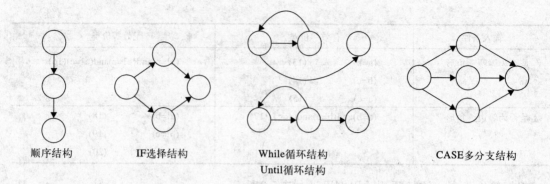

顺序结构　　　　　IF选择结构　　　　　While循环结构　　　　　CASE多分支结构

Until循环结构

图5-11　控制流图表示

环路复杂度是一种为程序逻辑复杂性提供定量测度的软件度量,将该度量用于计算程序基本的独立路径数目,是确保所有语句至少执行一次的测试数量的上界。独立路径必须包含一条在定义之前不曾用到的边。计算环路复杂度有以下三种方法:

1) 流图中区域的数量对应于环路的复杂度。

2) 给定流图G的环路复杂度V(G),定义为V(G)=E−N+2,其中E是流图中边的数量,N是流图中结点的数量。

3) 给定流图G的环路复杂度V(G),定义为V(G)=P+1,其中P是流图G中判定结点的数量。

基本路径测试法适用于模块的详细设计及源程序,其步骤如下:

1) 以详细设计或源代码为基础,导出程序的控制流图。

2) 计算得出控制流图G的环路复杂度V(G)。

3) 确定线性无关的路径的基本集。

4) 生成测试用例,确保基本路径集中每条路径的执行。

下面将以一个具体实例为出发点,讲解使用基本路径测试法的细节。

对于下面的程序,假设输入的取值范围是1000<year<2001,使用基本路径测试法为变量year设计测试用例,使满足基本路径覆盖的要求。

```
Int IsLeap(int year)
{
    If (year % 4 ==0)
    {
        if ( year % 100 ==0)
        {
            if ( year % 400 == 0)
                leap = 1;
            else
                leap =0;
        }
        else
            leap = 1;
    }
```

```
    else
        leap = 0;
    return leap;
}
```

根据源代码绘制程序的控制流图，如图5-12所示。

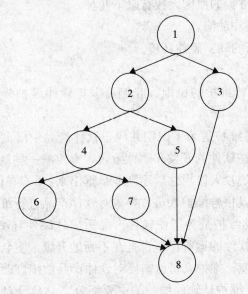

图5-12 控制流图

通过控制流图，计算环路复杂度V(G)=区域数=4。

线性无关的路径集为：

1）1-3-8

2）1-2-5-8

3）1-2-4-7-8

4）1-2-4-6-8

设计测试用例：

路径1：输入数据：year=1999   预期结果：leap=0

路径2：输入数据：year=1996   预期结果：leap=1

路径3：输入数据：year=1800   预期结果：leap=0

路径4：输入数据：year=1600   预期结果：leap=1

5.5 软件维护

5.5.1 软件维护的概念

软件维护是指在软件产品交付用户之后，在计算机软件运行过程中，根据用户提出的要求进行的修改和完善以及为排除运行中发生的各种故障以保证正常运行所做的各种工作。在产品交付并且投入使用之后，为了解决在使用过程中不断发现的各种问题，保证系统正常运行，同时使系统功能随着用户需求的更新而不断升级，软件维护的工作是非常必要的。

进行软件维护的工作通常需要软件维护人员与用户建立一种工作关系，使软件维护人员能够充分了解用户的需要，及时地解决系统中存在的问题。通常，软件维护是软件生存周期中延续时间最长、工作量最大的一个阶段。

一般来说，要求进行维护的原因大致有以下几种：

1）改正程序中的错误和缺陷。

2）改进设计以适应新的软、硬件环境。

3）增加新的应用范围。

综合以上几种要求进行维护的原因，我们可以把软件维护分为以下几类，如图5-13所示：

1）改正性维护。这类维护是为了识别并纠正软件产品中潜藏的错误，改正软件性能上的缺陷而进行的维护。在软件的开发和测试阶段，必定有一些缺陷是没有被发现的。这些潜藏的缺陷会在软件系统投入使用之后逐渐地暴露出来。用户在使用软件产品的过程中，如果发现了这类错误，可以报告维护人员，要求对软件产品进行维护。

2）适应性维护。这类维护是为了使软件产品适应软硬件环境的变更而进行的维护。随着计算机的飞速发展，软件的运行环境也是在不断地升级或更新的，如果原有的软件产品不能够适应新的运行环境，维护人员就需要对软件产品做出修改。

3）完善性维护。这类维护是软件维护的主要部分，它是针对用户对软件产品提出的新的需求所进行的维护。随着市场的变化，用户可能要求软件产品能够增加一些新的功能或者某个方面的功可以能有所改进，这时维护人员就应该对原有的软件产品进行功能上的修改和扩充。

4）预防性维护。这类维护主要是采用先进的软件工程的方法对已经过时的、很可能需要维护的软件系统的某一部分进行重新设计、编码、测试，以达到结构上的更新，它为以后进一步维护软件打下了良好的基础。

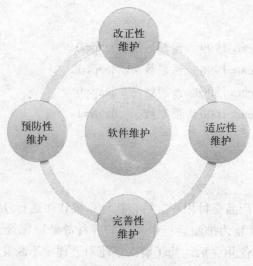

图5-13 软件维护

通常，维护在软件生存周期中的耗时最长，费用最多。对于大型的软件系统，一般开发周期是1～3年，但是维护周期会达到5～10年，维护费用会达到开发费用的4～5倍。影响软件维护工作量的因素包括：系统的规模、系统的年龄、系统的结构、程序设计语言、文档的质量等。

5.5.2 软件维护过程

软件维护应建立相应的维护机构，包括维护管理员、系统管理员、修改负责人等角色。维护管理员负责接受维护申请，然后把维护申请交给某个系统管理员去评价；系统管理员是一名技术人员，他必须熟悉软件产品的某一部分；系统管理员对维护申请做出评价，然后交给修改负责人确定如何进行修改。

无论是哪一种类型的维护，都要进行修改软件设计、设计复审、对源代码的必要修改、单元测试、集成测试（包括回归测试）、验收测试和软件配置复审等一系列工作。

在每次软件维护任务完成后，需要进行必要的情况评审。软件维护的工作流程如图5-14所示。

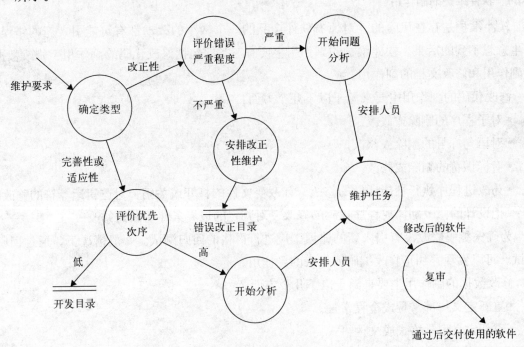

图5-14 软件维护流程

5.5.3 软件的可维护性

软件的可维护性是用来衡量对软件产品进行维护的难易程度的标准，它是软件质量的主要特征之一。对于可维护性高的软件产品，纠正并修改其错误或缺陷，对其功能进行扩充或完善时，消耗的资源越少，工作越容易。开发可维护性高的软件产品是软件开发的一个重要目标。

主要可以从以下4个方面来度量软件的可维护性：

1）可理解性：是指人们通过阅读软件产品的源代码和文档，来了解软件的系统结构、功能、接口和内部过程的难易程度。

2）可测试性：是指诊断和测试软件缺陷的难易程度。程序的逻辑复杂度越低，就越容易测试。

3）可修改性：是指在定位了软件缺陷以后，对程序进行修改的难易程度。

4）可移植性：用于衡量软件在不同平台上运行的适应能力。

为了提高软件的可维护性，需要注意以下几个方面：

1）建立明确的软件质量标准。

2）利用先进的软件技术和工具。

3）建立明确的质量保证制度。

4）选择可维护的程序设计语言。

5）改进软件的文档。

5.5.4　软件维护的副作用

软件维护是存在风险的。对原有软件产品的一个微小的改动都有可能引入新的错误，产生意想不到的后果。软件维护的副作用主要有三类，包括修改代码的副作用、修改数据的副作用和修改文档的副作用。

修改代码的副作用主要来源于以下几个方面：

• 对子程序的删除或修改。

• 对语句标号的删除或修改。

• 对标识符的删除或修改。

• 为改进程序执行性能所做的修改，如改变文件的打开或关闭、对逻辑运算符的修改、把设计的修改翻译成程序代码的修改、对判定的边界条件所做的修改。

为确保编码修改没有引入新的错误，应进行严格的回归测试。一般情况下，通过回归测试，可以发现并纠正修改编码所带来的副作用。

修改数据的副作用主要来源于以下几个方面：

• 重新定义局部常量或全程常量。

• 重新定义记录格式或文件格式。

• 改变一个数组或高阶数据结构的大小。

• 修改全程变量。

• 重新初始化控制标记或指针。

• 重新排列输入输出或子程序的自变量。

修改数据的副作用可以通过完善的设计文档来加以限制。这种文档描述了数据结构，并且提供了一种把数据元素、记录、文件及其他结构与软件模块联系起来的交叉对照功能。

维护应该着眼于整个软件配置，而不只是源程序代码的修改。如果源代码的修改没有反映在设计文档或用户文档中，就会发生文档的副作用。

每当对数据流图、软件结构、模块算法过程和其他有关的特征进行修改时，必须同时对相应的文档资料进行更新。在软件再次交付使用之前，对整个软件配置进行评审将大大减少文档的副作用。

实际上，某些维护申请的提出只是由于用户文档不够清楚。这时，只需对文档进行维护即可，并不要求修改软件设计或源程序。

5.6 使用Visual Studio的Unit Test功能

Microsoft Visual Studio 2010具有Unit Test功能，可以方便地生成测试用例并对测试结果进行汇总。下面将演示如何使用Unit Test功能进行测试。

待测试的代码是一个计算三角形面积的函数，这个函数的形式如下：

$$S = \sqrt{r(r-a)(r-b)(r-c)} \quad , \quad 其中 \quad r = \frac{a+b+c}{2}$$

上式中，三角形的三边长度为a、b、c。

5.6.1 新建一个Project

新建一个Visual C#的Windows下的Console application，并将其命名为triangleArea；接受其他默认设置。

5.6.2 编码

在static void Main(string[] args)前面添加如下代码：

```
public static double triangleArea(double a, double b, double c)
{
    double r = 0.5 * (a + b + c);
    double s = System.Math.Sqrt(r * (r - a) * (r - b) * (r - c));
    return s;
}
```

函数的参数为三边的长度，返回值为面积。将如下的代码添加到Main函数中：

```
System.Console.WriteLine(triangleArea(3, 4, 5));
```

表示Main函数将计算边长为3、4、5的三角形的面积，并将结果在标准输出上打印出来。Build并运行程序，结果显示为6。边长为3、4、5是勾股定理的经典例子，易知其面积的确为6。

最终的代码如图5-15所示。

```
Program.cs  ×
triangleArea.Program                                                        Main(string[] args)
  using System;
  using System.Collections.Generic;
  using System.Linq;
  using System.Text;

  namespace triangleArea
  {
      class Program
      {
          public static double triangleArea(double a, double b, double c)
          {
              double r = 0.5 * (a + b + c);
              double s = System.Math.Sqrt(r * (r - a) * (r - b) * (r - c));
              return s;
          }

          static void Main(string[] args)
          {
              System.Console.WriteLine(triangleArea(3, 4, 5));
          }
      }
  }
```

图5-15 代码

5.6.3 建立Unit Test

Unit Test需要一个新的专门的测试Project，测试代码可以由C#或者任何.NET支持的语言编写（如Visual Basic或者C++/CLI等）。只要简单运行这个Project就可以进行该工程下的所有测试；也可以点击单独的测试进行运行，Visual Studio会自动输出测试结果。

有两种方法可以建立测试用的Project。一种方法为直接像新建triangleArea这个Project一样，建立一个空白的测试工程；另一种方法为选定待测试函数以后再建立Project。

我们首先用第二种方法建立一个Project。右键单击代码"Program.cs"中的public static double triangleArea(double a, double b, double c)一行，弹出的菜单中有"Create Unit Test"一项。如图5-16所示。

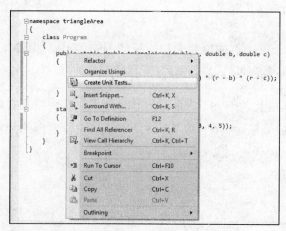

图5-16 建立Unit Test

单击这一项则出现"Create Unit Test"的对话框。注意，因为现在的Solution下面没有任何Unit Test Project，因此，系统会自动为我们生成一个。下方的Output Project中显示了Create a New Visual C# Project，在这里可以选择生成其他语言格式的工程，选择默认设置为C#，如图5-17所示。

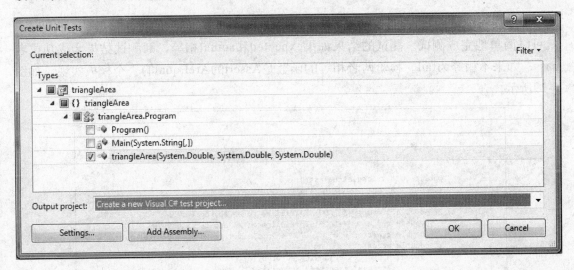

图5-17　建立Project

接受所有默认设置以后，单击"OK"按钮。Visual Studio会弹出对话框要求输入一个Project的名称，这里我们接受默认值TestProject1。单击"Create"建立Project，如图5-18所示。

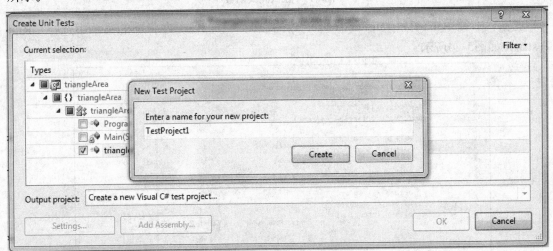

图5-18　建立Project的名称

5.6.4　进行测试

Project建立完成以后，Visual Studio会自动打开新建工程中的文件——"ProgramTest.cs"文件，并将我们的输入光标定位到测试代码。可以看到，测试函数triangleArea的代码自动被命名为triangleAreaTest。

注意，代码的最后一句为提示我们检查Test函数的正确性。这里默认函数已经满足要求，因此只需要将下面一句话删除即可完成测试函数：

```
Assert.Inconclusive("Verify the correctness of this test method.");
```

仔细观察测试函数，可以看到，只要按照"//TODO:"后面的提示修改相应的参数，就可以简单地完成测试。测试的结果如果expected和actual相等，则测试结果为成功或者pass，如果不相等为fail。检验两者相等的函数是Assert的AreEqual的一个模板实现，如图5-19所示。

```
/// <summary>
///A test for triangleArea
///</summary>
[TestMethod()]
public void triangleAreaTest()
{
    double a = 0F; // TODO: Initialize to an appropriate value
    double b = 0F; // TODO: Initialize to an appropriate value
    double c = 0F; // TODO: Initialize to an appropriate value
    double expected = 0F; // TODO: Initialize to an appropriate value
    double actual;
    actual = Program.triangleArea(a, b, c);
    Assert.AreEqual(expected, actual);
    Assert.Inconclusive("Verify the correctness of this test method.");
}
}
```

图5-19　默认测试函数

现在，右键单击函数triangleAreaTest内的任何一个部位，在弹出的菜单中选择"Run Tests"，如图5-20所示。

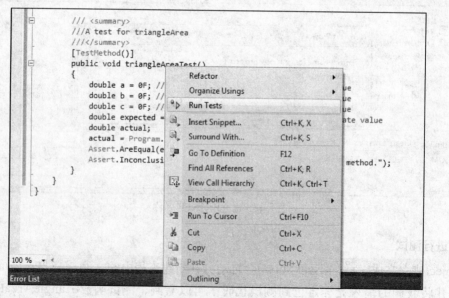

图5-20　开始测试

Visual Studio会自动运行，并且给出测试结果。由于三边长度为0的三角形面积为0，因此不需修改测试就会通过。如图5-21所示。

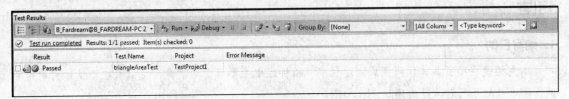

图5-21　测试结果

窗口显示测试通过。

现在，我们将a、b、c的值分别更改为3、4、5，expected更改为6。再次运行测试，可以看到测试结果依然是通过的。如果我们将expected更改为7，运行测试，则测试不通过，如图5-22所示。

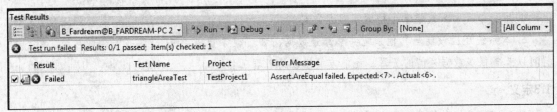

图5-22　测试结果

双击错误信息可以看到错误信息的详细内容，如图5-23所示。

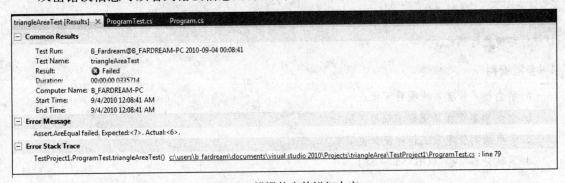

图5-23　错误信息的详细内容

5.7　"学生档案管理系统"的测试分析报告

下面是学生档案管理系统的测试分析报告，以此作为范例，供读者参考。

测试分析报告

1 引言

1.1 编写目的

本文档是在项目具体代码完成的过程中，项目组中主要负责测试的人员记录在测试过程中发现的问题以及对于问题改进的建议。

本文档将供系统的编程人员、集成人员、维护人员查阅和使用。

1.2 背景

a. 待开发软件系统的名称：学生档案管理系统

b. 此项目的任务提出者：×××大学学生档案管理办公室

c. 开发者：×××项目小组

d. 用户：×××大学学生档案管理办公室

e. 本系统还应该能与其他系统共享部分数据，如"教务管理系统""图书馆管理系统"等，这样可以节省很多数据存储的资源，还能方便学校的管理工作。

1.3 定义

单元测试是指对软件中最小可测试单元进行检查和验证。

集成测试是指对通过测试的单元模块组装成系统或子系统进行测试，重点测试不同模块的接口部分。

系统测试是指将整个软件系统看做一个整体进行测试，包括对功能和性能，以及软件所运行的软硬件环境进行测试。

1.4 参考资料

a. 学生档案管理系统项目审批表

b. 学生档案管理系统需求规格说明书

c. 学生档案管理系统软件设计说明书

d. 测试分析报告（GB8567—88）

2 测试概要

2.1 测试采用的标准及技术

测试采用的标准和技术如表1～3所示。

表1　开始/中断/完成测试说明

开始/中断/完成测试	标准说明
开始测试标准	硬件环境可用并且软件正确安装完成
中断测试标准	安装无法正确完成或程序的文档有相当多的失误或系统服务异常
完成测试标准	完成测试计划中的测试规划并达到程序和测试质量目标

表2 测试技术说明

测试技术	说　明
里程碑技术	里程碑的达成标准及验收方法在测试完后制订
编写测试用例	在产品编码阶段编写测试用例
单元测试	对具体模块及函数进行测试
系统测试	检测模块集成后的系统是否达到需求对业务流程及数据流的处理是否符合标准、系统对业务流程处理是否存在逻辑不严谨及错误，以及是否存在不合理的标准及要求

表3 测试类型说明

测试类型	说　明
功能测试	根据系统需求文档和设计文档，检查产品是否正确实现了功能
边界值测试	选择边界数据进行测试，确保系统功能正常，程序无异常
界面测试	检查界面是否美观合理
文档测试	检查文档是否足够、描述是否合理

2.2 目标系统的功能需求

目标系统的功能需求如表4所示。

表4 功能需求表

序号	功能名称	功能描述	输入	系统响应	输出
1	建立并维护全部学生档案信息	建立学生档案信息表，录入学生档案信息，日后需要时可进行更新	全部学生的基本档案信息	将全部学生的基本档案信息存放到数据库相应的物理表中	提供学生条件查询和模糊查询的基本信息
2	建立并维护学生住宿信息	记录、更新学生的住宿情况	输入学号、宿舍号	将学号、宿舍号存放到数据库的"宿舍"实体中	住宿信息存放到了数据库中
3	管理学院与专业之间的对应关系	记录专业与学院之间的对应关系，并根据变化进行更新	不需用户输入	更新数据库中相应表之间的关系	学院与专业之间的对应关系得到更新
4	管理专业与班级之间的对应关系	记录专业与班级之间的对应关系，并根据变化进行更新	不需用户输入	更新数据库中相应表之间的关系	学院与班级之间的对应关系得到更新
5	学生档案信息统计、分析功能	统计在校学生人数、各省份学生人数、各年龄段的学生人数、各民族的学生人数等	相应的事件被触发	读取数据库中相关表的内容，并做出统计	显示统计结果

（续）

序号	功能名称	功能描述	输入	系统响应	输出
6	学生住宿情况统计功能	统计学生的住宿情况	相应的事件被触发	读取数据库中相关表的内容，并做出统计	显示统计结果
7	管理学生的交费信息	记录、更新学生的交费信息	输入学号、学年、应交费、实交费	将输入信息存放到数据库相应的表中	输入信息被存放到数据库相应的表中
8	条件查询	查询需要的字段	查询条件	根据查询条件进行查询，生成查询结果	显示查询结果
9	模糊查询	查询需要的字段，但并不是准确的字段，而是与需要的字段相关的所有记录	模糊查询条件	根据查询条件进行查询，生成查询结果	显示查询结果
10	生成报表	以报表形式显示对应实体的所有记录	选择需要显示的报表类型	根据要求，进行统计处理，生成报表	显示报表、打印报表
11	管理系统用户	管理登录系统账号的建立、密码的修改	输入用户名、密码	进行用户名和密码的验证	显示登录信息

2.3 目标系统的性能需求

目标系统的性能需求如表5所示。

表5　性能需求表

序号	性能名称	性能描述	输入	系统响应	输出	备注
1	信息查询	根据条件查询数据库中存放的信息	查询条件信息	系统在3秒内显示查询结果	查询结果	
2	信息更新	对数据库的信息进行增加、修改	输入待录入和修改的信息	系统在0.5秒内对数据库的内容进行更新	提示信息	
3	检查输入信息的有效性	对用户输入的各种信息进行有效性检查	各种信息	系统在0.2秒内判断出输入信息是否有效	提示信息	
4	生成报表	用报表形式显示数据库中相关信息	报表类型	系统在3秒内生成报表并显示出来	需要显示的报表	

3 功能测试报告

系统的功能测试报告如表6所示。

表6　功能测试报告

序号	功能名称	功能描述	输入	输出	发现问题	测试结果	测试人	测试时间
1	建立并维护全部学生的档案信息	建立学生档案信息表，录入学生档案信息，日后需要时可进行更新	全部学生的基本档案信息	将全部学生的基本档案信息存放到数据库相应的物理表中		通过	李立	2007/12/10
2	建立并维护学生的住宿信息	记录、更新学生的住宿情况	输入学号、宿舍号	将学号、宿舍号存放到数据库的"宿舍"表中		通过	李立	2007/12/10
3	管理学院与专业之间的对应关系	记录专业与学院之间的对应关系，并根据变化进行更新	不需用户输入	更新数据库中相应表之间的关系		通过	李立	2007/12/10
4	管理专业与班级之间的对应关系	记录专业与班级之间的对应关系，并根据变化进行更新	不需用户输入	更新数据库中相应表之间的关系		通过	李立	2007/12/10
5	学生档案信息的统计、分析功能	统计在校学生人数、各省份学生人数、各年龄段的学生人数、各民族的学生人数等	相应的事件被触发	读取数据库中相关表的内容，并做出统计		通过	李立	2007/12/10
6	学生住宿情况的统计功能	统计学生的住宿情况	相应的事件被触发	读取数据库中相关表的内容，并做出统计		通过	李立	2007/12/10
7	管理学生的交费信息	记录、更新学生的交费信息	输入学号、学年、应交费、实交费	将输入信息存放到数据库相应的表中		通过	李立	2007/12/10
8	条件查询	查询需要的字段	查询条件	根据查询条件进行查询，生成查询结果		通过	李立	2007/12/10

（续）

序号	功能名称	功能描述	输入	输出	发现问题	测试结果	测试人	测试时间
9	模糊查询	查询需要的字段，但并不是准确的字段，而是与需要的字段相关的所有记录	模糊查询条件	根据查询条件进行查询，生成查询结果		通过	李立	2007/12/10
10	生成报表	以报表形式显示对应实体的所有记录	选择需要显示的报表类型	根据要求进行统计处理，生成报表		通过	李立	2007/12/10
11	管理系统用户	管理登录系统用户名的建立、密码的修改	输入用户名、密码	进行用户名和密码的验证		通过	李立	2007/12/10

4性能测试报告

系统的性能测试报告如表7所示。

表7　性能测试报告

序号	功能名称	功能描述	输入	输出	发现问题	测试结果	测试人	测试时间
1	信息查询	根据条件查询数据库中存放的信息	查询条件信息	系统在3秒内显示查询结果		通过	周阳	2007/12/11
2	信息更新	对数据库的信息进行增加、修改	输入待录入和修改的信息	系统在0.5秒内对数据库的内容进行更新		通过	周阳	2007/12/11
3	检查输入信息的有效性	对用户输入的各种信息进行有效性检查	各种信息	系统在0.2秒内判断出输入信息是否有效		通过	周阳	2007/12/11
4	生成报表	用报表形式显示数据库中相关信息	报表类型	系统在3秒内生成报表并显示出来		通过	周阳	2007/12/11

5对软件功能测试的结论

5.1功能1：学生资料的增加、删除、修改

1. 能力。基本上实现了学生档案信息的录入，即学生资料的增加；学生资料的选择性删除，学

生资料的修改。其中学生资料的增加和修改操作大部分是由学生来操作完成的，学生资料的删除是由学校管理学籍等资料的职能部门来执行的。

2. 限制。学生的档案管理在各个职能部门几乎都以最大权限提供，没有进行细致的权限细化工作。

5.2 功能2：学生信息的查询、打印

1. 能力。学生信息的查询是在档案查询者提供特定查询选项前提下，进行分析统计产生的信息视图。并且能够提供Excel格式的文档显示及连接打印机打印。

2. 限制。学生信息的查询对于各个职能不能提供几乎所有的查询条件，应该在下一个阶段对各个查询选项进行细化，并且优化查询速度。

5.3 功能3：学生信息的统计与分析

1. 能力。学生信息的统计与分析基本上达到要求，能够提供各种查询视图。并且针对各个不同的职能部门，在处理类中进行了区分，能够较好地产生各个不同需求的视图。

2. 限制。在执行时间性能上还有提高的空间。

6 分析摘要

6.1 能力

本系统基本上实现以下功能：

a. 实现学生资料的增加、删除、修改。

b. 学生信息的查询、打印。

c. 学生信息的统计与分析。

此外，本系统还能与其他系统共享部分数据，如"教务管理系统"、"图书馆管理系统"等，节省很多数据存储的资源，方便学校的管理工作。

在测试环境中很难模拟并发的操作，而在实际运行环境中并发操作很常见，因此在测试过程中对并发操作并没有进行系统的测试。

6.2 缺陷和限制

测试的数据都是基于学校事务人员进行设置的，可能有些方面在具体运用中还有欠缺，有待改进。在测试过程中没有具体连接到硬件设备，可能在打印处理等方面有欠缺，如掉电处理等。网站中在页面格式、用户体验方面还有改进的空间。

在处理边界数据流时，还停留在全局的数据流通用，未对具体的每块数据流以角色区分而选择不同的视图。

6.3 建议

1）在测试过程中，运行时错误的修改是最为紧迫的，预计修改这方面的工作量约为20个机时。

2）在界面优化方面由两位成员主要负责，大概需要18个机时。

6.4评价

该"学生档案管理系统"在基本功能方面，尤其是网站应用方面，已满足基本需求，达到初步效果，可以在不久后投入使用。

现在学校需要处理的档案信息越来越多，开发这样一个系统的应用前景广泛，具有很高的实用价值。项目成员的热情与智慧是值得肯定的。

"学生档案管理系统"开发方式灵活，学校各个职能部门可以在任何地方通过网络进行学生档案管理。

7测试资源消耗

测试输入了大量的数据，包括数据库中存放管理员、各个职能部门账户、学生账户等信息。其中学生的信息输入量较大，因为我们模拟了各种学生档案的状态。为了较为真实地模拟实际应用环境，我们根据学校职能部门的不同显示不同的学生档案视图，并且在各个页面中进行布局搭配，色彩调节等。

项目组中两名成员负责测试，估计总耗时约为40个机时。

5.8 "学生档案管理系统"的使用说明书

对于软件系统的使用说明书，包含用户手册和操作手册两部分。但是在中小型软件项目中，用户手册和操作手册这两部分内容可以在一份使用说明文档中完成。

下面是"学生档案管理系统"的使用说明书，以此为例，供读者参考。

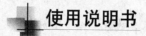

使用说明书

1引言

本软件的使用说明书全面、概括性地描述了用户可以使用学生档案管理系统完成的工作，以及完成工作的方式。使用户对本系统中的功能及操作方式有所认识。通过本软件使用说明书可以全面了解学生档案管理系统的操作方式和步骤。

1.1编写目的

1.作为软件系统开发技术协议的参考依据，为双方提供参考。

2.为了使用户全面地了解本系统，详细介绍了各个功能模块的所有功能和操作步骤。

3.让用户更快、更好地使用该软件，更深入地了解每一个模块具体的功能和操作步骤。

预期读者：评审小组、用户。

1.2背景

a.待开发软件系统的名称：学生档案管理系统

b.此项目的任务提出者：×××大学学生档案管理办公室

c.开发者：×××项目小组

d. 用户：×××大学学生档案管理办公室

e. 本系统还应该能与其他系统共享部分数据，如"教务管理系统"、"图书馆管理系统"等，这样可以节省很多数据存储的资源，还能方便学校的管理工作

1.3定义

列出本文件中用到的专门术语的定义和外文首字母组词的原词组。

总体结构：软件系统的总体逻辑结构。

数据字典：数据字典中的名字都是一些属性与内容的抽象与概括，其特点是数据的严密性和精确性；不能有半点含糊。数据字典又分为用户数据字典和系统数据字典。用户数据字典包括单位的各种编码或代码。

1.4参考资料

a. 学生档案管理系统项目审批表

b. 学生档案管理系统需求规格说明书

c. 学生档案管理系统软件设计说明书

d. 用户手册（GB8567—88）

e. 操作手册（GB8567—88）

2软件概述

2.1软件的结构

软件系统结构图如图1。

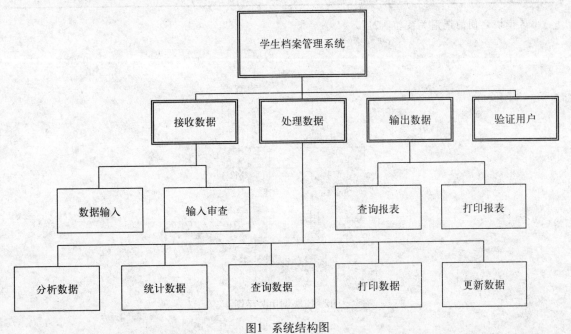

图1 系统结构图

2.2程序表

软件中主要使用的程序及模块列表如下。

高层功能模块如表1所示。

表1　高层功能模块表

模块编号	模块中文名称	模块英文名称	功能简述	备注
M1	学生档案信息的输入	StuInfoInput	把学生的档案信息录入到数据库中	
M2	学生档案信息的处理	StuInfoHandle	对学生的档案信息进行修改、删除、分析、查询等操作	
M3	学生档案信息的发布	StuInfoOutput	生成学生档案信息的报表并打印	
M4	系统用户登录	UserLogin	验证系统用户的身份	

低层的功能模块如表2所示。

表2　低层功能模块表

模块编号	模块中文名称	模块英文名称	所属的高层模块编号	功能简述	备注
M1-1	数据输入	DataInput	M1	把学生的档案信息录入到数据库中	
M1-2	输入审查	DataVerify	M1	对录入的学生档案信息进行有效性检查	
M3-1	查询报表	ReportSearch	M3	按查询条件生成学生档案信息的报表	
M3-2	打印报表	ReportPrint	M3	打印相应的学生档案信息的报表	
M2-1	分析数据	DataAnalyze	M2	对学生档案信息进行分析	
M2-2	统计数据	DataSummarize	M2	对学生档案信息的各项数据进行统计	
M2-3	查询数据	DataSearch	M2	按条件检索相应的学生档案信息	
M2-4	打印数据	DataPrint	M2	打印检索到的学生档案信息	
M2-5	更新数据	DataModify	M2	对学生档案信息进行修改、删除等操作	
M4	用户验证	UserLogin	M4	验证系统用户的身份	

各模块之间的调用关系如图2所示。

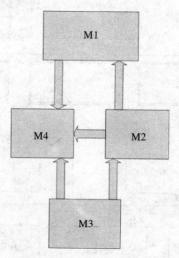

图2　模块调用关系图

3用途

3.1功能

本软件主要是为了帮助学校相关职能部门对学生档案信息进行高效的管理和维护，主要的功能如下：

a.学生资料的增加、删除、修改，支持多种途径的数据录入。

b.学生信息按各种条件查询、模糊搜索，查询结果可直接导出为Excel、Word等文件格式，具有打印功能。

c.学生信息的统计与分析，根据结果画出统计分析图，帮助分析学生数据。

d.学院与专业、专业与班级之间的对应关系的管理。

e.学生住宿情况的统计分析。

f.学生的交费信息的查询管理。

3.2性能

1.精度。软件应保证系统运行稳定，避免出现系统崩溃；软件必须保证有足够的数据精度，不影响正常业务；软件应尽量做到响应快速、操作简便。应注意以下两个方面：

1）学生档案信息中，学生学号不能为空。

2）学生信息统计分析的结果中，保留小数点之后2位。

2.时间特性。本软件对时间特性要求如下：

1）对数据进行有效性验证的时间少于0.2秒。

2）单个查询响应时间少于3秒。

3）更新信息处理时间少于0.5秒。

4）统计分析生成图表时间少于3秒。

3.灵活性。本软件采用高内聚、低耦合的开发方式，便于模块的添加和删除，有利于满足用户提出的新要求和新功能。

3.3安全保密

本软件的用户主要是学校相关部门的工作人员，需要添加身份验证和操作记录功能，以防范系统遭到攻击和破坏。

4运行环境

4.1硬件设备

本软件运行需要的硬件配置为：

a.CPU：Pentium III 500MHz以上

b.磁盘空间容量：600MB以上

c.内存：512MB以上

d.其他：鼠标、键盘

4.2支持软件

本软件运行需要的软件配置为：

a. 操作系统：Windows XP/Windows Vista

b. 数据库：SQL Server 2005

c. 支持工具：Microsoft .NET Framework 2.0

d. 开发工具：Visual Studio 2008

4.3数据结构

本软件运行需要SQL Server 2005数据库提供数据存储及相应查询功能。

5使用过程

学生档案管理系统使用流程如图3所示。

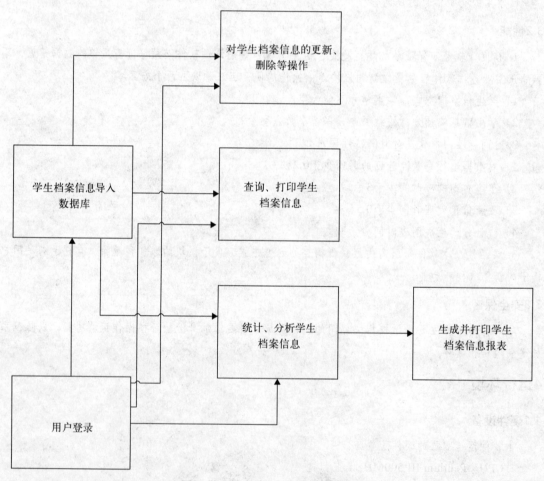

图3　学生档案管理系统使用流程图

5.1安装与初始化

软件安装只需运行安装包中的安装文件，选择存储路径后完成安装。然后运行配置数据库工具，在数据库中建立相应的表和关联关系，如果系统提示配置成功表明已成功配置数据库，软件可以开始使用。

5.2输入

1.输入数据的现实背景。本软件中的数据输入主要有表3中的几种形式。

表3　数据输入表

情况	出现频度	情况数据来源	输入媒体	质量管理
学年年初，新生入学	每年一次	招生部门	Excel文件或数据库文件	对数据输入均进行数据有效性检查，防止出现无效数据
学年中，特殊学生入学	不确定	学生管理部门	单个信息手工输入	
学年中，特殊学生退学	不确定	学生管理部门	单个信息手工删除	
学生信息修改	不确定	学生管理部门	单个信息手工修改	

2.输入格式。对于输入的各个数据进行有效性检查，保证满足以下条件：

a.学号不能为空。

b.学生姓名不能超过25个字符值。

c.出生日期按年/月/日格式。

d.如果使用Excel文件导入数据需保证其中信息的格式和排列顺序。

5.3输出

1.输出数据的现实背景。本软件中的数据输出主要有表4中的几种形式。

表4　数据输出表

使用	使用频度	输出媒体	质量管理
查询分析学生信息	不确定	信息输出界面（包括统计分析图）、导出到Excel文件、打印纸质材料	对数据输入均进行数据有效性检查，防止出现无效数据
查询学生住宿信息	不确定	信息输出界面（包括统计分析图）、导出到Excel文件	
查询学生交费信息	每年一次	信息输出界面（包括统计分析图）、导出到Excel文件	

2.输出格式。对于输出的各个数据满足以下条件：

a.对于非整数数据保留小数点之后2位。

b.输出的Excel文件满足固定的格式要求。

5.4查询条件

软件支持按不同条件进行模糊查询，不提供高级查询功能。

5.5出错处理和恢复

列出由软件产生的出错编码或条件以及应由用户承担的修改纠正工作。指出为了确保再启动和恢复的能力，用户必须遵循的处理过程，如表5所示。

表5　出错处理信息表

错误编码	错误信息	处理方法
001	安装路径空间不足	用户重新选择存储空间充足的硬盘进行安装
002	数据库配置出错	用户重新运行数据库配置工具进行重新配置
003	输入信息不能为空	用户输入必填内容
004	已存在该信息	重新输入其他信息或进入修改界面进行信息修改
005	输入信息格式错误	改正格式错误的信息，重新输入
006	查询结果不存在	修改查询条件，重新查询

5.9　小结

本章主要讨论了软件测试与软件维护。

软件测试的目的是为了发现软件产品中存在的软件缺陷，进而保证软件产品的质量。目前保证软件产品质量，提高软件产品的可靠性的最主要的方法仍然是软件测试。通过本章的学习，读者应该熟悉软件测试的原则。

软件测试的内容很广泛。从不同的角度，软件测试有不同的分类方法。常用的软件测试模型有V模型、W模型和H模型。每种模型都有各自的优缺点。软件测试步骤一般分为单元测试、集成测试、确认测试、系统测试和验收测试。软件测试过程需要三类输入：软件配置、测试配置、测试工具。

软件测试有多种方法。从用例设计的角度可以把软件测试分为黑盒测试和白盒测试。黑盒测试指的是把被测试的软件系统看做是一个黑盒子，我们不去关心盒子里面的结构是什么样子的，只关心软件的输入数据和输出结果。白盒测试指的是把盒子打开，去研究里面的源代码和程序结构。等价类划分技术是重要的黑盒测试的技术。基本路径技术是重要的白盒测试的技术。这两种方法分别适用于不同的场合。

软件维护是指在软件产品交付用户之后，为了改正软件测试阶段未发现的缺陷、改进软件产品的性能、补充软件产品的新功能等所进行的修改软件的过程。根据维护工作的特征以及维护目的的不同，软件维护可以分为四种类型：改正性维护、适应性维护、完善性维护和预防性维护。读者在学习本章后，应该对各种类型的软件维护的特点有所了解。

此外，本章还介绍了Visio Studio中Unit Test的使用方法，读者应该能够应用其生成测试用例并进行测试。读者还应掌握测试分析报告和使用说明书两类文档的写作。

5.10　练习题

1. 软件测试的原则有哪些？
2. 比较软件测试的V模型和W模型。
3. 简述软件测试的步骤，以及每一步骤中需要进行的活动。
4. 利用等价类划分技术为下面的NextDate问题设计测试用例：

输入三个变量（年、月、日），函数返回输入日期后面的那个日期。

1≤月份≤12

1≤日期≤31

1812≤年≤2012

5. 利用基本路径测试技术为下面程序设计测试用例。

```
while(a >0)
{
    a = a - 1;
    if(b <0 || c >=1)
    {
        c = c - b;
    }
    else
        c = c + b;
}
a = b + c;
```

6. 举例说明软件维护的副作用。

7. 实现一个简单的求和函数，并用Visual Studio 2010的Unit Test工具对该函数进行测试。

第6章　面向对象的软件工程

【本章目标】
- 掌握面向对象的基本概念。
- 理解面向对象与面向过程的区别。
- 掌握面向对象的软件开发过程。
- 了解UML的5个视图和13类图。
- 掌握面向对象分析和设计的方法。
- 掌握用例图的绘制方法。
- 熟悉顺序图的绘制方法。
- 掌握类图的绘制方法。

6.1　面向对象概述

6.1.1　面向对象的基本概念

哲学的观点认为现实世界是由各种各样的实体所组成的，每种对象都有自己的内部状态和运动规律，不同对象间的相互联系和相互作用构成了各种不同的系统，并进而构成整个客观世界。同时人们为了更好地认识客观世界，把具有相似内部状态和运动规律的实体综合在一起称为类。类是具有相似内部状态和运动规律的实体的抽象，进而人们抽象地认为客观世界是由不同类的事物间相互联系和相互作用所构成的一个整体。计算机软件的目的就是为了模拟现实世界，使各种不同的现实世界系统在计算机中得以实现，为我们的工作、学习、生活提供帮助。这种思想就是面向对象的思想。

以下是面向对象中的几个基本概念：

1）面向对象：是指按人们认识客观世界的系统思维方式，采用基于对象的概念建立模型，模拟客观世界分析、设计、实现软件的方法。通过面向对象的理念使计算机软件系统能与现实世界中的系统一一对应。

2）对象：是指现实世界中各种各样的实体。它可以指具体的事物也可以指抽象的事物。在面向对象概念中我们把对象的内部状态称为属性，把运动规律称为行为。如某架载客飞机作为一个具体事物是一个对象。它的属性包括型号、运营公司、座位数量、航线、起飞时间、飞行状态等，而它的行为包括整修、滑跑、起飞、飞行、降落等。

3）类：是指具有相似内部状态和运动规律的实体的集合。类的概念来自于人们认识自然、认识社会的过程。在这一程中，人们主要使用两种方法：由特殊到一般的归纳法和由一般到特殊的演绎法。在归纳的过程中，我们从一个个具体的事物中把共同的特征抽取出来，形成一个一般的概念，这就是"归类"；在演绎的过程中我们又把同类的事物，根据不同的特征分成不同的小类，这就是"分类"；对于一个具体的类，它有许多具体的个体，我们把这些个体叫做"对象"。类的内部状态是指类集合中对象的共同状态，类的运动规律是指类集合中对象的共同运动规律。例如，所有的飞机可以归纳成一个类，它们共同的属性包括型号、飞行状态等，它们共同的行为包括起飞、飞行、降落等。

4）消息：是指对象间相互联系和相互作用的方式。一个消息主要由5个部分组成：发送消息的对象、接收消息的对象、消息传递办法、消息内容、反馈。

5）类的特性：类的定义决定了类具有以下5个特性。

- 抽象：类是一组具有相同内部状态和运动规律的对象的抽象，抽象是一种从一般的观点看待事物的方法，它要求我们集中于事物的本质特征，而非具体细节或具体实现。面向对象鼓励我们用抽象的观点来看待现实世界，即现实世界是由一组抽象的对象（类）组成的。我们从各种飞机中寻找出它们共同的属性和行为，并定义飞机这个类的过程，这就是抽象。

- 继承：继承是类的不同抽象级别之间的关系。类的定义主要有两种方法：归纳和演绎；由一些特殊类归纳出来的一般类称为这些特殊类的父类，特殊类称为一般类的子类，同样父类可演绎出子类；父类是子类更高级别的抽象；子类可以继承父类的所有内部状态和运动规律。在计算机软件开发中采用继承能够提供类的规范的等级结构；通过类的继承关系，使公共的特性能够共享，提高了软件的重用性。例如，战斗机可以作为飞机的子类。它集成飞机所有的属性和行为，并具有自己的属性和行为。

- 封装：对象间的相互联系和相互作用过程主要通过消息机制得以实现。对象之间并不需要过多地了解对方内部的具体状态或运动规律。面向对象的类是封装良好的模块，类定义将其说明与实现显式地分开，其内部实现按其具体定义的作用域提供保护。类是封装的最基本单位，封装防止了程序相互依赖而带来的变动影响。在类中定义的接收对方消息的方法称为类的接口。

- 多态：是指同名的方法可在不同的类中具有不同的运动规律。在父类演绎为子类时，类的运动规律也同样可以演绎，演绎使子类的同名运动规律或运动形式更具体，甚至子类可以有不同于父类的运动规律或运动形式。不同的子类可以演绎出不同的运动规律。例如，同样是飞机父类的起飞行为，对于战斗机子类和直升机子类，各自具有不同的实际表现。

- 重载：是指类的同名方法在给其传递不同的参数时可以有不同的运动规律。在对象间相互作用时，即使接收消息对象采用相同的接收办法，但消息内容的详细程度不同，接收消息对象内部的运动规律可能也不同。

6）包：现实世界中不同对象间的相互联系和相互作用构成了各种不同的系统，不同系统间的相互联系和相互作用构成了更庞大的系统，进而构成了整个世界。在面向对象概念中把这些系统称为包。

7）包的接口类：在系统间相互作用时为了隐藏系统内部的具体实现，系统通过设立接口界面类或对象来与其他系统进行交互，让其他系统只看到这个接口界面类或对象，这个类在面向对象中称为接口类。

与传统的软件工程方法相比,面向对象的软件工程方法具有如下优势与特点:

- 符合人类的思维习惯。面向对象的软件工程方法最重要的特点就是把事物的属性和操作组成一个整体,以对象为核心,更符合人类的思维习惯。此外,它更加注重人类在认识客观世界时循序渐进、逐步深化的特点,主张在软件开发的过程中多次反复迭代的思想。
- 可复用性好。由于采用了继承和多态的机制,极大地提高了代码的可复用性。
- 稳定性好。面向对象的软件工程方法基于对象的概念。当目标系统的需求发生变化时,只要实体及实体之间的联系不发生变化,就不会引起软件系统结构的变化,而只需要对部分对象进行局部修改。
- 可维护性好。由于利用面向对象软件工程方法开发的软件系统稳定性好和可复用性好,而且采用了封装和信息隐藏机制,易于对局部软件进行调整,所以系统的可维护性比较好。

基于以上这些优点,面向对象的软件工程方法越来越受到人们的青睐。

6.1.2 面向对象的实施步骤

在软件工程中,面向对象方法的具体实施步骤如下:

1)面向对象分析:从问题陈述入手,分析和构造所关心的现实世界问题域的模型,并用相应的符号系统表示。模型必须简洁、明确地抽象目标系统必须做的事,而不是如何做。具体分析步骤如下:

- 确定问题域,包括定义论域、选择论域,以及根据需要细化和增加论域。
- 区分类和对象,包括定义对象、定义类、命名。
- 区分整体对象及其组成部分,确定类的关系和结构。
- 定义属性,包括确定属性、安排属性。
- 定义服务,包括确定对象状态、确定所需服务、确定消息联结。
- 确定附加的系统约束。

2)面向对象设计:面向对象的设计与传统的以功能分解为主的设计有所不同,具体设计步骤如下:

- 应用面向对象分析,对用其他方法得到的系统分析的结果进行改进和完善。
- 设计交互过程和用户接口。
- 设计任务管理,确定是否需要多重任务,确定并发性,确定以何种方式驱动任务,设计子系统以及任务之间的协调与通信方式,确定优先级。
- 设计全局资源,确定边界条件,确定任务或子系统的软、硬件分配。
- 对象设计。

3)面向对象实现:使用面向对象语言实现面向对象的设计相对比较容易。如果用非面向对象语言实现面向对象的设计,那么特别需要注意和规定保留程序的面向对象结构。

4)面向对象测试:对面向对象实现的程序进行测试,包括模型测试、类测试、交互测试、系统（子系统）测试、验收测试等。

6.2 面向对象建模语言

由于面向对象的分析与设计方法的重要性日益突出，人们对它的研究、开发和应用的热情也在不断升高。1989年，以专著、论文或技术报告等形式提出的OOA/OOD（面向对象分析/面向对象设计）方法或OO建模语言有近10种，到1994年，其数量增加到50种以上。各种方法的出现都对OOA/OOD技术的研究与发展作出了或多或少的新贡献。这种"百花齐放"的繁荣局面表明面向对象的方法与技术已得到广泛的认可并成为当前的主流。然而多种方法的同时流行也带来一些问题：

- 各种OOA和OOD方法所采用的概念既有许多共同部分也有一定的差异。
- 在表示符号、OOA模型及文档组织等方面差别则更为明显。

这种情况往往使一些新用户在进行建模方法及工具的选择时感到难以决策，也不利于彼此之间的技术交流。因此，提出一种相对统一和标准的面向对象分析和设计语言显得十分重要。

UML（Unified Modeling Language，统一建模语言）是一种标准的图形化建模语言，它是面向对象分析与设计的一种标准表示。它不是一种可视化的程序设计语言，而是一种可视化的建模语言；它不是工具或知识库的规格说明，而是一种建模语言规格说明，是一种表示的标准；它不是过程，也不是方法，但允许任何一种过程和方法使用它。

UML是由Grady Booch、Jim Rumbaugh和Ivar Jacobson三位专家共同开发的。于1996年6月和10月分别发布的UML 0.9和UML 0.91，当时就获得了工业界、科技界和用户的广泛支持。1996年底，UML已经占领了面向对象技术市场85%的份额，成为默认的可视化建模语言的工业标准。1997年11月，OMG（国际对象管理组织）把UML 1.1作为基于面向对象技术的标准建模语言。目前，UML已经推出了2.0版本。其巨大的市场潜力和经济价值正逐渐得到人们广泛的认可。

本章也将采用UML作为面向对象分析与设计的建模语言。

6.2.1 "4+1"视图

为了更好地表现同一事物的不同方面，我们经常采用不同的视图，每个视图从一个角度看待和描述问题。在UML中，存在"4+1"视图，如图6-1所示。

- 用例视图：描述项目干系人的需求，所有其他视图都是从用例视图派生而来，该视图把系统的基本需求捕获为用例并提供构造其他视图的基础。
- 逻辑视图：描述系统功能和词汇。作为类和对象的集合，重点展示对象和类是如何组成系统、实现所需系统行为的。
- 过程视图：描述系统的性能、可伸缩性和吞吐量。在建模过程中，把系统中的可执行线程和进程作为活动类。其实，它是逻辑视图面向进程的变体，包含所有相同的制品。
- 实现视图：描述系统组装和配置管理，对组成基于系统的物理代码的文件和组件进行建模。它同样展示出组件之间的依赖，展示一组组件的配置管理以定义系统的版本。

- 部署视图：描述系统的拓扑结构、分布、移交和安装。建模过程把组件物理地部署到一组物理的、可计算节点上，如计算机和外设上。

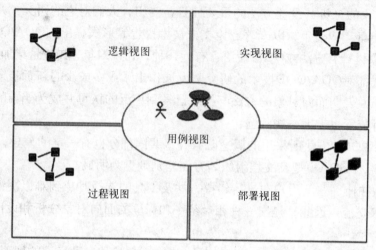

图6-1 UML "4+1" 视图

6.2.2 UML相关图

在UML中，共定义了13种图用来对不同的方面进行建模和描述，其中包括6种静态图和7种动态图，如图6-2所示。

静态图用来描述系统结构，包括以下几种：

1）类图：描述类、接口、协作以及它们之间的关系。

2）对象图：描述对象以及对象之间的关系。

3）包图：描述包及其相互依赖关系。

4）组合结构图：描述系统某一部分（组合结构）的内部结构。

5）构件图：描述构件及其相互依赖关系。

6）部署图：描述构件在各节点上的部署。

动态图用来描述系统行为，包括以下几种：

1）用例图：描述一组用例、执行者以及相互关系。

2）顺序图：是强调消息执行顺序的交互图。

3）通信图：是强调对象协作的交互图。

4）计时图：是强调真实时间信息的交互图。

5）交互纵览图：展示交互图之间的执行顺序。

6）活动图：描述事物执行的控制流或数据流。

7）状态机图：描述对象所经历的状态转移。

下面我们将介绍比较常见的几种图。

用例图是被称为参与者的外部用户所能观察到的系统功能的模型图。它列出系统中的用例和执行者，并显示哪个执行者参与了哪个用例的执行。使用场合包括业务建模、需求获取、定义。用例图示意图如图6-3所示。

图6-2 UML相关图

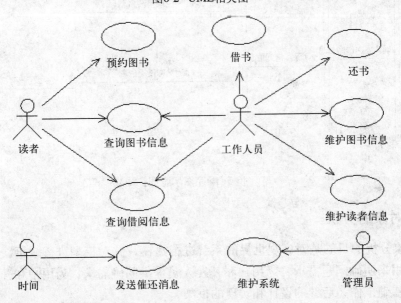

图6-3 用例图示意图

　　类图描述类和类之间的接口和关系，包括依赖、关联、泛化、实现，常用于业务建模、分析、设计、实现。类图示意图如图6-4所示。

　　顺序图用于显示对象间的交互活动，关注对象之间消息传送的时间顺序，常用于用例分析和用例设计。顺序图示意图如图6-5所示。

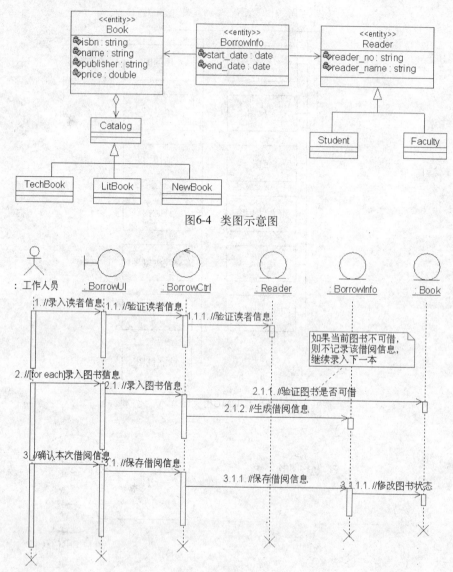

图6-4　类图示意图

图6-5　顺序图示意图

6.3　面向对象的分析

　　面向对象分析的目的是对客观世界的系统进行建模，并对模型进行分析。分析模型有三种用途：用来明确问题需求；为用户和开发人员提供明确需求；为用户和开发人员提供一个协商的基础，作为后继的设计和实现的框架。

　　面向对象的分析基于面向对象的思想，以用例模型为基础。开发人员在获取需求的基础上，建立目标系统的用例模型。所谓用例是指系统中的一个功能单元，可以描述为操作者与系统之间的一次交互。用例常被用来收集用户的需求。总的来说，面向对象分析可以分为两个步骤：用例建模和用例分析。

在面向对象中以用例为中心来组织需求，因此首先要根据获取到的用户需求进行用例建模。用例建模可以分为以下几个步骤：

1）获取原始需求。

2）开发一个可以理解的需求，识别参与者和用例，构建用例模型。

3）详细、完整地描述需求，定义用例规约。

4）重构用例模型，识别用例间的关系，对用例进行组织和分包。

用例分析的目标是开发一系列模型，以描述软件核心成分，从而满足客户定义的需求。用例分析包括两个步骤：架构分析和用例分析。

构架分析的过程就是定义系统高层组织结构和核心构架机制的过程，具体包括：

1）确定构架的初始草图。

2）初步定义一组在构架方面具有重要意义的元素，以用作分析的基础。

3）初步定义一组分析机制。

4）初步定义系统的分层与组织。

5）定义要在当前迭代中处理的用例实现。

用例分析具体过程包括：

1）完善用例规约。

2）对每一个用例实现，从用例行为中查找类，将用例行为分配给类，构造该用例的参与类类图。

3）对每一个得到的分析类，说明职责，说明属性和关联，限定分析机制。

4）统一分析类。

在用例分析过程中，一般将类分成三种类型：边界类、控制类和实体类。

边界类表示系统与执行者之间的边界，描述外部执行者与系统之间的交互，一般包括用户界面类、系统接口类和设备接口类。可以说，边界类更加关注系统的职责，而不是实现职责的具体细节。边界类示意图如图6-6所示。

控制类表示系统的控制论逻辑，在系统开发早期，为一个用例定义一个控制类，负责该用例的控制逻辑，随着分析的继续，一个复杂用例的控制类可以发展为多个。控制类示意图如图6-7所示。

实体类显示了系统的逻辑数据结构，可以从词汇表、业务领域模型、用例事件流、关键抽象概念等寻找实体类。实体类示意图如图6-8所示。

图6-6　边界类示意图

图6-7　控制类示意图

图6-8　实体类示意图

在用例分析的过程中，对象或类之间的关系有依赖、关联、聚合和组合、泛化以及实现，具体介绍如下：

1）依赖关系是"非结构化"的和短暂的关系，表明某个对象会影响另外一个对象的行为或服务。

2）关联关系是"结构化"的关系，描述对象之间的连接。

3）聚合关系和组合关系是特殊的关联关系，它们强调整体和部分之间的从属性，组合是聚合的一种形式，组合关系对应的整体和部分具有很强的归属关系和一致的生存期。比如，计算机和显示器就属于聚合关系。

4）泛化关系与类间的继承类似。

5）实现关系是针对类与接口的关系。

在UML中，依赖、关联、泛化、实现关系对应的图形化表示如图6-9所示。

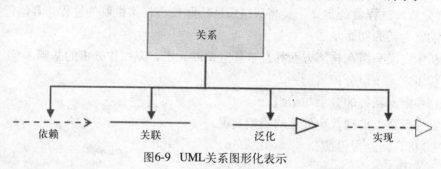

图6-9　UML关系图形化表示

6.4　面向对象的设计

面向对象设计是对分析的进一步细化，其根本思想是：对分析模型中的分析类进行进一步的设计，添加实现细节，这些分析类最终转变成设计元素。在面向对象的方法中，设计是分析的自然延续，在分析模型中添加特定的实现机制，得到可以实现的设计元素；设计过程会直接覆盖分析模型的成果，随着设计的深入，分析模型将消失。可见，与传统的软件工程方法不同的是，面向对象的方法不强调需求分析和软件设计的严格区分。实际上，面向对象的需求分析和面向对象的设计活动是一个反复迭代的过程，从分析到设计的过渡，是一个逐渐扩充、细化和完善分析阶段所得到的各种模型的过程。

面向对象设计可以分为构架设计和构件设计，基本对应于结构化设计中的概要设计和详细设计。

构架设计即在系统的全局范围内，以分析活动的结果为出发点：将现有的分析类映射成设计模型中的设计元素；明确适用于系统的设计机制。调整内容逐渐充实为系统构架。

构件设计的内容包括：

1）确定核心元素：在构架的中高层，以分析类为出发点，确定相应的核心设计元素。

2）引入外围元素：在构架的中低层，以分析机制为出发点，确定满足分析类要求的设计机制，并将相关的内容引入设计模型。

3）优化组织结构：按照高内聚、低耦合的基本原则，整理并逐渐充实构架的层次和内容。

构件设计的一般步骤为：

1）确定设计元素。

2）应用设计机制。

3）定义运行时构架。

4）描述分布。

构件设计基于构架分析和用例分析的框架，利用构架设计提供的素材，在不同的局部，将分析的结果用设计元素加以替换和实现。

构件设计的主要活动包括：

1）实现需求场景（用例设计）。

2）实现子系统接口（子系统设计）。

3）明确类的实现细节（类设计）。

4）针对数据进行的数据库设计。

在进行面向对象设计的过程中，应该遵循软件设计的基本原理，此外，还要考虑面向对象的特点。面向对象的设计原则包括模块化、抽象化、信息隐藏、低耦合、高内聚和复用性几点，其具体内容如下：

1）模块化。在面向对象的设计中，一个模块通常为一个类或对象，它们封装了事物的属性或操作。而在结构化的设计中，一个模块通常为一个过程或一个函数。

2）抽象化。对象是对客观世界中事物的抽象，而类是对一组具有相似特征的对象的抽象。

3）信息隐藏。类的内部信息，比如属性的表示方法和操作的实现算法，对外界是隐藏的。外界只能通过有限的接口来对类的内部信息进行访问。

4）低耦合。在面向对象的设计中，耦合主要是指对象之间相互关联的紧密程度。低耦合有利于降低由于一个模块的改变而对其他模块造成的影响。

5）高内聚。内聚与耦合密切相关，低耦合往往意味着高内聚。提高模块的内聚性有利于提高系统的独立性。

6）复用性。构造新类时，都需要考虑该类将来被重复利用的可能性。提高类的复用性可以节约资源，精简系统结构。

为了提高软件开发人员进行软件设计的质量，软件开发人员还应该使设计结果表述得尽量清晰，这样才能方便理解。设计类的过程中，要使类的结构尽量简单，这样才有利于开发和管理。类的等级深度也应该适当，对于中等规模的系统，类的等级层次数应该保持在5~9之间。对象之间通过消息进行通信，消息的参数类型应该尽量简单，个数最好控制在3个以内。软件设计工作一旦完成以后，开发人员应该注意把设计的变动概率降至最低，因为设计的变动会造成资源和时间上的消耗。

6.5 面向对象的实现

面向对象实现主要是指把面向对象设计的结果翻译成用某种程序语言书写的面向对象

程序。

采用面向对象方法开发软件的基本目的和主要优点是通过复用提高软件的生产率。因此，应该优先选用能够最完善、最准确地表达问题域语义的面向对象语言。

在开发过程中，类的实现是核心问题。在用面向对象风格设计的系统中，所有的数据都被封装在类的实例中，而整个程序则被封装在一个更高级的类中。在使用已有类和构件的面向对象系统中，可以只花费少量时间和工作量来实现软件。只要增加类的实例，开发少量的新类和实现各个对象之间互相通信的操作，就能建立需要的软件。

在面向对象实现中，涉及的主要技术有：类的封装和信息隐藏、类继承、多态和重载、模板、持久保存对象、参数化类、异常处理等。

6.6 面向对象的测试

面向对象测试不同于结构化测试，要考虑到面向对象实现的一些特征，因此具有以下特点：

1）由于面向对象程序的结构不再是传统的功能模块结构，作为一个整体，原有集成测试所要求的逐步将开发的模块搭建在一起进行测试的方法在面向对象测试中已不可行。

2）面向对象软件对每个开发阶段都有不同以往的要求和结果，已经不可能用功能细化的观点来检测面向对象分析和设计的结果。

3）针对面向对象软件的开发特点，应该有一种新的测试模型。

面向对象测试的主要活动包括：

1）类测试，包括功能性测试、结构性测试。

2）交互测试，包括汇集类的测试、协作类的测试。

3）系统测试，包括功能测试、性能测试、强度测试、安全测试、健壮性测试/恢复测试、安装/卸载测试等。

4）验收测试。

针对面向对象的开发模型中面向对象分析（OOA）、面向对象设计（OOD）、面向对象实现（OOP）三个阶段，同时结合传统的测试步骤的划分，面向对象的软件测试可以分为：

1）面向对象分析的测试。

2）面向对象设计的测试。

3）面向对象实现的测试。

4）面向对象的单元测试。

5）面向对象的集成测试。

6）面向对象的系统测试及验收测试。

关于面向对象的分析、设计和实现，本章主要介绍了基本原理、方法和步骤。具体的案例将在第8章详细介绍。

6.7 利用Rose工具绘制"学生档案管理系统"的用例图

Rational Rose是由美国IBM公司开发的，是一种基于UML的可视化建模工具。使用Rose可以完成UML建模过程中所使用的多种模型和图，同时Rose通过对多种程序设计语言（如C++、Java、VB等）的集成，还可以根据现有的模型帮助开发人员产生框架代码。

启动Rose后，选择所要建立的模型的模板，进入如图6-10所示的系统主界面。

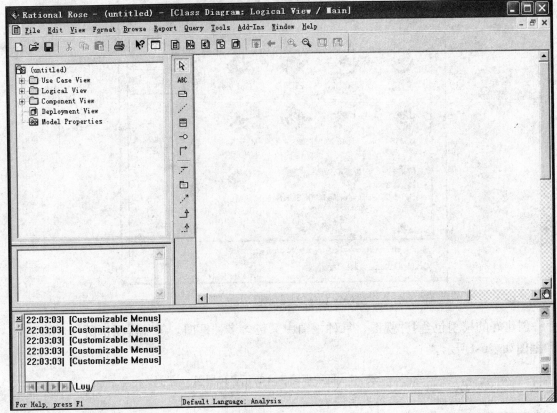

图6-10 Rose主界面

浏览器是一个控件窗口，显示系统的4种视图及模型属性。这4种视图分别是Use Case View（用例视图）、Logical View（逻辑视图）、Component View（构件视图）和Deployment View（部署视图），如图6-11所示。

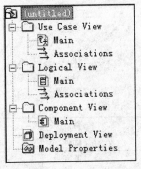

图6-11 浏览器

Rose中的基本操作包括对模型的操作、对框图的操作及对元素的操作。要创建一个新的模型可以在菜单栏中选择"File"中的"New"，然后在弹出的对话框中选择相应的模型，如图6-12所示。

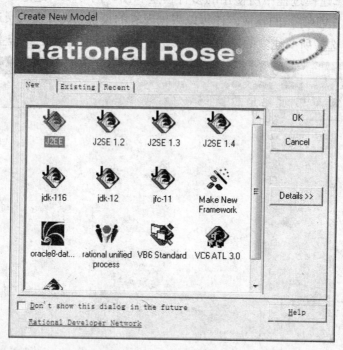

图6-12　创建模型

创建好的模型包含4种视图，每种视图中又包含多种框图。每种视图下所包含的元素和框图如表6-1所示。

表6-1　每种视图包含的元素和框图

视图	元素	框图
用例视图	包 用例 操作者 类	用例图 类图 协作图 顺序图 活动图 状态机图
逻辑视图	类 用例 接口 包	用例图 类图 协作图 顺序图 活动图 状态机图
构件视图	包 构件	构件图
部署视图	处理器 设备	

用例图属于UML中的一种动态图，主要图元及相关说明如表6-2所示。

表6-2 用例图主要图元及说明

名 称	图 例	说 明
Actor（参与者）		参与者是与系统交互的实体，它可以是人员、时间、硬件设备等
Use Case（用例）		用例向参与者提供反馈，它定义了一系列相关的活动，向参与者的某种请求产生一个可观测的结果。用例表示当参与者使用系统完成进程时发生的一组事件。通常，用例是相对较大的进程，而不是单个步骤或事务
Unidirectional Association（关联）		单向关联，多用于表示参与者和用例之间的关系
Dependency or instantiates（依赖）		包括include、extend等关系。include是指一个用例的执行需要另一个用例的实现，也就是说只有在另一个用例执行之后，该用例才能执行。它的箭头方向由被包含用例指向包含用例。extend是指当前用例在执行的过程中可能产生的行为，它的箭头方向由扩展用例指向被扩展用例
Generalization（泛化）		泛化关系，类似于类间的泛化

用例模型可以建立在不同的层次上，具有不同的粒度。顶层的用例图比较概要地描述系统的结构和功能，底层的用例图对顶层用例图中的用例进行细化。"学生档案管理系统"的顶层用例图如图6-13所示。

可以看到，图6-13中某些用例之间用"include"关系连接。当某些步骤在多个用例中重复出现，且单独形成价值时，可以将这些步骤提取出来，单独形成一个可供其他用例使用的用例，从而使用例模型得到简化。在删除、修改和打印学生档案信息之前都需要对相应的信息进行查询，所以可以把与查询相关的步骤提取出来形成用例，供其他用例使用。

此外，用例之间的关系还包括"extend"和"generalization"。"泛化"关系多用于同一业务目的的不同技术实现，比如对于系统这个业务，系统可以采用指纹验证，也可以采用口令验证，那么指纹验证和口令验证就是对系统的泛化。"extend"关系将在某些情况下才发生的路径提取出来单独形成用例，简化了基本路径。

下面将介绍用Rose来绘制"学生档案管理系统"顶层用例图的过程：

1）创建一个用例图。

2）在编辑区绘制参与者、用例等元素，输入各元素的名称，并排列好各元素的位置，如图6-14所示。

3）添加操作员与各用例间的关系。点击工具栏中的"Unidirectional Association"图标，然后在编辑区从操作员到相关用例划一条线即可。绘制好单向连线后的用例图如图6-15所示。

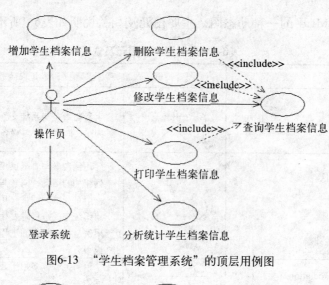

图6-13　"学生档案管理系统"的顶层用例图

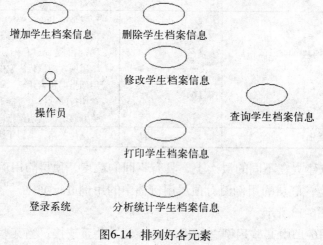

图6-14　排列好各元素

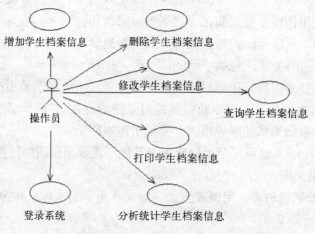

图6-15　添加单向连接线

4）添加用例间的关系。点击工具栏中的"Dependency or instantiates"图标，然后在有关联的用例间划一条线。选中该线条，右击选择"Open Specification"，得到如图6-16所示的对话框。

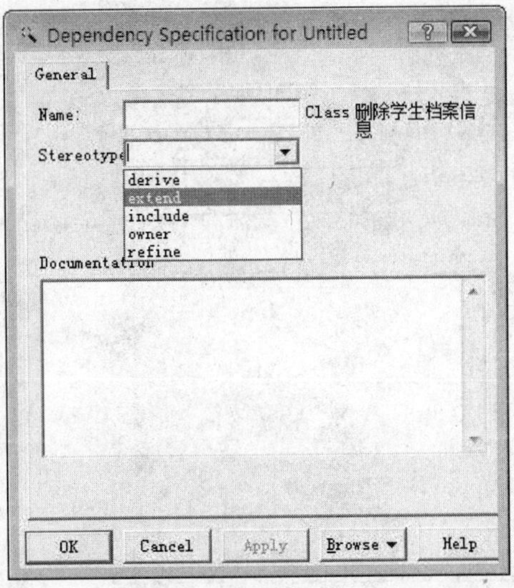

图6-16 设置用例间的关系

在Stereotype栏里选择"include"即可。设置完用例间的关系后，就可以得到完整的用例图了。

用例图可以展示系统的功能需求，但是仅仅有用例图是不够的。比如在"查询学生档案信息"的用例图中，多个活动步骤并不能反映到用例图里。所以还需要对用例图进行文字性的描述，使得系统的功能需求描述得更加清晰。文字性描述可以包括以下几个方面：用例编号、用例名称、用例描述、前置条件、后置条件、活动步骤、扩展点和异常处理。前置条件是指用例执行前必须满足的条件。后置条件是用例执行结束后系统的状态。活动步骤是描述在一般情况下系统的执行步骤，各个活动的组织顺序。如果某用例有多个执行步骤，可在扩展点中阐述。异常处理主要描述系统如何处理异常的发生。对用例"查询学生档案信息"的描述如图6-17所示。

用例编号：UC2
用例名称：查询学生档案信息
用例描述：操作员根据查询条件查询相关的学生档案信息。
前置条件：操作员登录系统，并经过了身份验证。
后置条件：满足特定条件的学生信息显示在系统界面上。
活动步骤：
1.操作员登录系统。
2.操作员输入查询条件。
扩展点：
1.如果操作员身份验证失败，则用例结束。
2.如果查询条件不合逻辑，则查询失败。
异常处理：
无

图6-17 "查询学生档案信息"用例描述

这些描述性的文字也可以反映到用Rose绘制的模型中。在编辑区中选中用例"查询学生档案信息",右击选择"Open Specification",得到如图6-18所示的对话框。

图6-18 创建使用场景(1)

在Documentation栏里输入对该用例的描述,如图6-19所示。

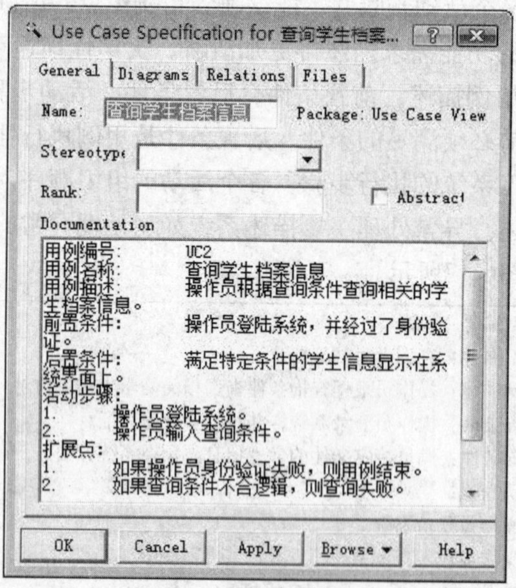

图6-19 创建使用场景(2)

单击"Apply"按钮,然后关闭对话框,回到主界面。再次选择用例"查询学生档案信息",可以在文档窗口看到该用例的描述,如图6-20所示。

图6-20 文档窗口显示使用场景

按照该方法对每一个用例添加使用场景的文字性描述。"学生档案管理系统"完整的用例图就绘制出来了。

6.8 利用Rose工具绘制"学生档案管理系统"的顺序图

系统顺序图是根据用例来组织的，用例图描述了用户与系统的交互过程，而系统顺序图则显示出随着时间的变化对象之间是如何通信的。顺序图主要包含的模型元素有：对象、消息和时间。

顺序图是一个二维图形，其水平方向为对象维，是沿水平方向排列参与交互的对象类角色；竖直方向为时间维，是沿垂直向下方向按时间递增顺序列出各对象类角色所发出和接收的消息。消息表示对象之间的通信，在顺序图中消息用对象角色之间的一条带有箭头的水平直线表示，方向为从源对象指向目标对象，其上方标有消息的内容。

"学生档案管理系统"中"用户登录"模块的顺序图如图6-21所示。

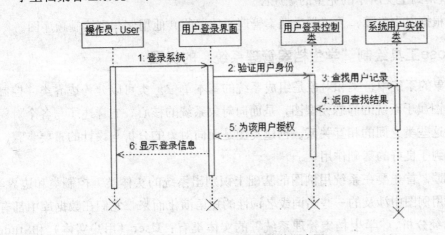

图6-21 用户模块的顺序图

图中，每个对象下面都有一条竖直的虚线，它表示该对象的生命线，象征了对象的生存周期。生命线上是着若干矩形框，这些矩形框代表对象处在激活期，即正在执行某个动作。生命线末尾的叉形图标代表对象生存周期的结束。

下面将介绍该顺序图的绘制过程：

1）在浏览器窗口选择"登录系统"用例，右击选择新建一个顺序图，如图6-22所示。

2）为该顺序图起一个合适的名称，在这里我们将其命名为LoginSequence。

3）在编辑区绘制4个对象，并为其命名。绘制对象的方法是：在工具栏点击"Object"图标，然后在编辑区合适的位置单击鼠标，得到如图6-23所示的界面。

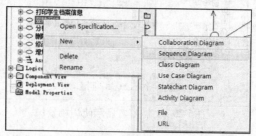

图6-22 创建顺序图

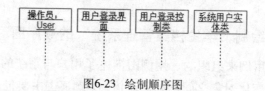

图6-23 绘制顺序图

4）在对象之间添加消息，并编辑消息内容。点击工具栏中的"Object Message"图标，然后在编辑区相应的对象的生命线之间划一条线，再编辑消息内容即可。对于返回的消息，要选择"Return Message"图标。

5）在每个对象的生命线末端绘制"Destruction Marker"图标。

6）如果整个顺序图的布局不合理，可以拖动各个图符，使图形均匀分布。

7）最后就得到上文所示的完整的顺序图。

读者可以根据以上步骤，为"学生档案管理系统"的其他用例分别绘制顺序图。

6.9 利用Rose工具绘制"学生档案管理系统"的类图

在面向对象的系统中，类和对象是组成系统的基本单位。类可以分为边界类、控制类和实体类。类图属于系统的静态模型图，是面向对象系统的核心，它详述了与各个对象相关的类，以及这些类之间的相互关系。创建类图是面向对象的分析与设计的重要步骤，它为编码工作起到了良好的基础作用。

创建类图时，首先要在系统用例图的基础上识别出系统的实体类、控制类和边界类。实体类一般由用例图中涉及的一些名词或名词性的短语演化而来，它们在数据库中都有对应的物理表。经分析，"学生档案管理系统"的实体类有：User（用户实体）和Student（学生档案实体）。

控制类实现对用例行为的封装，故可以为每个用例定义一个对应的控制类。则"学生档案管理系统"的控制类应该有：IncreaseInfoControl、DeleteInfoControl、UpdateInfoControl、QueryInfoControl、PrintInfoControl、AnalyzeInfoControl和LoginControl。

边界类描述外部参与者与系统之间的交互，通常为每一对用例/参与者定义一个边界类。则"学生档案管理系统"的边界类应该有：IncreaseInfoForm、DeleteInfoForm、

UpdateInfoForm、QueryInfoForm、PrintInfoForm、AnalyzeInfoForm和LoginForm。

识别出系统的实体类、控制类和边界类后，就可以把这些信息详细地用Rose反映出来了。

首先在"Use Case View"下建立三个包，分别命名为Entity、Control、Boundary，它们用来组织类。然后在每个包下建立相应的类，如图6-24所示。

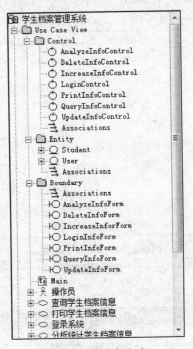

图6-24　创建包和类

在每个包下添加类的过程中，要把类的Stereotype属性相应地设置为Control、Boundary或Entity。若要对属性或操作进行编辑，可以打开"Open Specification"对话框，然后单击"Attributes"或"Operations"，在空白区右击鼠标，选择"Insert"，如图6-25所示。

然后在弹出的对话框中输入属性或操作的名称，如图6-26所示。

若要对该属性或操作进行详细编辑，则可以双击该项属性或操作，在弹出的对话框输入属性或操作的详细信息即可，如图6-27所示。

把包和类设置好之后，就可以创建类图了。我们以创建"增加学生档案信息"用例的类图为例，读者可以以此为例完成其他用例的类图。

首先在浏览区右击"增加学生档案信息"用例，选择新建类图，如图6-28所示。

然后为该类图命名，双击打开类图，把与"增加学生档案信息"相关的类从浏览区相应的包目录下拖到编辑区，如图6-29所示。

下一步就该设置类之间的关系了，如图6-30所示。

生成类图之后，还可以利用Rose自动生成目标系统代码的框架。首先选择要生成代码的类，然后在菜单栏选择"Tools"中的"Java/J2EE"中"Generate Code"，在弹出的对话框中设置路径后即可。

　　得到的目标系统的代码框架方便了开发人员进一步的开发工作。

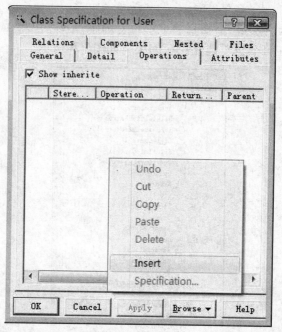

图6-25　编辑类

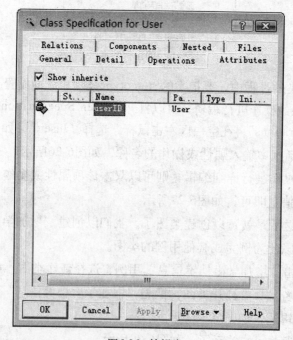

图6-26　编辑类

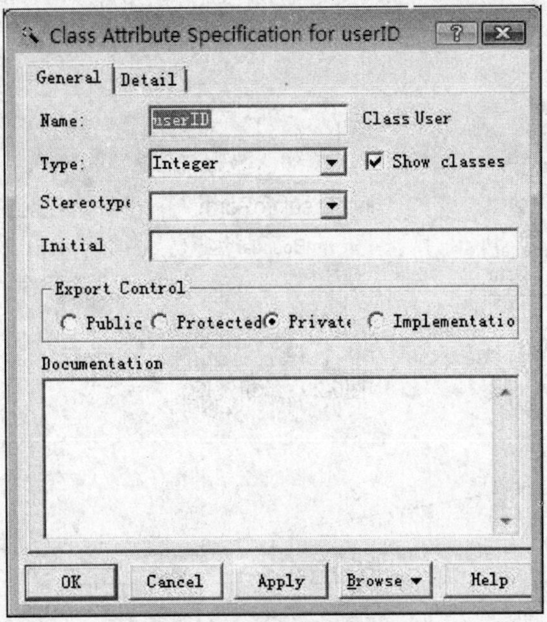

图6-27 编辑类的属性或操作

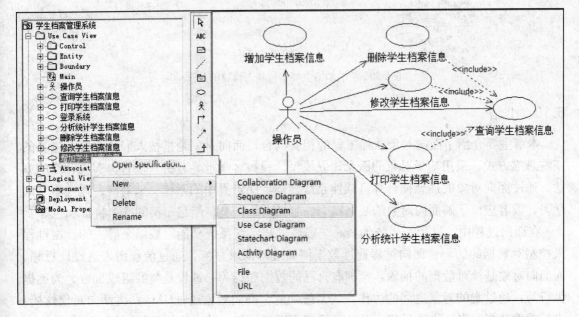

图6-28 创建类图

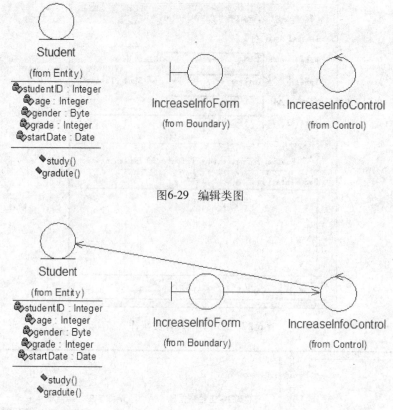

图6-29　编辑类图

图6-30　"增加学生档案信息"模块的类图

6.10　小结

　　本章主要介绍了面向对象软件工程的相关内容。面向对象是指按人们认识客观世界的系统思维方式，采用基于对象的概念建立模型，模拟客观世界分析、设计、实现软件的办法。通过面向对象的理念使计算机软件系统能与现实世界中的系统一一对应。通过本章的学习，读者应该了解面向对象的基本概念，包括对象、类、消息、类的5个特征和包等。

　　在面向过程中，过程是系统的核心，通过过程实现系统功能；数据是静态的，由过程来控制对数据的访问。面向过程通过数据流图进行需求分析，通过流程图表达设计思想。而面向对象是针对数据的抽象：类拥有自己的数据和行为；过程是类的组成部分，为类提供行为；通过类的对象之间的协作完成系统功能。面向对象通过UML图（面向对象建模）进行需求分析、表达设计思想，并为代码实现提供框架。读者应该能够根据不同的软件需求和应用环境确定使用的软件工程方法。

　　面向对象的软件工程实施步骤包括面向对象分析、面向对象设计、面向对象实现和面向对象测试。面向对象分析主要包括用例建模和用例分析两个步骤；面向对象设计主要包括构架设计和构件设计；面向对象实现要注意语言的选择和相关的技术；面向对象测试针对其特征，包括类测试、交互测试、系统测试和验收测试。

　　UML（Unified Modeling Language）是一种标准的图形化建模语言，它是面向对象分析与设计的一种标准表示。它包括5个视图：用例视图、逻辑视图、过程视图、实现视图和部署视图。通过本章的学习，读者应该了解每种图的基本用途和几种常见图的使用方法。

6.11 练习题

1. 面向对象的思想有哪些基本概念？

2. 与传统的软件工程方法相比，面向对象的软件工程方法有哪些优点？

3. UML的作用和优点是什么？

4. UML有多少类图，分别有什么作用？

5. 用Rose绘制"学生档案管理系统"的底层用例图。

6. 用Rose绘制除"登录系统"用例以外的其他用例的顺序图。

7. 用Rose绘制除"增加学生档案信息"用例以外的其他用例的类图。

第7章　软件工程管理

【本章目标】

- 了解软件项目管理的内容。
- 了解软件项目计划、范围管理、成本管理和时间管理的主要内容。
- 了解常见的软件组织。
- 了解团队建设的过程
- 熟悉CMM/CMMI相关内容。
- 了解软件配置管理的内容。
- 了解风险管理的内容。
- 掌握软件文档的作用及分类。
- 掌握Project的基本用法。

7.1　软件项目管理

7.1.1　软件项目管理概述

软件项目管理是为了使软件项目能够按照预定的成本、进度、质量顺利完成，而对人员（People）、产品（Product）、过程（Process）和项目（Project）进行分析和管理的活动。

软件项目管理的根本目的是为了让软件项目尤其是大型项目的整个软件生存周期（从分析、设计、编码到测试、维护的全过程）都能在管理者的控制之下，以预定成本按时、保质地完成软件并交付用户使用。而研究软件项目管理是为了从已有的成功或失败的案例中总结出能够指导今后开发的通用原则、方法，同时避免前人的失误。

软件项目管理包含5大过程：

- 启动过程：确定一个项目或某阶段可以开始，并要求着手执行。
- 计划过程：进行（或改进）计划，并且保持（或选择）一份有效的、可控的计划安排，确保实现项目的既定目标。
- 执行过程：协调人力和其他资源，并执行计划。
- 控制过程：通过监督和检测过程确保项目目标的实现，必要时采取一些纠正措施。
- 收尾过程：取得项目或阶段的正式认可，并且有序地结束该项目或阶段。

同时，软件项目管理涉及9个知识领域，包括整体管理、范围管理、时间管理、成本管理、质量管理、人力资源管理、沟通管理、风险管理和采购管理。软件项目管理中9个知识领域与5大过程的关系如表7-1所示。

表7-1 9大知识领域与5大过程的关系

	启动	计划	执行	控制	收尾
整体管理		制定项目计划	执行项目计划	整体变更控制	
范围管理	启动	活动定义、安排、历时估算、进度安排		进度控制	
时间管理		活动定义、安排、历时估算、进度安排		进度控制	
成本管理		资源计划编制、成本估算、预算		成本控制	
质量管理		质量计划编制	质量保证	质量控制	
人力资源管理		组织计划编制、人员获取	团队开发		
沟通管理		沟通计划编制	信息发布	执行状况报告	管理收尾
风险管理		风险计划编制、风险识别、定性风险分析、定量风险分析、风险应对计划编制		风险监督、控制	
采购管理		采购计划编制、询价计划编制	询价、供货方选择、合同管理		

7.1.2 项目计划

制定项目章程是软件项目立项后的第一个步骤，依据项目工作描述、合同、组织和环境因素、组织过程历史数据等，通过项目选择方法、专家判断、项目管理方法、项目管理信息系统等方法，来确立项目目标，确定项目组织团队结构和人员。

软件项目计划是一个软件项目进入系统实施的启动阶段。通过反复优化而编制出的项目计划的主要作用有如下几个方面：

- 指导项目实施。
- 激励和鼓舞项日团队的士气。
- 度量项目绩效和控制项目的基准。
- 促进项目相关人员之间沟通。
- 统一和协调项目工作指导文件。

制定项目计划主要进行的工作包括：

- 确定详细的项目实施范围。
- 定义递交的工作成果。
- 评估实施过程中主要的风险。
- 制定项目实施的时间计划。
- 成本和预算计划。
- 人力资源计划等。

项目计划的内容和涉及的软件项目管理如表7-2所示。

表7-2 项目计划和相关项目管理过程

内　　容	相关的项目管理过程
项目总结、项目章程	项目启动
财务说明和现金流量预测	成本预算
技术规范、程序指南	质量计划编制
工作说明、范围说明、工作分解结构	范围计划编制
综合进度计划、主要里程碑	进度计划制定
预算和成本控制系统	成本预算
执行情况测量基准	沟通计划编制
活动、时间网络计划	进度计划编制
物质和设备预测	采购计划编制
项目组织计划	组织计划编制
项目人事计划、关键人员和责任分配矩阵	
报告和审查程序	沟通计划编制
变更控制系统	整体变更控制
尚未定论的问题和有待做出的决策	风险管理计划编制
风险评估	

项目计划的控制就是要定期或不定期地对工作进度进行监督，然后，对那些出现"偏差"的工作采取必要措施，以保证项目按照原定进度执行，使预定目标按时和在预算范围内实现。

项目控制过程包括：

1）定期及时收集有关项目绩效的资料，了解项目的进展，衡量项目的实际绩效。

2）把项目实际绩效与计划绩效相比较。

3）如果实际绩效比计划差则采取纠正措施，修改计划能够使项目返回预定"轨道"。

7.1.3 项目范围管理

项目范围是指产生项目产品所包括的所有工作及产生这些产品所用的过程。项目范围管理是指对项目包括什么与不包括什么的定义与控制过程。

项目范围确定需要依据项目章程、项目计划中的项目范围描述（初步）、组织过程财富、环境和组织因素、项目管理计划等，制定项目范围管理计划。

详细的范围说明包括：项目和范围目标、项目范围描述、项目边界、产品接受准则、项目约束、项目假设、初步组织结构、初步定义的风险、进度里程碑、成本量级、配置管理需求和批准的变更。

项目范围确定后需要进行范围验证和范围变更控制。项目管理者必须对变更进行控制管理。一般情况下，造成项目范围变更的原因很多，主要有以下几个方面：

- 项目外部环境发生变化，如政府政策的问题。
- 项目范围的规划不够周密详细，有一定的错误或遗漏，例如在设计语音数据处理系统时没有考虑到计算机网络的承载流量的问题。
- 新的技术、手段或方案被提出。在项目实施过程中，常常会出现制定范围管理计划时尚未出现的，可以大幅度降低成本的新技术。

- 项目实施组织本身发生变化。比如由于项目所在单位同其他单位合并或是出现其他情况，项目成员组织结构发生变化。
- 客户对项目、项目产品或服务的要求发生变化。

项目范围变更控制的焦点问题为：

- 对造成范围变更的因素施加影响，以确保这些变更得到更一致的认可。
- 确定范围变更已经发生。
- 当范围变更发生时，对实际的变更进行管理。

项目范围变更控制的依据是工作分解结构、项目范围管理计划、变更申请和绩效报告等内容。

7.1.4　项目资源和成本管理

在软件项目中需要使用到的资源可以分为两类：

- 无限使用资源：这类资源供给相当丰富，而且价格低廉，在项目的实施过程中，项目组织可以根据实际需要任意使用。
- 有限使用资源：这类资源是指市场上有比较充足的供应，但是价格昂贵或者在整个项目工期内根本不可能完全得到的资源。

利用这种分类方法，对资源进行分类管理：

- 对于第一种资源，供给充足，价格低廉，在项目的实施过程中，使用数量几乎不会受到任何限制，不会出现短缺现象。因此不需要对这类资源实施连续跟踪管理。
- 对于第二种资源，价格昂贵，在使用上存在很大的局限性，应该对其进行全面的跟踪管理，当这一类资源发生短缺或者使用效率不高时，会对项目的工期和成本产生很大的影响。
- 在制定项目的资源计划时，对于这两类资源都要予以同样的重视，既要保证对第一类资源的有效使用，又要严格监控对第二类资源的利用，保证其及时供应。

项目成本管理是指在项目的具体实施过程中，为了保证完成项目所花费的实际成本不超过其预算成本而展开的项目成本估算、预算编制和项目成本控制等方面的管理活动。项目成本管理也是为确保项目在核准的预算内按时、保质、经济高效地完成项目既定目标而开展的一种必要的项目管理过程。

一个软件项目成本失控的主要原因包括：

- 成本估算、预算工作不够准确。
- 许多项目在进行成本估算和成本预算及制定项目成本控制方法上并没有统一的标准和规范可行。
- 项目实施过程中变量太多、变数太大。

项目成本估算是指为了实现项目目标，完成项目的各项活动，根据项目资源计划中所确定的资源需求，以及市场上各种资源的价格信息，对完成项目所必需的各种资源的费用做出近似估算，由以下5部分构成：

- 项目定义与决策成本：项目可行性研究所花费的成本。

- 项目设计成本：项目设计所花费的成本。
- 项目获得成本：项目组织为获取外部资源而额外花费的成本，如广告成本、招投标成本、询价成本等。
- 获取资源的价格成本。
- 项目实施成本：项目实施过程中所花费的物资材料成本、人工成本、咨询成本以及一定数量的意外成本的总和。

成本估算的3个主要步骤：

- 识别并分析项目成本的构成科目，即项目成本中所包括的资源或服务的类目。
- 根据已识别的项目成本构成科目，估算每一成本科目的成本大小。
- 分析成本估算结果，找出各种可以相互替代的成本，协调各种成本之间的比例关系。

成本估算的结果包括：

- 项目各项工作或活动的成本预算：项目各项工作或活动的成本预算给出了实施某项工作或活动的成本定量，在项目的实施过程中，将以此为标准监控各项工作或活动的实际资源消耗量。
- 成本基准计划：成本基准计划刻画了项目进展时间同项目花费的累积预算成本之间的对应关系，它将作为度量和监控项目实施过程中费用支出的主要依据。

项目成本控制是指项目组织为保证在变化的条件下实现其预算成本，按照事先拟订的计划和标准，通过采用各种方法，对项目实施过程中发生的各种实际成本与计划成本进行对比、检查、监督、引导和纠正，尽量使项目的实际成本控制在计划和预算范围内的管理过程。项目成本控制结果包括：

- 修正后的成本估算：随着项目的进展，项目可能会面临的各种不确定性因素日趋明朗，因此项目管理者有必要根据项目的实际需要修改和更新项目的成本估算。
- 成本预算更新：成本预算更新是指对原来的成本预算计划进行修订和调整，其中也包括对成本基准计划进行必要的修改和更新。
- 纠正措施：指在项目成本管理的过程中所开展的一系列的活动和纠偏行动，即为了使项目所花费的实际成本控制在项目计划成本以内所做的努力。

7.1.5 项目时间管理

项目时间管理是指使项目能及时完成的必需程序。进度安排的准确程度可能比成本估计的准确程度更重要。对于成本估计的偏差，软件产品可以靠重新定价或者大量的销售来弥补成本的增加，但如果进度计划不能得到实施则会导致市场机会的丧失或者用户不满意，而且也会使成本增加。因此，在考虑进度安排时要把人员的工作量与花费的时间联系起来，合理分配工作量，利用进度安排的有效分析方法来严密监视项目的进展情况，以使得项目的进度不致被拖延。

在整个项目中，我们需要一份能清晰描述活动发生的时间和所需要的资源的计划，项目进度安排的内容为：

1）定义一组项目活动，并建立活动之间的相互关系。

2）估算各个活动的工作量和完成任务所需要的资源。

3）定义里程碑。

4）分配人力和其他资源，制定进度时序。

5）检查进度安排，确保任务之间没有冲突，并且包含了完成项目必需的所有任务。

项目时间管理首先要对项目活动进行定义，依据包括：工作分解结构、项目范围说明、历史信息、约束条件、假定和专家评论。

工作分解结构一般是通过将所分解的项目分成若干个相互联系的子项目，然后逐级分解为子工作包，直至分解成为具体的工作为止。工作分解结构是活动定义的基本依据，工作分解结构是反映项目所包含工作的详细分解示意图，它包含了项目的所有工作及活动。通过项目的工作分解结构可以将项目所涉及的各项工作表达得清清楚楚。

活动定义结束后，需要对活动进行组织和排序。活动之间有4种可能的关系：

• FS（完成开始）：B任务必须在A任务完成之后才能够开始。

• SS（开始开始）：B任务只能够在A任务开始之后才能够开始。

• FF（完成完成）：B任务只能够在A任务完成之后才能够完成。

• SF（开始完成）：B任务只能够在A任务开始之后才能够完成。

进行项目时间管理时，经常使用的方法是项目网络图法。项目网络图就是表示项目各工作的相互关系的基本图形，既可以手工编制，也可以在计算机上完成。图中包括整个项目的全部细节，也包含一个或多个概括性活动。此外，图中还应附有简要的说明，描述工作排序的基本方法。

完成网络图编制后，需要对图中的每一项活动进行时间估算，需要考虑每一项活动的资源需求、资源信息、历史信息、已识别风险等。时间估计的结果是对完成某一工作可能需要的工作时间数量的定量估算。经常使用的时间估算方法包括：基于规模的估算方法、进度表估算法、基于承诺的进度估算法、Jones的一阶估算准则、专家估算法、模拟估算法等。

依据活动定义、网络图和时间估算，最终得到的是项目进度计划。一般可以采用甘特图进行表示。

甘特图是一种能有效显示行动时间规划的方法，也叫横道图或条形图。甘特图把计划和进度安排两种职能结合在一起，纵向列出项目活动，横向列出时间跨度。每项活动计划或实际的完成情况用横道线表示。横道线还显示了每项活动的开始时间和终止时间。某项目进度计划甘特图如图7-1所示。

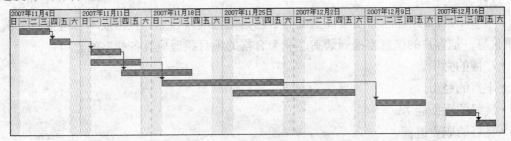

图7-1　某项目进度计划甘特图

7.2 软件组织和人员管理

一个软件项目的生存周期的全过程中需要多个软件组织、多种项目角色参与和配合。一般来说,软件工程中涉及的软件组织包括:

1) 软件工程组:负责一个项目的软件开发和维护活动(即需求分析、设计、编码、测试)。其中包括系统分析员、系统设计员、程序员、测试工程师、文档编辑者、项目经理等角色。

2) 软件相关组:代表一种软件工程科目的团体,它支持但不直接负责软件开发和(或)维护工作。例如,软件质量保证组、软件配置管理组和软件工程过程组。

3) 软件工程过程组:是由专家组成的组,他们推进组织所采用的软件过程的定义、维护和改进工作。在关键实践中,这个组通常指"负责组织的软件过程活动的人员"。

4) 系统工程组:是负责下列工作的个人(既有经理又有技术人员)的团体:

- 规定系统需求。
- 将系统需求分配给硬件、软件和其他成分。
- 规定硬件、软件和其他成分的界面。
- 监控这些成分的设计和开发以保证它们符合其规格说明。

5) 软件测试组:是一些负责策划和完成独立的软件系统测试的团体,测试的目的是为了确定软件产品是否满足对它的要求。

6) 软件质量保证组:是一些计划和实施项目的质量保证活动的团体(既有经理又有技术人员),其工作的目的是保证软件过程的步骤和标准是否得到遵守。

7) 软件配置管理组:是一些负责策划、协调和实施软件项目的正式配置管理活动的团体。

8) 培训组:是一些负责协调和安排组织培训活动的团体(既有经理又有技术人员)。通常这个组织负责准备和讲授大多数的培训课程并且协调其他培训方式的使用。

在软件项目组织中常用到的组织结构有职能型组织、项目型组织、矩阵型组织等。一般情况下,软件项目适合使用采用矩阵型组织结构。

在软件工程领域,人的因素显得十分重要。一个优秀的软件项目团队是软件项目本身成功的基础条件。

在软件项目团队中,项目经理扮演着十分重要的角色。项目经理不仅是项目的执行者,更应该是项目的管理者。项目经理是项目的总负责人,负责从项目启动到项目结束的整个项目过程。

一个好的项目经理能够使项目完成得出色,把握项目计划,包括成本、进度、范围以及质量等,把客户的满意度提到最高。一个合格的项目经理应具备如下的素质:

- 广博的知识。
- 丰富的经历。
- 良好的平衡能力。
- 良好的职业道德。

- 良好的沟通与表达能力。
- 良好的协调能力。
- 真正理解项目经理的角色。
- 重视项目组的管理，奖罚分明。
- 注重用户参与。

而团队中的每个成员也应该具备以下特点：

- 项目团队成员具有专业技术技能。
- 项目团队的高级成员必须有政治上敏感度。
- 项目团队成员需要很强的以问题为导向的意识。
- 项目团队成员需要有解决问题和决策的技能。
- 项目团队成员需要很强的自信心。
- 项目团队成员需要有人际交往的技能。

一般团队建设的步骤为：

- 首先拟订团队建设计划。
- 谨慎地界定项目的作用及任务。
- 确保项目的目标与团队成员的个人目标相一致。
- 尽量判断并争取拥有那些最具有前途的员工。
- 选择那些既具有技术专长又有可能成为有现实团队成员的候选人。
- 组织团队，给予特定的人以特定的任务。
- 准备并实施职责矩阵。
- 召开一个"启动"会议。
- 制定技术及程序议程。
- 确保为成员提供足够的时间以使其相互认识。
- 建立工作关系和联系方式。
- 获取团队成员的承诺：时间承诺、角色承诺、项目优先承诺。
- 建立联系链接。
- 实施团队建设活动，将团队建设行为与所有项目行为相结合：召开会议、计划讨论会以及技术/进度评审会；团体及个人咨询研讨会。
- 对杰出贡献进行表彰。

伴随着软件组织的成长，可能会在某些阶段出现各种各样的问题和矛盾，比如出现挫折、灰心、冲突、矛盾和不健康的竞争，没有效果的会议，对项目经理缺乏信任等。在项目处于困境的大多数情况下，需解决的问题是要将团队成员拧成一股绳，创造出显著的集体业绩，所以团队建设十分重要。

团队建设的原则包括：

- 尽可能早地开始。
- 在项目运作的整个过程中持续对团队的组建。

- 招聘可获得的最佳人选。
- 确认那些将对项目做出重大贡献的人，无论全职或是兼职，只要是属于团队的成员。
- 在所有重大的行动上取得团队的同意认可。
- 意识到政策的存在但并不去使用它们。
- 作为一个行为榜样。
- 将使用授权作为确保委托事宜的最佳方式。
- 不要尝试强迫或操纵团队成员。
- 定期评估团队的效率。
- 计划并使用团队组建步骤。

7.3 软件质量保证

7.3.1 软件质量管理

质量是产品的生命线，保证软件产品的质量是软件产品生产过程的关键。在这里，软件产品的质量是指软件系统满足用户需要或期望的程度。高质量的软件产品意味着较高的用户满意度及较低的缺陷等级，它较好地满足了用户的需求，并且具有较高的可靠性和维护性。软件质量的特性包括功能性、可靠性、可用性、效率、可维护性和可移植性。功能性是指符合一组功能及特定性质的属性的组合。可靠性是指在规定的时间和条件下，软件维持其性能水平能力的属性集合。可用性强调程序在运行中使用灵活方便的程度。效率是指完成预期功能所需的时间及资源等指标。可维护性反映了对指定的修改所需付出的努力的属性集合。可移植性反映了把程序从一种软硬件环境移植到另一种软硬件环境所需要工作量的多少。

项目质量管理包含一些程序，它要求保证该项目能够兑现它关于满足各种需求的承诺。项目质量管理主要包括三个过程：计划编制、质量保证和质量控制。

质量保证应当取得的结果就是项目质量的改进。

进行软件质量管理必须做到以下几点：

- 有效的产品质量保证：应该有专门的质量管理部门，负责制定各种控制流程和规范，监督和检查各开发部门的实施情况。就软件开发活动而言，针对每一个项目，应该有一个质量管理人员跟踪项目全过程，参与各开发阶段的审核环节，以及监督和控制项目的进展和质量。
- 要有严密的审核：进行阶段性的质量审核是为了尽早发现设计中存在的问题，降低项目的风险。阶段性的质量审核保证开发过程中的每一个阶段都能够按质量要求完成，从而确保了整个项目的质量。
- 完善规范的开发文档：为便于项目交付后的系统维护，在开发过程中必须及时编写开发文档。并在项目结束后，统一归档。
- 交付产品后的质量管理：在项目产品交付后，质量管理系统应继续跟踪系统的运行情况，并将运行过程中的问题记录下来，再进行分类，不同的问题用不同的方法处理。

对软件产品进行质量保证的措施有很多，如软件评审、软件测试等。它们都贯穿于软件开发的整个过程中。软件评审是对软件过程的结果产品进行验证的活动，目的是及早地发现软件缺陷。只有在阶段评审通过后，软件过程才能进入后续阶段。常用的评审形式有设计评审、审查、走查、个人评审等。软件测试是重要的及早揭示软件缺陷的活动，相关内容在第5章中已有详细介绍。

7.3.2 CMM模型

在软件质量保证方面还要介绍一下CMM的相关知识。CMM（Capability Maturity Mode，能力成熟度模型），是评估软件能力与成熟度的一套标准，它侧重于软件开发过程的管理及工程能力的提高与评估，是国际软件业的质量管理标准。它认为软件质量难以保证的问题更多的是由管理上的缺陷造成的，而不是由技术方面的问题造成的。于是CMM试图从管理学的角度，通过控制软件的开发过程来保证软件质量。它的核心是对软件开发和维护的全过程进行监控和研究，使其科学化、标准化、能够合理地实现预定目标。CMM建立在很多软件开发实践经验的基础上，汲取了成功的实践因素，指明了一个软件开发机构在软件开发方面需要管理哪些方面的工作、这些工作之间的关系，以及各项工作的优先级和先后次序等，进而保证软件产品的质量，使软件开发工作更加高效、科学。

CMM的内容如图7-2所示。

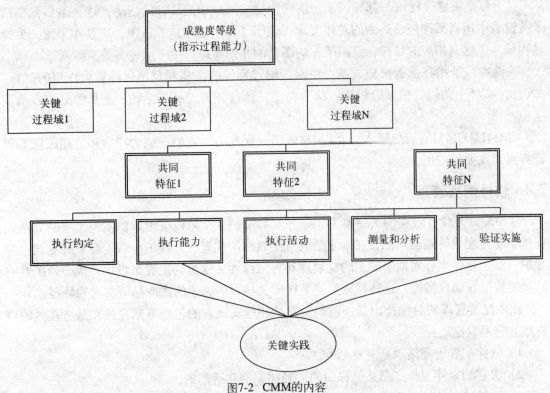

图7-2 CMM的内容

CMM定义了软件过程成熟度的5个级别，它们描述了过程能力，即通过遵循一系列软件过程的标准所能实现预期结果的程度，如图7-3所示。

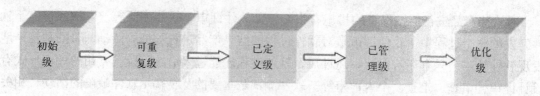

图7-3　CMM软件能力成熟度等级

"初始级"的软件过程是无秩序的，它几乎处于无步骤可循的状态。管理是随机的，软件产品的成功往往取决于个人。在"可重复级"，已建立了基本的项目管理过程，对成本、进度和功能特性进行跟踪，并且在借鉴以往经验的基础上制定了必要的规范。在"已定义级"，用于管理和工程两个方面的过程均已文档化、标准化，并形成了整个软件组织的标准软件过程。所有项目均使用经过批准、裁剪的标准软件过程来开发和维护软件。"已管理级"的软件过程和产品质量有详细的度量标准并且得到了定量的认证和控制。"优化级"的软件过程可以通过量化反馈和先进的思想、技术来不断改进。

在CMM中，每个成熟度等级都由若干个关键过程域组成。所谓关键过程域是指相互关联的若干个软件实践活动和相关设施的集合，它指明了改善软件过程能力应该关注的区域，以及为达到某个成熟度等级应该重点解决的问题。达到一个成熟度等级的软件开发过程必须满足相应等级上的全部关键过程域。

对于每个关键过程域，都标识了一系列为完成一组相同目标的活动。这一组目标概括了关键域中所有活动应该达到的总体要求，表明了每个过程域的范围、边界和意图。关键过程域为了达到相应的目标，组织了一些活动的共同特征，用于描述有关的职责。

关键实践是指在基础设施或能力中对关键过程域的实施和规范化起重大作用的部分。关键实践以5个共同特征加以组织：执行约定、执行能力、执行活动、测量和分析、验证实施。

CMMI是CMM的后继版本，对CMM做了一些改进。它们在能力评估和过程改进方面都得到了重要的应用。

7.4　软件配置管理

软件配置是软件过程的关键要素，是开发和维护各个阶段管理软件演进过程的方法和规程。软件配置管理包括标识在给定时间点上软件的配置，系统地控制对配置的更改，并维护在整个软件生存周期中配置的完整性和可跟踪性。这里的配置是指软件或硬件所具有的功能特征和物理特征，这些特征可能是技术文档中所描述的或产品所实现的特征。

软件配置管理的目标是识别、控制、维护和检验现有的包括基础设施和服务在内的IT资产。它可以保证：

1）软件配置管理活动是有计划的。

2）选定的软件工作产品是已标识的、受控制的和适用的。

3）已标识的软件工作产品的变更是受控的。

4）受影响的组和个人得到软件基线的状态和内容的通知。

软件配置管理使整个软件产开发进过程处于一种可视状态。开发人员、测试人员、项目管理者、质量保证组以及用户可以方便地从软件配置管理中得到有用的信息。这些信息包括：软件产品由什么组成，处于什么状态；对软件产品做了哪些变更，谁做的变更，什么时间做的变更，为什么要做此变更等。

软件配置管理的工作范围一般包括4个方面：

1）标识配置项。配置项是配置管理中的基本单元，每个配置项应该包含相应的基本配置管理的信息。标识配置项就是要给配置项取一个合适的名字。

2）进行配置控制。这是配置管理的关键，包括存取控制、版本控制、变更控制和产品发布控制等。存取控制通过配置管理中的"软件开发库"、"软件基线库"、"软件产品库"来实现，每个库对应着不同级别的操作权限，为团队成员授予不同的访问权利。版本控制往往使用自动的版本控制工具来实现，如SVN。变更控制是应对软件开发过程中各种变化的机制，可以通过建立控制点和报告与审查制度来实现。产品发布控制面向最终发布版本的软件产品，旨在保证提交给用户的软件产品版本是完整、正确和一致的。

3）记录配置状态。配置状态报告记录了软件开发过程中每一次配置变更的详细信息。记录配置状态的目的是使配置管理的过程具有可追踪性。

4）执行配置审计。配置审计是为了保证软件工作产品的一致性和完整性，从而保证最终软件版本产品发布的正确性。

目前市场上流行的配置管理工具有很多，可以分为3个级别：

- 第1个级别：版本控制工具，是入门级的工具，如CVS、Visual Source Safe。
- 第2个级别：项目级配置管理工具，适合管理中小型的项目，在版本管理的基础上增加变更控制、状态统计的功能，如CLEARCASE、PVCS。
- 第3个级别：企业级配置管理工具，在实现传统意义的配置管理的基础上又具有比较强的过程管理功能，如All Fusion Harvest。

7.5 风险管理

7.5.1 软件风险

项目风险是一种不确定的事件或条件，一旦发生，会对项目目标产生某种正面或负面的影响。风险有其成因，同时，如果风险发生，也将会导致某种后果。风险大多数随着项目的进展而变化，不确定性会随之逐渐减少。

风险具有三个属性：

- 风险事件的随机性：风险事件是否发生、何时发生、后果怎样……许多事件发生都遵循一定统计规律，这种性质叫做随机性。
- 风险的相对性：风险总是相对项目活动主体而言，同样的风险对于不同的主体有不同的影响。
- 风险的可变性：辩证唯物主义认为，任何事情和矛盾都可以在一定条件下向自己的反面转化，这里的条件指活动涉及的一切风险因素，当这些条件发生变化时，必然会引起风险的变化。

按照不同的分类标准，风险可以分为不同的类别：

- 按风险后果划分，可以分为纯粹风险和投机风险。
- 按风险来源划分，可以分为自然风险和人为风险。
- 按风险是否可管理划分，可以分为可以预测并可采取相应措施加以控制的风险；反之，则为不可管理的风险。
- 按风险影响范围划分，可以分为局部风险和总体风险。
- 按风险的可预测性划分，可以分为已知风险、可预测风险和不可预测风险。
- 按风险后果的承担者划分，可以分为业主风险、政府风险、承包商风险、投资方风险、设计单位风险、监理单位风险、供应商风险、担保方风险和保险公司风险等。

7.5.2 软件风险管理

软件风险管理就是预测在项目中可能出现的最严重的问题（伤害或损失），以及采取必要的措施来处理。风险管理不是项目成功的充分条件。但是，没有风险管理却可能导致项目失败。项目实行风险管理的好处如下：

- 通过风险分析，可加深对项目和风险的认识和理解，明确各方案的利弊，了解风险对项目的影响，以便减少或分散风险。
- 通过检查和考虑所有到手的信息、数据和资料，可明确项目的有关前提和假设。
- 通过风险分析不但可提高项目各种计划的可信度，还有利于改善项目执行组织内部和外部之间的沟通。
- 编制应急计划时更有针对性。
- 能够将处理风险后果的各种方式更灵活地组合起来，在项目管理中减少被动，增加主动。
- 有利于抓住机会，利用机会。
- 为以后的规划和设计工作提供反馈，以便在规划和设计阶段就采取措施防止和避免风险损失。
- 风险即使无法避免，也能够明确项目到底应该承受多大损失或损害。
- 为项目施工、运营选择合同形式和制订应急计划提供依据。
- 通过深入的研究和情况了解，可以使决策更有把握，更符合项目的方针和目标，从总体上使项目减少风险，保证项目目标的实现。
- 可推动项目执行组织和管理人员积累有关风险的资料和数据，以便改进将来的项目管理。

软件风险管理内容如图7-4所示。

软件风险识别分为3步进行：收集资料、估计项目风险形势、识别风险。风险可能来自于计划编制、组织和管理、开发环境、最终用户、客户、承包商、需求、产品、外部环境、人员、设计和实现、过程等方面。

风险分析分为6步进行：确定风险关注点、估计损失大小、评估损失的概率、计算风险暴露量、整个项目的延期和缓冲。

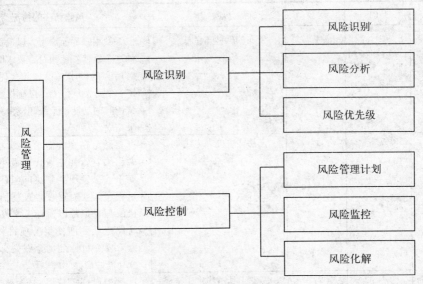

图7-4　软件风险管理内容

风险优先级按照总体风险值降序排列所有风险，找出引起80%损失的20%的风险，以便有针对性地进行风险控制。风险控制包括：

1）制订风险管理计划，对每种风险建立一份风险管理计划。

2）找出风险管理者。

3）建立匿名风险反馈通道。

4）风险监控。

5）风险化解。

一个主要的风险管理工具就是十项首要风险清单，它指明了项目在任何时候面临的最大风险。项目组应当在开始需求分析之前就初步地列一张风险清单，并且直到项目结束前不断更新这张清单。项目经理、风险管理负责人应定期回顾这张清单，这种回顾应包含在计划进度表之中，以免遗忘。

典型的风险清单如表7-3所示。其中，前三列分别给出了每个风险在本周和上周在风险清单中所处的位置，以及"上榜"的周数，以作为风险管理的重要依据。

表7-3　风险清单样例

本周	上周	周数	风险	风险解决的情况
1	1	5	需求的逐渐增加	利用用户界面原型来收集高质量的需求；已将需求规约置于明确的变更控制程序之下；运用分阶段交付的方法在适当的时候提供能力来改变软件特征（如果需要的话）
2	5	5	有多余的需求或开发人员	项目要旨的陈述中要说明软件中不需要包含哪些东西；设计的重点放在最小化；评审中有核对清单用以检查"多余设计"或"多余的实现"

（续）

本周	上周	周数	风险	风险解决的情况
3	2	4	发布的软件质量低	开发用户界面原型，以确保用户能够接受这个软件；使用符合要求的开发过程；对所有的需求、设计和代码进行技术评审；制订测试计划，以确保系统测试能测试所有的功能；系统测试由独立的测试员来完成
4	7	5	无法按进度表完成	要避免在完成需求规约之前对进度表做出约定；在花费代价最小的早期进行评审，以发现并解决问题；在项目进行过程中，要对进度表反复估计；运用积极的项目追踪以确保及早发现进度表的疏漏之处；即使整个项目将延期完成，分阶段交付计划 允许先交付只具备部分功能的产品
5	4	2	开发工具不稳定，造成进度延期	在该项目中只使用一或两种新工具，其余的都是过去项目用过的

7.6 软件文档

文档是指某种数据介质和其中所记录的数据。它具有永久性并可由人或者机器阅读，通常仅用于描述人工可读的东西。软件工程中，文档常常用来表示活动、需求、过程或结果进行描述、定义、规定、报告或认证的任何书面或图示的信息。文档是软件产品的一部分。

软件文档的作用包括：

1）为软件管理提供依据。

2）提高开发效率，作为任务之间联系的凭证。

3）作为质量保证依据。

4）作为培训参考。

5）支持软件维护。

6）作为未来项目的一种资源。

按照文档产生和使用的范围，软件文档大致可以分为3类：

1）开发文档：这类文档在软件开发过程中，作为软件开发人员前一阶段工作成果的体现和后一阶段工作的依据，包括软件需求说明书、数据要求说明书、概要设计说明书、详细设计说明书、可行性研究报告、项目开发计划。

2）管理文档：这类文档是在软件开发过程中，由软件开发人员制定的需提交的一些工作计划或工作报告。管理人员能够通过这些文档了解软件开发项目的安排、进度、资源使用和成果等，包括项目开发计划、测试计划、测试报告、开发进度月报及项目开发总结。

3）用户文档：这类文档是软件开发人员为用户准备的有关该软件使用、操作、维护的资料，包括用户手册、操作手册、维护修改建议、软件需求说明书、运行模式建议说明书。

软件文档是在软件生存期中，随着各个阶段工作的开展适时编制的。其中，有的仅反映某一个阶段的工作，有的则需跨越多个阶段。软件文档和软件生存周期的关系如图7-5所示。

软件生存期各阶段与各种文档编制的关系						
	可行性分析与计划	需求分析	设计	代码编写	测试	运行与维护
可行性研究报告	■					
项目开发计划	■	■				
软件需求说明		■				
数据要求说明		■				
概要设计说明			■			
详细设计说明			■			
测试计划		■	■			
用户手册		■	■			
操作手册			■			
测试分析报告					■	
开发进度月报	■	■	■	■	■	
项目开发总结						■
维护修改建议						■

图7-5 软件文档和软件生存周期关系

文档的编写有以下几个要求：

1）针对性：文档编制以前应分清读者对象。按不同的类型、不同层次的读者，决定怎样适应他们的需要。

2）精确性：文档的行文应当十分确切，不能出现多义性的描述。同一项目几个文档的内容应当是协调一致，没有矛盾的。

3）清晰性：文档编写应力求简明，如有可能，配以适当的图表，以增强其清晰性。

4）完整性：任何一个文档都应当是完整的、独立的，它应自成体系；

5）灵活性：各种不同软件项目，其规模和复杂程度有着许多实际差别，不能一律看待。

6）可追溯性：由于各开发阶段编制的文档与各阶段完成的工作有着紧密的关系，前后两个阶段生成的文档，随着开发工作的逐步扩展，具有一定的继承关系。在一个项目各开发阶段之间提供的文档必定存在着可追溯的关系。必要时应能做到跟踪追查。

7.7 Project的功能及使用方法介绍

一些工具软件能够协助完成软件工程中管理的相关工作，我们经常用到的有Project、Excel等。Microsoft Office Project 2007 是微软开发的一款项目管理工具，用于更加有效且高效地管理项目。通过与熟悉的 Microsoft Office System程序、强大的报表、引导的计划以及灵活的工具进行集成，可以对所有信息了如指掌，控制项目的工时、日程和财务，与项目工作组保持密切合作，同时提高工作效率。具体来说，Project实现的项目管理功能有：范围管理、时间管理、成本管理、人力资源管理、沟通管理和集成管理等。

下面将通过一个简单的例子来了解Project的基本用法。

打开Microsoft Office Project 2007，新建一个空白的项目，界面如图7-6所示。

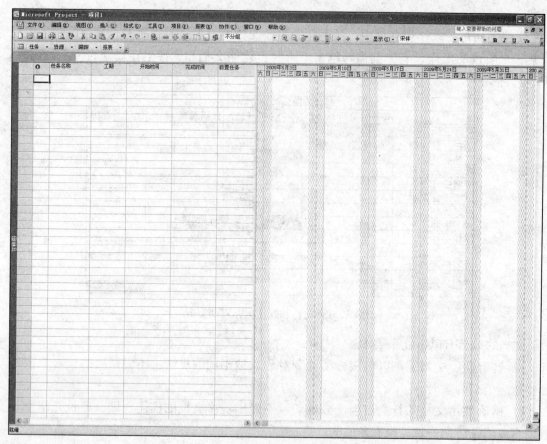

图7-6 Project界面

在菜单栏"项目"中的"项目信息"中输入有关该项目的信息，如图7-7所示。

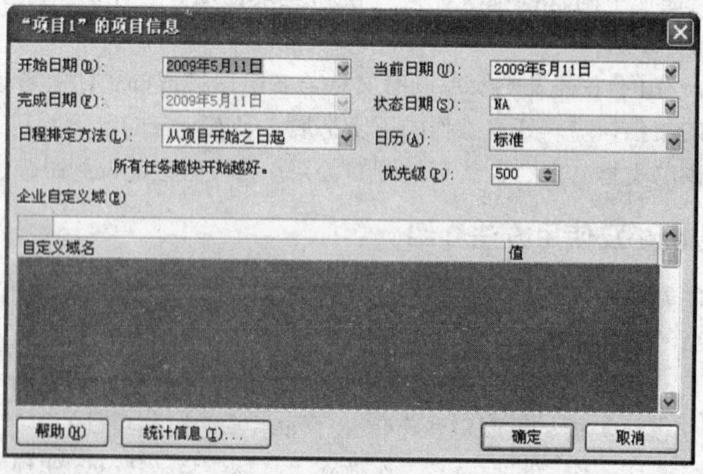

图7-7 输入项目信息

通过Project进行项目管理包括任务定义、资源分配、过程跟踪和报表产生4个步骤。可以在界面的工具栏上看到这4个步骤的按钮，如图7-8所示。单击每个按钮旁边的黑色三角，可以看到每个过程内部的细节步骤。

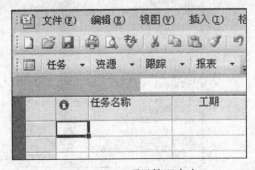

图7-8　Project项目管理内容

为了方便接下来的操作，选择菜单"工具"中的"选项"中的"界面"，选中"显示项目向导"选项，如图7-9所示。

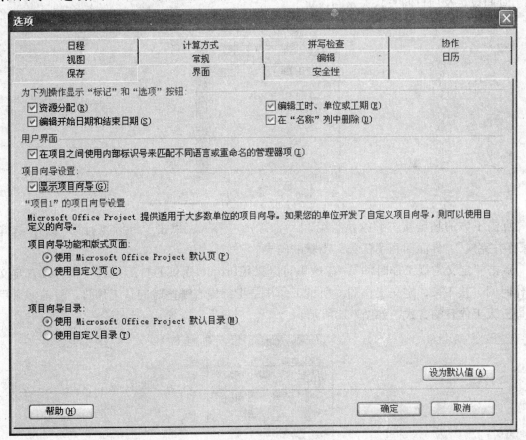

图7-9　更改界面选项

单击"确定"按钮，我们可以看到界面左侧出现了"项目向导"对话框，如图7-10所示。

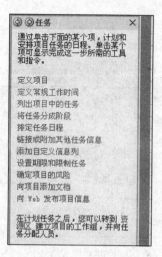

图7-10 项目向导对话框

在"任务"步骤下,主要是计划和安排项目的日程,包括对项目中各个任务的工期设定、时间设定及项目间关联关系的设定。

按照向导顺序,点击"定义项目"超链接并进行设置,如图7-11所示。

图7-11 项目定义

点击下方的超链接"继续执行第2步",选择"否";点击"继续执行第3步",选择"保存并完成"。界面回到"任务"步骤的向导。

点击"定义常规工作时间",在这里可以采用Project提供的日历模板,也可以自定义工作时间。接下来,定义工作周。所谓工作周是指每周有哪些时间是工作日。目前多采用每周五天工作日的方式,如图7-12所示。

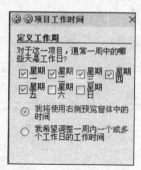

图7-12 定义工作周

根据向导依次设置"倒日和倒休"、"时间单位"和"项目日历",完成工作时间的定义。

选择"列出项目中的任务"超链接。任务的输入方式有多种,可以从Excel表格导入,也可以手工输入,在这里我们采用手工输入的方式。输入任务"可行性分析"、"需求分析"、"概要设计"、"详细设计"、"编码"、"测试",并将其后面的工期分别设置为5、10、5、5、30、15工作日。在界面右侧将自动显示甘特图,如图7-13所示。

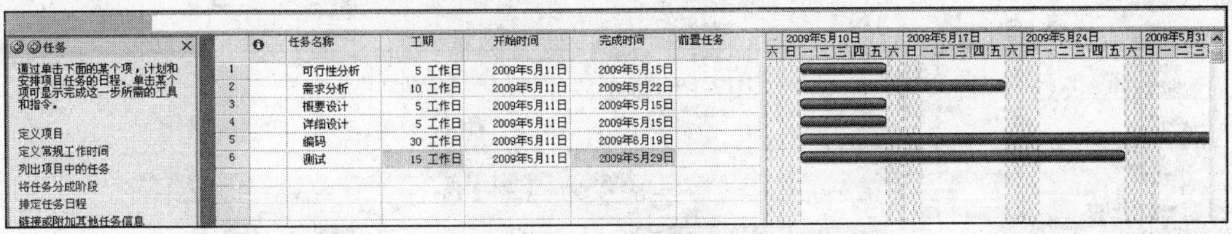

图7-13 输入任务

在软件工程中,"概要设计"和"详细设计"都可以认为是"设计"任务的子任务。接下来,我们把这个关系体现在任务定义中。选中"概要设计",单击右键,选择"新任务",将在概要设计上面新建一行。输入"设计"。选中"概要设计"和"详细设计"两行,右击选择"降级"选项,也可以直接点击向导窗口中的"降级"按钮,然后"概要设计"和"详细设计"就会变成"设计"的子任务,如图7-14所示。

图7-14 加入"设计"任务

在设置"任务"的向导中,还有重要的一项工作是对与开始或完成的时间顺序有联系的任务进行链接。按照传统的软件工程的瀑布模型,整个项目的进展过程是顺序的,也就是说,可行性研究完成之后才能开始需求分析,需求分析完成之后才能进行设计,设计完成之后才能进行编码及测试。按照这种工作方式,就应该对相邻的任务进行链接,来约束它们开始或完成的日期。

在"排定任务日程"的向导中,选择待链接的任务,然后选中"完成-开始"链接,如图7-15所示。

对所有的相邻任务链接后,甘特图的表格和图形都会发生相应的变化。表格中多了前置任务一栏,同时由于任务间完成、开始时间有了约束,第2~7行的任务的开始时间都有了相应的推迟,它们都必须在其前置任务的完成时间之后。在甘特图中,相链接的任务之间会有箭头,如图7-16所示。

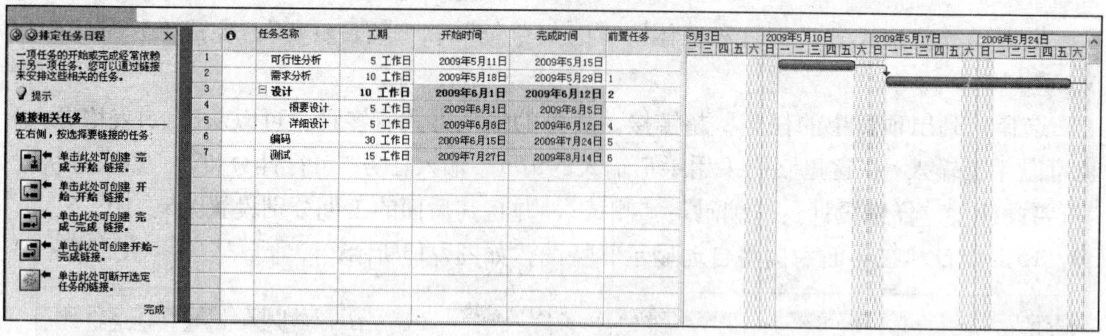

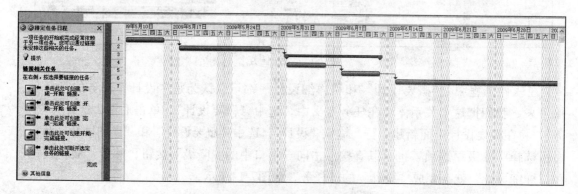

图7-15　排定任务日程

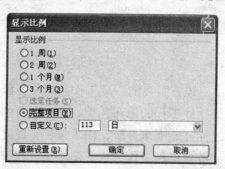

图7-16　链接任务后的甘特图

由于屏幕大小的限制，完整的图形不能在一张画面内显示清楚。为此，可以设定"显示比例"。选择菜单"视图"中的"显示比例"并设置为"完整项目"，如图7-17所示。

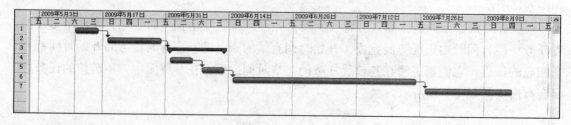

图7-17　显示比例对话框

点击"确定"按钮后，整个甘特图会显示在窗口内，如图7-18所示。

图7-18　调整显示比例后的甘特图

按照向导，设置完"任务"后，还要设置"资源"、"跟踪"和"报表"。

资源不仅包括可供分配的人员，还有一些设备等。对资源的设置包括资源的类型、数量、可用时间、被分配到哪项任务中等；"跟踪"是对在项目进行过程中，任务的完成情况和资源的使用情况的记录，包括项目的实际进展以及资源使用情况与预期的比较；报表是项目状态的一种表现形式，生成报表有利于项目的管理。

7.8 利用Project对"学生档案管理系统"的开发过程进行管理

前面介绍了Project的功能和基本用法，本节将以"学生档案管理系统"的时间管理过程为例，不利用项目向导，而采用自定义的方式，对Project的使用进行更详细的介绍。

（1）新建项目文件，确定项目范围

打开Microsoft Office Project后，首先新建一个项目。然后选择"项目"中的"项目信息"，在弹出的"项目信息"对话框中填入相应的项目信息，如图7-19所示。

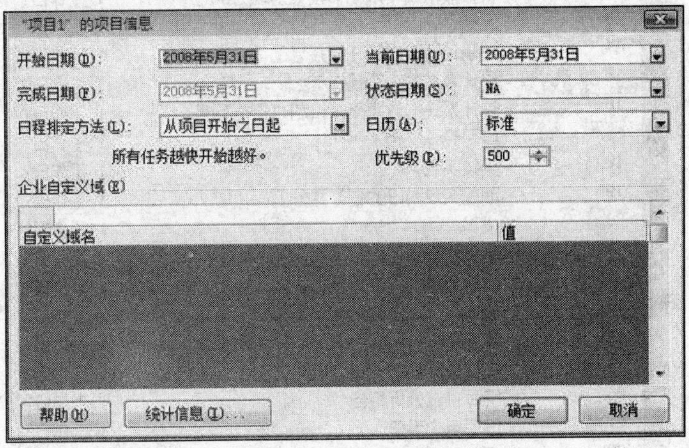

图7-19 项目信息对话框

然后，可以对该项目的属性进行设定。选择"文件"中的"属性"，然后在弹出的对话框里输入相应的信息即可，如图7-20所示。

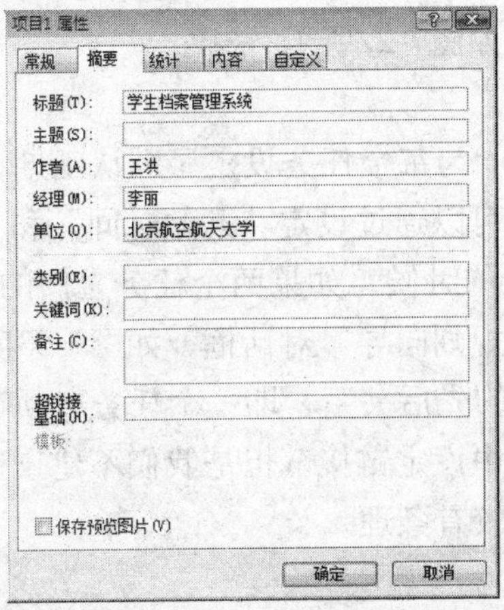

图7-20 项目属性对话框

（2）创建任务并设定任务的属性

从表格的第一行开始，逐一输入要完成的任务。在输入过程中，可以使用"插入"功能，如图7-21所示。

	ⓘ	任务名称	工期
1		项目启动	1 工作日?
2		小组分工	1 工作日?
3		需求分析	1 工作日?
4		明确需求阶段的任务并分工	1 工作日?
5		获取需求	1 工作日?
6		初步确定需求	1 工作日?
7		重新获取需求	1 工作日?
8		最终确定需求	1 工作日?
9		绘制系统的用例图	1 工作日?
10		编写需求规格说明书	1 工作日?
11		明确测试的工作任务	1 工作日?
12		根据需求规格说明书设计系统测试的用例	1 工作日?
13		系统设计	1 工作日?
14		明确设计阶段的任务并分工	1 工作日?
15		设计系统的功能模块	1 工作日?
16		设计系统的数据库并绘制对象关系图	1 工作日?
17		编写设计文档	1 工作日?
18		系统实现	1 工作日?
19		明确实现阶段的任务并分工	1 工作日?
20		编码	1 工作日?
21		测试	1 工作日?
22		明确测试的任务及分工	1 工作日?
23		确定单元测试的方法和工具	1 工作日?
24		单元测试	1 工作日?
25		根据设计好的系统测试用例进行系统测试	1 工作日?
26		编写测试分析报告	1 工作日?
27		编写用户手册	1 工作日?
28		项目结束	1 工作日?

图7-21 输入任务列表

摘要任务有"需求分析"、"系统设计"、"系统实现"和"测试"。在Project里，可以用缩排的方式突出摘要任务，如图7-22所示。

（3）为每个任务输入工期

输入任务的过程中，Project为每个任务设定了默认工期，为"1工作日"。可以在"工期"栏中改变任务的工期，也可以通过设定"开始时间"和"完成时间"来自动设定任务的工期。在输入"开始时间"的时候，如果两个任务之间的"开始时间"和"完成时间"比较接近，那么会自动出现"规划向导"对话框，如图7-23所示。

如果两个任务间有时间上的先后关系，即一个任务必须在另一个任务完成之后才能开始，那么可以在"规划向导"中设定链接。但是我们不建议这样做，因为在工期全部设定好后，统一设定链接关系会比较有条理。

	❶	任务名称	工期
1		项目启动	1 工作日?
2		小组分工	1 工作日?
3		− **需求分析**	**1 工作日?**
4		明确需求阶段的任务并分工	1 工作日?
5		获取需求	1 工作日?
6		初步确定需求	1 工作日?
7		重新获取需求	1 工作日?
8		最终确定需求	1 工作日?
9		绘制系统的用例图	1 工作日?
10		编写需求规格说明书	1 工作日?
11		明确测试的工作任务和方法	1 工作日?
12		根据需求规格说明书设计系统测试的用例	1 工作日?
13		− **系统设计**	**1 工作日?**
14		明确设计阶段的任务并分工	1 工作日?
15		设计系统的功能模块	1 工作日?
16		设计系统的数据库并绘制对象关系图	1 工作日?
17		编写设计文档	1 工作日?
18		− **系统实现**	**1 工作日?**
19		明确实现阶段的任务并分工	1 工作日?
20		编码	1 工作日?
21		− **测试**	**1 工作日?**
22		明确测试的任务及分工	1 工作日?
23		确定单元测试的方法和工具	1 工作日?
24		单元测试	1 工作日?
25		根据设计好的系统测试用例进行系统测	1 工作日?
26		编写测试分析报告	1 工作日?
27		编写用户手册	1 工作日?
28		项目结束	1 工作日?

图7-22 创建摘要任务后的视图

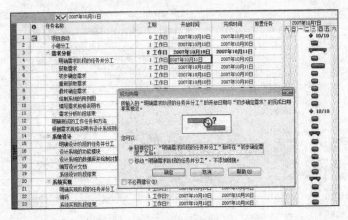

图7-23 规划向导

(4) 建立任务之间的依赖关系

依赖关系即链接关系, 是指任务之间完成的先后顺序。建立依赖关系可以帮助Project 自动进行关键路径分析。建立依赖关系的方法有多种, 前面我们采用向导的方式, 在这里 我们选用直接在"前置任务"栏中输入相关任务序号的方式。双击某条记录的"前置任务"

项，会出现"任务信息"对话框，在对话框的"前置任务"选项下直接填写相关任务的信息即可，如图7-24所示。

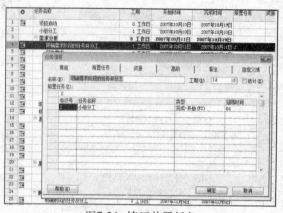

图7-24 填写前置任务

（5）分析关键路径

关键路径是网络图中没有时差的路径。为了保证项目如期完成，必须在特定的时间点上完成关键路径上的关键任务。如果关键路径上任何一个关键任务的完成时间有拖延，那么整个项目的工期都会受到影响。在项目的管理过程中，为了保证项目如期完成，必须保证关键任务如期完成。所以找出项目的关键路径，严格控制关键路径上关键任务的工期是项目管理的重要方面。

在Project中，可以利用"日程表"和"关键路径信息报告"查看关键路径的相关信息。要显示项目的"日程表"视图，可以选择"视图"中的"表"中的"日程"，本项目的日程表如图7-25所示。

	任务名称	开始时间	完成时间	最晚开始时间	最晚完成时间	可用可宽延时间	可宽延的总时间
2	小组分工	2007年10月10日	2007年10月10日	2007年10月24日	2007年10月24日	0 工作日	11 工作日
3	需求分析	2007年10月11日	2007年10月19日	2007年10月25日	2007年12月20日	11 工作日	11 工作日
4	明确需求阶段	2007年10月11日	2007年10月11日	2007年10月25日	2007年10月25日	11 工作日	11 工作日
5	获取需求	2007年10月12日	2007年10月14日	2007年10月26日	2007年10月29日	11 工作日	11 工作日
6	初步确定需求	2007年10月15日	2007年10月15日	2007年10月30日	2007年10月30日	11 工作日	11 工作日
7	重新获取需求	2007年10月16日	2007年10月16日	2007年10月31日	2007年10月31日	11 工作日	11 工作日
8	最终确定需求	2007年10月17日	2007年10月17日	2007年11月1日	2007年11月1日	0 工作日	11 工作日
9	绘制系统的用	2007年10月18日	2007年10月18日	2007年12月20日	2007年12月20日	45 工作日	45 工作日
10	编写需求规格	2007年10月18日	2007年10月19日	2007年11月2日	2007年11月2日	0 工作日	10 工作日
11	需求分析阶段	2007年10月19日	2007年10月19日	2007年11月5日	2007年11月5日	10 工作日	10 工作日
12	明确测试的工作	2007年10月22日	2007年10月22日	2007年12月20日	2007年12月20日	43 工作日	43 工作日
13	根据需求规格说明	2007年10月23日	2007年10月23日	2007年12月12日	2007年12月12日	36 工作日	36 工作日
14	系统设计	2007年10月24日	2007年11月15日	2007年11月5日	2007年11月20日	2 工作日	2 工作日
15	明确设计阶段	2007年10月24日	2007年11月15日	2007年11月5日	2007年11月5日	0 工作日	8 工作日
16	设计系统的功	2007年10月26日	2007年11月2日	2007年11月7日	2007年11月14日	8 工作日	8 工作日
17	设计系统的数	2007年11月5日	2007年11月12日	2007年11月7日	2007年11月14日	2 工作日	2 工作日
18	编写设计文档	2007年11月5日	2007年11月12日	2007年11月7日	2007年11月14日	0 工作日	2 工作日
19	系统设计阶段	2007年11月15日	2007年11月15日	2007年11月20日	2007年11月20日	2 工作日	2 工作日
20	系统实现	2007年11月16日	2007年12月4日	2007年11月20日	2007年12月7日	2 工作日	2 工作日
21	明确实现阶段	2007年11月16日	2007年11月16日	2007年11月22日	2007年11月22日	0 工作日	2 工作日
22	编码	2007年11月21日	2007年12月4日	2007年11月23日	2007年12月6日	0 工作日	2 工作日
23	系统实现阶段	2007年12月4日	2007年12月4日	2007年12月7日	2007年12月7日	2 工作日	2 工作日
24	测试	2007年12月5日	2007年12月18日	2007年12月7日	2007年12月19日	0 工作日	0 工作日
25	明确测试的任	2007年12月5日	2007年12月5日	2007年12月7日	2007年12月7日	2 工作日	2 工作日
26	确定单元测试	2007年12月6日	2007年12月6日	2007年12月10日	2007年12月10日	2 工作日	2 工作日
27	单元测试	2007年12月7日	2007年12月12日	2007年12月11日	2007年12月14日	2 工作日	2 工作日
28	根据设计好的	2007年12月13日	2007年12月14日	2007年12月13日	2007年12月14日	0 工作日	0 工作日
29	编写测试分析	2007年12月17日	2007年12月18日	2007年12月17日	2007年12月18日	0 工作日	0 工作日
30	测试完成结束	2007年12月18日	2007年12月18日	2007年12月18日	2007年12月18日	0 工作日	0 工作日
31	编写用户手册	2007年12月19日	2007年12月20日	2007年12月19日	2007年12月20日	0 工作日	0 工作日
32	项目结束	2007年12月20日	2007年12月20日	2007年12月20日	2007年12月20日	1 工作日	1 工作日

图7-25 日程表

"日程表"中列出了每个任务的"开始时间"、"完成时间"、"最晚开始时间"、"最晚完成时间"、"可用可宽延时间"、"可宽延的总时间"。若要查看"关键任务路径信息的报告",选择"报表"中的"报表"中的"总览"中的"关键任务"即可。

(6) 跟踪项目的进度

至此,已经完成了创建项目计划的初始过程,我们可以据此创建一份基准计划。在项目的进行过程中,发生与计划相违背的问题是非常平常、合理的。利用Project,可以通过将实际信息与基准计划里的信息进行比较,从而发现并解决问题,有效地控制项目。

选择"工具"中的"跟踪"中的"设置比较基准"。设置比较基准之后,随着项目的进行,就可以跟踪各项任务的信息,并根据实际情况及时地调整计划。假设在项目的需求分析阶段,任务4、5、6、7、8都如期完成,就可以分别选择这些记录,并在跟踪表上选择完成百分比为100%,于是在标记列的任务名称的左侧会出现一个"对钩",如图7-26所示。

	❶	任务名称	工期	开始时间	完成时间	前置任务
1	✓	项目启动	0 工作日	2007年10月10日	2007年10月10日	
2	✓	小组分工	1 工作日	2007年10月10日	2007年10月10日	
3		☐ 需求分析	**8 工作日**	**2007年10月11日**	**2007年10月19日**	
4	✓	明确需求阶段的任务并分工	1 工作日	2007年10月11日	2007年10月11日	2
5	✓	获取需求	2 工作日	2007年10月12日	2007年10月14日	4
6	✓	初步确定需求	1 工作日	2007年10月15日	2007年10月15日	5
7	✓	重新获取需求	1 工作日	2007年10月16日	2007年10月16日	6
8	✓	最终确定需求	1 工作日	2007年10月17日	2007年10月17日	7
9	▥	绘制系统的用例图	1 工作日	2007年10月18日	2007年10月18日	8
10	▥	编写需求规格说明书	1 工作日	2007年10月19日	2007年10月19日	8
11	▥	需求分析阶段结束	0 工作日	2007年10月19日	2007年10月19日	10
12	▥	明确测试的工作任务和方法	1 工作日	2007年10月22日	2007年10月22日	2
13	▥	根据需求规格说明书设计系统测试的用例	1 工作日	2007年10月23日	2007年10月23日	10

图7-26 跟踪任务

选择"视图"中的"跟踪甘特图",可以浏览实际进度信息与基准进度信息,如图7-27所示。

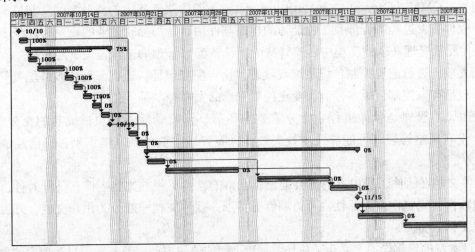

图7-27 跟踪甘特图

　　为了使项目的进度更加清晰，可以使用进度线。选择"工具"中的"跟踪"中的"进度线"即可。如果在项目的进行过程中，有些任务没有按照计划完成，则选择"工具"中的"跟踪"中的"更新任务"，在出现的对话框中更新项目的实际开始或完成时间，Project就会自动地对整个项目的时间安排进行调整。

7.9　小结

　　本章涵盖的内容范围较广。介绍了软件项目管理、软件组织和人员管理、软件质量保证、软件配置管理、风险管理、软件文档等内容，这些内容都是软件工程的重要组成部分。

　　软件项目管理是为了使软件项目能够按照预定的成本、进度、质量顺利地完成，而对人员、产品、过程和项目进行分析和管理的活动。软件项目管理的根本目的是为了让软件项目尤其是大型项目的整个软件生存周期都能在管理者的控制之下，以预定成本按时、保质地完成软件并交付用户使用。

　　在软件项目管理中软件项目计划是一个软件项目进入系统实施的启动阶段。项目范围是指产生项目产品所包括的所有工作及产生这些产品所用的过程。项目成本管理是指在项目的具体实施过程中，为了保证完成项目所花费的实际成本不超过其预算成本而展开的项目成本估算、预算编制和项目成本控制等方面的管理活动。项目时间管理是指使项目能及时完成的必需程序。这些都是软件项目管理中的重要内容。

　　软件工程需要多个组织和角色的配合，常见的软件组织主要包括：软件工程组、软件相关组、软件工程过程组、系统工程组、软件测试组、软件质量保证组、软件配置管理组、培训组等。每个组有各自的职责和角色分配。

　　每一个软件项目团队从建立开始，经历一个团队发展和成长过程。在软件项目团队中，每个团队成员应具备相应的素质，项目经理的作用也十分重要。

　　软件质量是软件产品的生命线，也是软件企业的生命线。在软件的质量管理方面，本章主要介绍了CMM。软件质量的特性包括功能性、可靠性、可用性、效率、可维护性和可移植性。CMM（Capability Maturity Model）是评估软件能力与成熟度的一套标准，它侧重于软件开发过程的管理及工程能力的提高与评估，是国际软件业的质量管理标准。

　　软件配置管理在软件工程中占有特殊的地位。配置管理的工作范围一般包括4个方面：标识配置项、进行配置控制、记录配置状态、执行配置审计。进行配置控制是配置管理的关键，包括存取控制、版本控制、变更控制和产品发布控制等。

　　软件风险管理是软件工程中十分重要的环节，风险管理不是项目成功的充分条件。但是，没有风险管理却可能导致项目失败。风险管理主要包括风险识别和风险控制两个部分。

　　软件文档在软件工程中占有重要地位。合格的软件工程的文档应该具备针对性、精确性、清晰性、完整性、灵活性、可追溯性等特点。软件文档一般分为用户文档、开发文档和管理文档三类。

　　通过本章的案例学习，学生还应该掌握Project的使用方法以及其在项目管理中的作用。

7.10 练习题

1. 软件项目管理包括哪些内容?
2. 项目计划应该包括哪些内容?
3. 如何进行项目时间管理?
4. 软件工程组主要包括哪些角色?
5. 软件项目团队成长会经历哪几个阶段,各有什么特点?
6. 简述软件配置管理的工作内容。
7. 简述CMM软件过程成熟度的5个级别,以及每个级别对应的标准。
8. 风险识别的步骤是什么?
9. 软件工程中包含哪些文档?可以分为哪几类?

第8章　项目综合实践

8.1　面向对象的分析

"图书馆信息管理系统"是大多数读者都比较熟悉的，对于该系统的需求及其要实现的功能都是比较容易理解的。所以，本章以"图书馆信息管理系统"为例，从软件生存周期整个过程的角度来阐述如何利用面向对象的方法来完成一个项目。希望通过本章的学习和实践，读者能对先前所学到的知识和技能有所巩固，同时具有从整体上把握软件工程基本理念的能力。

本章主要采用面向对象的方法对"图书馆信息管理系统"（可作为课程设计的项目）进行分析与设计。面向对象方法的最重要的特点就是把事物的属性和操作组成一个整体，从问题域中客观存在的事物出发来识别对象并建立由这些对象构成的系统。

面向对象的分析主要以用例模型为基础。在收集到的原始需求的基础上，通过构建用例模型从而得到系统的需求。进而再通过对用例模型的完善，使得需求得到改善。

下面以"图书馆信息管理系统"为例，对该系统进行面向对象的分析。

8.1.1　收集并整理原始需求

收集原始信息就是需求获取的过程，它的方法有很多，如实地操作、访谈、特定群体调查、用户调查、用户指导、原型模拟等。实地操作是指分析人员直接深入到目标系统用户的工作环境中，观察用户的工作过程，发现问题及时提问。这种方式可以帮助分析人员获得真实的信息。访谈是指通过分析人员与用户或关联人员之间一对一的访谈来获得信息的方式。为了使访谈工作卓有成效，在进行访谈之前，分析人员要把问题准备好。一般情况下问题涉及的方面主要有什么时候、在哪里、是什么、涉及谁、为什么、如何做（When、Where、What、Who、Why、How）。问题可以分为开放性问题和封闭式问题。开放性问题是指答案比较自由的问题，比如，"对于这个项目，你的看法是什么？"而封闭式问题是指答案受限制的问题，比如，"对于这个项目，你是赞成还是反对？"在访谈中，分析人员应该多提一些开放性问题，这样更容易捕捉到用户的真实想法。特定群体调查是指对一组用户同时进行调查、讨论以获得大家共同看法的需求获取方式。

【实验任务1】
请采用实地操作、访谈和特定群体调查三种方式获取所在学校"图书馆信息管理系统"的原始需求。

8.1.2 构建并描述用例模型

构建用例之前，首先要识别出系统有哪些操作者，包括哪些用例。操作者（即第6章所述的参与者）是在系统之外，透过系统边界与系统进行有意义交互的任何事物。"在系统之外"是指操作者本身并不属于系统的成分，而是与系统进行交互的外界事物。这种交互应该是有意义的交互，即操作者向系统发出请求后，系统要给出相应的回应。而且，操作者并不限于人，也可以是时间、温度、其他系统等。比如，目标系统需要每隔一段时间就进行一次系统更新，那么时间就是操作者。

在"图书馆信息管理系统"中，操作者主要有三类：读者、工作人员及管理员。读者能够利用该系统进行书籍信息的查阅、图书的预约、续借等操作。工作人员可以对读者信息进行管理、对书籍的信息进行管理，同时还能完成借书、还书的操作。管理员可对整个系统的数据进行维护和管理。

用例是系统执行的一系列动作，这些动作将生成特定操作者可观测的结果值。从得到的原始需求中识别系统用例时，要注意用例是由系统执行的，并且用例的结果是操作者可以观测到的。用例是站在用户角度的描述，所以要尽量使用业务语言，而不是采用技术语言来描述用例。

"图书馆信息管理系统"的用例图如图8-1所示。

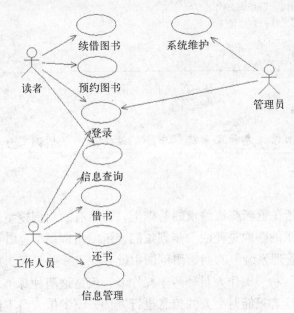

图8-1 "图书馆信息管理系统"用例图

对于借书、还书用例，有些读者可能认为它们是由"读者"来完成的，实际上"读者"只是把要借阅或要还的图书拿到图书馆的借、还台，然后由"工作人员"来完成借、还操作的。所以借书、还书的用例应该隶属于"工作人员"。

当然，这张用例图只是初始的用例图，它大致描述了目标系统的功能，但是存在着一些问题，我们会在后续的步骤中对这个用例模型进行优化和完善。

使用说明场景是对需求更精细的描述，它配合用例图，对用例详细的活动步骤及路径等信息进行记录。使用说明场景的描述可以包括以下几个方面：用例编号、用例名称、用例描述、前置条件、后置条件、活动步骤、扩展点和异常处理。前置条件是指用例执行前必须满足的条件。后置条件是用例执行结束后系统的状态。活动步骤是描述在一般情况下系统的执行步骤，各个活动的组织顺序。如果某用例有多个执行步骤，可在扩展点中阐述。异常处理主要描述系统如何处理异常的发生。

以"续借图书"这个用例为例，其使用说明场景如图8-2所示。

用例编号：UC1

用例名称：续借图书

用例描述：在所借图书到期之前，如想继续阅读，读者可以进行图书续借，延长图书的借阅时间。

前置条件：读者登录系统，并通过了身份验证。

后置条件：图书的借阅时间被延长。

活动步骤：

1. 读者登录系统。

2. 读者查找到已借图书。

3. 续借该图书。

扩展点：

1. 如果读者身份验证失败，则用例结束。

2. 如果查询条件错误，则查询失败。

3. 如果借阅规则不允许，则续借失败。

异常处理：

无

图8-2 续借图书用例描述

【实验任务2】

请试着完成"图书馆信息管理系统"中除"续借图书"用例之外的其他用例的使用场景说明。

8.1.3 优化用例模型

优化用例模型是指在重新获取需求的基础上，对原有的用例模型做出修改，使之更能恰当地表现需求。需求的获取是无法一步到位的，所以用例模型也需要不断地改善。

在"图书馆信息管理系统"的初始用例图中就存在着一些问题。首先，对于"信息查询"用例，有"读者"和"工作人员"两个操作者，但是这两种身份的用户进行信息查询的权限是不一样的。读者只能对个人的信息进行查询，而工作人员不仅能查询所有读者的信息，而且能查询图书的信息。此外，对于"信息管理"用例，工作人员管理的信息包括读者信息和图书信息，由于这两种信息管理的方式和性质完全不同，所以把它们放在一个用例里也是不合适的。

经过修改，"图书馆信息管理系统"的用例图如图8-3所示。

优化用例模型除了对用例进行优化外，还要对用例之间的关系进行定义。用例之间的关系有extend（扩展）、include（包含）、generalization（泛化）。当某些步骤在多个用例中重复出现，且单独形成价值时，可以将这些步骤提取出来，单独形成一个可供其他用例使用的用例，从而使用例模型得到简化。这时用例之间的关系就是include。比如在工作人员进行借书或还书的操作时，都首先要查询到相关图书的信息，这时就可以把信息查询作为被借书、还书用例包含的用例。extend关系将在某些情况下才发生的路径提取出来单独形成用例，简化了基本路径。在本案例里，在还书用例中，可能会遇到图书已经超期的情况，这时就需要对读者进行超期罚款。因为超期罚款只是在某些情况下才会出现的，所以可以把它从还书用例中提取出来，作为还书用例的扩展用例。考虑用例间的关系之后，"图书馆信息管理系统"的用例图可以得到进一步的改善，如图8-4所示。

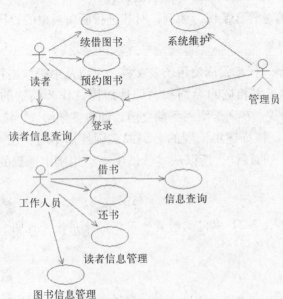

图8-3 优化后的"图书馆信息管理系统"用例图

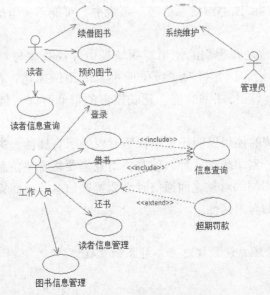

图8-4 进一步改善后的"图书馆信息管理系统"用例图

【实验任务3】

仔细分析图8-4中还有哪些应该完善的地方，并对其进行改进。

至此，我们只是通过用例模型获得了目标系统的功能需求。除了功能需求外，在面向对象的分析阶段还要考虑数据需求、性能需求、可扩展性需求等各个方面的需求。

8.2 面向对象的设计

设计就是根据分析的结果定义实现目标系统的解决方案的过程。此外，设计阶段还要完成数据模型的创建，即对数据库中物理表的设计。

下面以"图书馆信息管理系统"为例，对其进行面向对象的设计。

8.2.1 确定候选业务对象

通过分析用例模型，仔细阅读使用场景文档，可以从中提取出目标系统的对象。也可以从使用场景文档中找出相应的名词和名词性短语，作为候选的业务对象。比如针对"续借图书"的用例描述：在所借图书到期之前，如想继续阅读，读者可以进行图书续借，延长图书的借阅时间。该描述中出现的名词或名词性短语有：图书、读者、借阅时间。由于借阅时间属于图书的属性，所以从"续借图书"用例中得到的候选业务对象是：读者、图书。

【实验任务4】

请分析你在【实验任务2】中完成的其他用例的使用场景说明，从中找出目标系统的候选业务对象。

8.2.2 确定属性

一个对象往往包含很多属性，比如读者的属性可能有姓名、年龄、年级、性别、学号、身份证号、籍贯、民族、血型等。目标系统不可能关注到对象的所有属性，而只是考虑与业务相关的属性。比如在"图书馆信息管理"系统中，可能不会考虑读者的民族、血型等属性。

确定属性的办法通常是在用例的使用说明场景中寻找一些与对象相关的形容词，以及无法归类为对象的名词。比如针对"续借图书"的用例描述：在所借图书到期之前，如想继续阅读，读者可以进行图书续借，延长图书的借阅时间。借阅时间就是图书的一个属性。

有时候并不能从用例的使用说明场景中找到对象的所有属性，这种情况下就应该对每一个对象考虑以下问题：对象包含了什么信息，对象需要将哪些信息长久保存下来，对象能够以哪些状态存在，不同的对象之间通信时需要哪些信息等。回答这些问题的过程能够帮助分析人员找到遗漏的对象属性。

【实验任务5】

分析"图书馆信息管理系统"候选业务对象的属性。

8.2.3 确定服务

服务是业务对象必须执行的特定的行为。比如图书续借就是目标系统提供给读者的服务。将服务分配给相关的对象，则该对象是动作的接收者或者该动作的负责人。

确定服务的方法是在用例的使用说明场景中寻找动词。比如从"工作人员查询读者信息"中可以得到候选服务：查询信息。从"读者检索到相应的图书后进行预约"中可以得到候选服务：查询图书、预约图书。

【实验任务6】

分析"图书馆信息管理系统"候选业务对象的服务。

8.2.4 确定关系

对象或类之间的关系有：依赖、关联、聚合、组合、泛化、实现。依赖关系是"非结构化"的、短暂的关系，表明某个对象会影响另外一个对象的行为或服务。关联关系是"结构化"的关系，描述对象之间的连接。关联关系通过多重性表达式来表示对象之间的对应关系，比如，一个读者可以借阅多本图书，也可以不借阅图书，那么读者与图书之间的多重性表达式就是$1:n$。关联关系还具有导航性。导航性是指可使用关联关系从一个关联类访问目标类。比如"读者信息控制类"可以访问"读者实体类"，那么导航性可以表示为如图8-5所示的形式。

读者信息控制类   读者

图8-5 关联关系的导航性

聚合关系和组合关系是特殊的关联关系，它们强调整体和部分之间的从属性，组合是聚合的一种形式，组合关系对应的整体和部分具有很强的归属关系和一致的生存期。比如，计算机和显示器就属于聚合关系。泛化关系与类间的继承类似。实现关系是针对类与接口的关系。

在"图书馆信息管理系统"中，只用到了关联关系。

对目标系统进行设计之后，就应该将设计的成果用模型的方式表现出来了。面向对象的设计阶段需要完成的模型包括动态模型、静态模型、数据模型。在动态模型中，人们多采用顺序图、交互图。在静态模型中，人们多采用类图，对于复杂的系统还会采用包图。对于数据模型，人们可以在实体关系图的基础上得到目标系统的物理数据表。除了这三种模型外，设计阶段还要完成用户界面的设计。在本次实验中，我们将以"续借图书"用例为例绘制它的顺序图、类图，设计实体关系图，并完成其用户界面的设计。

首先要分析与该用例相关的实体类、控制类和边界类。"续借图书"用例如图8-6所示。

通常为每一组操作者/用例定义一个边界类，为每一个用例定义一个控制类，而实体类从分析得到的业务对象演化而来。与该用例相关的类如图8-7所示。

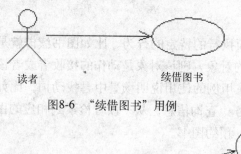

图8-6 "续借图书"用例

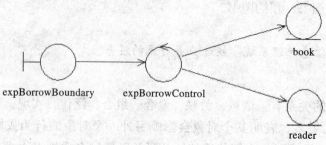

图8-7 "续借图书"模块相关的类

当用户向expBorrowBoundary发送续借图书的请求后，expBorrowBoundary把该请求发送给expBorrowControl进行处理，续借成功后，expBorrowControl要改变图书的状态以及读者的借阅信息。

该用例的顺序图如图8-8所示。

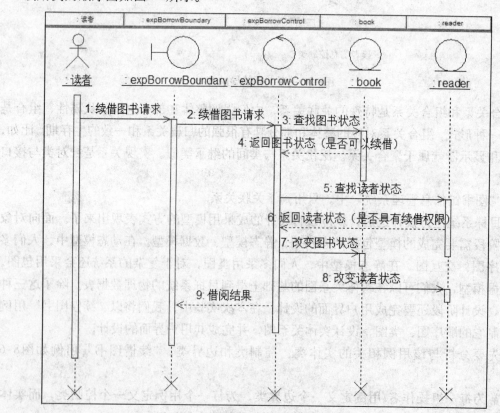

图8-8 "续借图书"用例的顺序图

【实验任务7】

分析与"图书馆信息管理系统"的其他用例相关的实体类、控制类、边界类，并分别绘制每个用例对应的顺序图。

为expBorrowBoundary、expBorrowControl、reader、book类添加属性和服务就可以得到"续借图书"用例的类图，如图8-9所示。

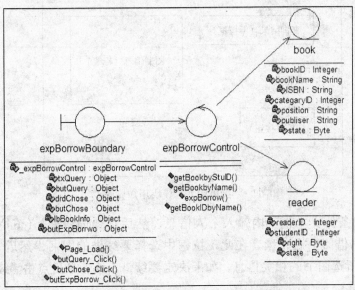

图8-9   "续借图书"模块的类图

【实验任务8】

分析与"图书馆信息管理系统"的其他用例相关的实体类、控制类、边界类，并分别绘制每个用例对应的类图。

与"续借图书"相关的实体类有reader和book，一个reader可以借阅多个book，而一个book在同一时间段内只能被一个reader借阅，所以reader和book之间的多重性表达式是1:n，实体关系图如图8-10所示。

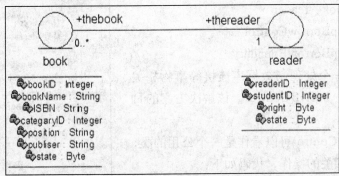

图8-10   "图书馆信息管理系统"部分实体关系图

【实验任务9】

分析"图书馆信息管理系统"的其他用例，绘制出整个系统的实体关系图。

面向对象的设计阶段还需要设计出目标系统的用户界面。"续借管理"模块的用户界面如图8-11所示。

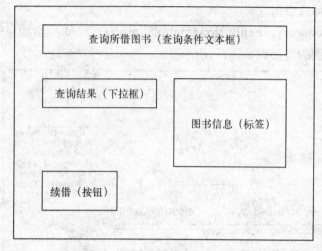

图8-11   "续借图书"模块用户界面

读者在"查询条件文本框"内输入个人信息，然后"查询结果"（下拉框）动态绑定了该读者的图书借阅信息，读者在此下拉框中选择要续借的图书，然后"图书信息"（标签）就会显示所选图书的相关信息，如果决定要续借，读者最后点击"续借"（按钮）即可。

【实验任务10】

分析"图书馆信息管理系统"的其他用例，分别设计各个模块的用户界面。

8.3   系统实现与测试

下面采用Visual Studio 2008 + SQL Server 2005 + ASP.NET来实现"续借图书"的部分代码，按照8.2节的设计，与本模块相关的类有如下几个：

实体类：　book、reader

控制类：　expBorrowControl

边界类：　expBorrowBoundary

此外还需要一个处理与数据库连接等事物相关的系统级别的类：SqlDBControl。该解决方案的目录如图8-12所示。

其中，SqlDBControl可以看作是一个公用的类，它处理与数据库相关的操作，代码如下：

```
using System;
using System.Data;
using System.Configuration;
using System.Web;
```

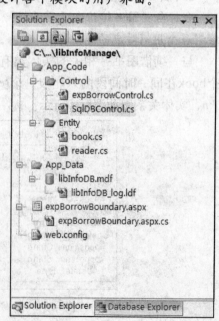

图8-12　与"续借管理"模块相关的解决方案目录

```csharp
using System.Web.Security;
using System.Web.UI;
using System.Web.UI.WebControls;
using System.Web.UI.WebControls.WebParts;
using System.Web.UI.HtmlControls;
using System.Data.SqlClient;
/// <summary>
/// SqlDBControl 的摘要说明
/// </summary>
public class SqlDBControl
{
    //
    // TODO：在此处添加构造函数逻辑
    //数据库操作类
    //
    private SqlConnection conn;
    private SqlCommand cmd;
    private SqlDataAdapter sda;
    private string sql;

    /// <summary>
    /// 构造函数，生成SqlDBControl对象
    /// </summary>
    public SqlDBControl()
    {
        //从配置文件Web.config中读取数据库连接字符串
        string connstr = System.Configuration.ConfigurationManager.
        ConnectionStrings["connStringConf"].ToString().Trim();

        conn = new SqlConnection();
        conn.ConnectionString = connstr;
    }

    /// <summary>
    /// 构造函数，生成SqlDBControl对象
    /// </summary>
    /// <param name="strConn">指定的连接字符串名称</param>
    public SqlDBControl(string strConn)
    {
        //从配置文件Web.config中读取数据库连接字符串
        string connstr = System.Configuration.ConfigurationManager.
        ConnectionStrings[strConn].ToString().Trim();

        conn = new SqlConnection();
        conn.ConnectionString = connstr;
    }

    /// <summary>
```

```
    /// 打开到数据库的连接
    /// </summary>
    public void Open()
    {
        if (conn.State != ConnectionState.Open)
        {
            conn.Open();
        }
    }


    /// <summary>
    /// 根据已有sql语句创建SqlCommand对象
    /// </summary>
    private void CreateCommand()
    {
        cmd = conn.CreateCommand();
        cmd.CommandText = sql;
    }


    /// <summary>
    /// 根据提供sql语句创建SqlCommand对象
    /// </summary>
    /// <param name="strSql">提供的sql语句</param>
    private void CreateCommand(string strSql)
    {
        this.sql = strSql;
        cmd = conn.CreateCommand();
        cmd.CommandText = sql;
    }


    /// <summary>
    /// 借助Command创建SqlAdapter对象，可以使用Parameters
    /// </summary>
    private void CreateAdapter()
    {
        sda = new SqlDataAdapter(Command);
    }


    /// <summary>
    /// 获取一个SqlConnection对象
    /// </summary>
    /// <returns>一个SqlConnection对象</returns>
    public SqlConnection getConnection()
    {
        return conn;
    }


    /// <summary>
```

```
///  返回执行结果的第一行第一列的值
/// </summary>
/// <returns>Object  第一行第一列的值</returns>
public object ExecuteScalar()
{
    if (cmd == null)
    {
        CreateCommand();
    }
    Open();

    object objReturn = cmd.ExecuteScalar();

    Close();

    return objReturn;
}


/// <summary>
/// 返回执行结果的SqlDataReader对象
/// </summary>
/// <returns>包含执行结果的SqlDataReader对象</returns>
public SqlDataReader ExecuteReader()
{
    if (cmd == null)
    {
        CreateCommand();
    }
    Open();

    return cmd.ExecuteReader();
}
public SqlDataReader ExecuteReader(CommandBehavior behavior)
{
    if (cmd == null)
    {
        CreateCommand();
    }
    Open();
    return cmd.ExecuteReader(behavior);
}

/// <summary>
/// 设置sql语句
/// </summary>
public string SqlText
{
    set
```

```csharp
        {
            sql = value;
        }
        get
        {
            return sql;
        }
    }

    public SqlCommand Command
    {
        get
        {
            if (cmd == null)
            {
                CreateCommand();
            }
            return cmd;
        }
    }

    public void ExecuteNonQuery()
    {
        if (cmd == null)
        {
            CreateCommand();
        }
        Open();

        cmd.ExecuteNonQuery();

        Close();
    }

    /// <summary>
    /// 关闭数据库的连接
    /// </summary>
    public void Close()
    {
        if (conn.State == ConnectionState.Open)
        {
            conn.Close();
        }
        cmd = null;
        sda = null;

    }
```

```
    public void Fill(DataSet ds)
    {
        if (sda == null)
        {
            CreateAdapter();
        }

        Open();

        sda.Fill(ds);
        Close();
    }

    public SqlDataAdapter Adapter
    {
        get
        {
            if (sda == null)
            {
                CreateAdapter();
            }
            return sda;
        }
    }
}
```

实体类book的定义如下：

```
using System;
using System.Data;
using System.Configuration;
using System.Linq;
using System.Web;
using System.Web.Security;
using System.Web.UI;
using System.Web.UI.HtmlControls;
using System.Web.UI.WebControls;
using System.Web.UI.WebControls.WebParts;
using System.Xml.Linq;

/// <summary>
/// Summary description for book
/// </summary>
public class book
{
    public book()
    {
        //
        // TODO: Add constructor logic here
```

```
        //
    }

    public book(int _bookID, string _bookName, string _isbn, int _categary,
        string _position, string _publisher, byte _state)
    {
        this.bookID = _bookID;
        this.bookName = _bookName;
        this.categaryID = _categary;
        this.position = _position;
        this.publisher = _publisher;
        this.state = _state;
    }

    private int bookID;
    public int BookID
    {
        set { bookID = value; }
        get { return bookID; }
    }

    private string bookName;
    public string BookName
    {
        set { bookName = value; }
        get { return bookName; }
    }

    private string isbn;
    public string ISBN
    {
        set { isbn = value; }
        get { return isbn; }
    }

    private int categaryID;
    public int CategaryID
    {
        set { categaryID = value; }
        get { return categaryID; }
    }

    private string position;
    public string Position
    {
        set { position = value; }
        get { return position; }
    }
```

```
    private string publisher;
    public string Publisher
    {
        set { publisher = value; }
        get { return publisher; }
    }

    private byte state;
    public byte State
    {
        set { state = value; }
        get { return state; }
    }
}
```

实体类reader的定义如下：

```
using System;
using System.Data;
using System.Configuration;
using System.Linq;
using System.Web;
using System.Web.Security;
using System.Web.UI;
using System.Web.UI.HtmlControls;
using System.Web.UI.WebControls;
using System.Web.UI.WebControls.WebParts;
using System.Xml.Linq;

/// <summary>
/// Summary description for reader
/// </summary>
public class reader
{
    public reader()
    {
        //
        // TODO: Add constructor logic here
        //
    }

    private int readerID;
    public int ReaderID
    {
        set { readerID = value; }
        get { return readerID; }
    }

    private int studentID;
```

```
    public int StudentID
    {
        set { studentID = value; }
        get { return studentID; }
    }

    private byte right;
    public byte Right
    {
        set { right = value; }
        get { return right; }
    }

    private byte state;
    public byte State
    {
        set { state = value; }
        get { return state; }
    }
}
```

边界类expBorrowBoundary是由ASP.NET中的Web Form生成的，它有expBorrowBoundary.aspx和expBorrowBoundary.aspx.cs两个文件，expBorrowBoundary.aspx.cs的定义如下：

```
using System;
using System.Collections;
using System.Configuration;
using System.Data;
using System.Linq;
using System.Web;
using System.Web.Security;
using System.Web.UI;
using System.Web.UI.HtmlControls;
using System.Web.UI.WebControls;
using System.Web.UI.WebControls.WebParts;
using System.Xml.Linq;

public partial class expBorrowBoundary : System.Web.UI.Page
{
    private expBorrowControl _expBorrowControl;
    protected void Page_Load(object sender, EventArgs e)
    {
        Page.Title = "续借图书";
    }


    protected void butQuery_Click(object sender, EventArgs e)
```

```
    {
        drdChose.DataSource = this._expBorrowControl.getBookbyStuID(Int32.Parse
            (this.txQuery.Text.ToString ()));
        drdChose.DataBind();
    }
    protected void butChose_Click(object sender, EventArgs e)
    {
        book _book = this._expBorrowControl .getBookbyName (this .drdChose
            .Text .ToString ());
        lbBookInfo.Text = "书目名称: " + _book.BookName + "\nISBN:" + _book.ISBN
            + "\n类别编号: " + _book.CategaryID
            + "\n存放位置: " + _book.Position + "\n出版社: " + _book.Publisher +
            "\n借阅状态: " + _book.State;
    }
    protected void butExpBorrow_Click(object sender, EventArgs e)
    {
        int _bookID = this._expBorrowControl.getBookIdbyName(this.drdChose.Text);
        this._expBorrowControl.expBorrow(Int32.Parse (this.butQuery.Text.ToString
            ()), _bookID);
    }
}
```

对照expBorrowBoundary.aspx的Source内容和expBorrowBoundary.aspx.cs的内容能够了解expBorrowBoundary.aspx中所使用的控件，及各控件的属性。

expBorrowBoundary.aspx的Source内容如下：

```
<%@ Page Language="C#" AutoEventWireup="true" CodeFile="expBorrowBoundary.aspx.cs"
    Inherits="expBorrowBoundary" %>

<!DOCTYPE html PUBLIC "-//W3C//DTD XHTML 1.0 Transitional//EN" "http://www.w3.
org/TR/xhtml1/DTD/xhtml1-transitional.dtd">

<html xmlns="http://www.w3.org/1999/xhtml">
<head runat="server">
    <title>Untitled Page</title>
</head>
<body>
    <form id="form1" runat="server">
    <div>

        <asp:Label ID="Label1" runat="server" Text="请输入学号: "></asp:Label>
        <asp:TextBox ID="txQuery" runat="server"
            BorderColor="#000066" BorderStyle="Solid" BorderWidth="5px"></asp:TextBox>
        <asp:Button ID="butQuery" runat="server" Text="确定" onclick=
        "butQuery_Click" />
        <br />
        <br />
        <br />
        <asp:Label ID="Label4" runat="server" Text="选择要续借的图书: ">
```

```
        </asp:Label>
        <asp:DropDownList ID="drdChose" runat="server" AutoPostBack="True"
            BackColor="#9999FF" Height="20px" Width="150px">
        </asp:DropDownList>
        <asp:Button ID="butChose" runat="server" Text="确定" onclick=
        "butChose_Click" />
       
        <asp:Label ID="Label2" runat="server" Text="图书信息"></asp:Label>

    </div>
    <p align="right">
             
        <asp:Label ID="lbBookInfo" runat="server" BackColor="White" BorderColor
        ="#000066"
            BorderStyle="Double" BorderWidth="10px" Height="250px" Width
            ="600px"></asp:Label>
    </p>
         
    <asp:Button ID="butExpBorrow" runat="server" Text="续借" BorderColor=
    "#000066"
        Width="100px" onclick="butExpBorrow_Click" />
    </form>
</body>
</html>
```

解决方案正常运行之后，expBorrowBoundary.aspx在浏览器中的显示如图8-13所示的界面。

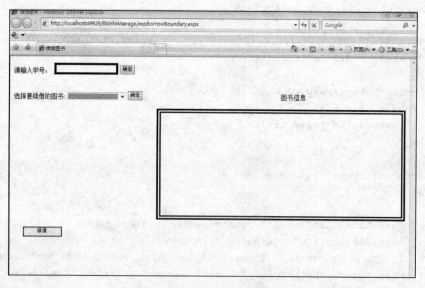

图8-13 "续借图书"用户界面

最后，还有一个比较重要的类，那就是与"续借图书"相关的控制类，expBorrow Control的主要框架如下：

```csharp
using System;
using System.Data;
using System.Configuration;
using System.Linq;
using System.Web;
using System.Web.Security;
using System.Web.UI;
using System.Web.UI.HtmlControls;
using System.Web.UI.WebControls;
using System.Web.UI.WebControls.WebParts;
using System.Xml.Linq;
using System.Collections.Generic;
using System.Collections;

/// <summary>
/// Summary description for expBorrowControl
/// </summary>
public class expBorrowControl
{
    public expBorrowControl()
    {
        //
        // TODO: Add constructor logic here
        //
    }

    //返回某学生所借图书的列表
    public book[] getBookbyStuID(int _studentID)
{

        //TODO
    }

    //通过图书名称搜索图书
    public book getBookbyName(string _name)
    {
        //TODO
    }

    //续借图书
    public void expBorrow(int _studentID, int _bookID)
    {
        //TODO
    }

    //已知图书名称，返回该图书的编号
    public int getBookIdbyName(string _name)
    {
        //TODO
    }
}
```

该类中的getBookbyStuID、getBookbyName、expBorrow、getBookIdbyName函数分别要处理界面类发送的请求，它们会使用数据库中的存储过程，或者直接生成SQL语言与相关实体类或数据库中的表相交互。

【实验任务11】

实现控制类expBorrowControl。

对于系统测试，本书推荐采用Visual Studio自带的单元测试向导。该工具的使用方法详见5.6节。

【实验任务12】

利用Visual Studio的单元测试工具对"续借图书"模块进行测试。

8.4 小结

本章以具有代表性的项目"图书馆信息管理系统"为案例，按照实际项目执行顺序，介绍了面向对象的分析、设计、实现和测试方法。读者通过本章的学习，应该对面向对象有更深入的了解和认识，并且通过对各个实验任务的完成，培养用面向对象方法进行实际项目开发的能力。

8.5 练习题

下面是6个软件工程课程设计题目，供读者参考。

1. 远程教学平台。建立一个分布式、互动式的远程教学平台，为教师教学、学生学习提供比较完整的教学解决方案。其主要功能包括通知发布、参考资料发布、电子课件发布、学生作业提交、帮助教师批改学生作业、帮助学生复查批改后的作业。

2. 网上机票订阅系统。开发一个基于Web的网上机票查询和销售系统，该系统可以录入航班和机票信息，用户可以查询航班时刻表、查询机票可用信息和机票折扣信息，用户可以通过Web订票。

3. 网上投稿系统。开发一个基于Web的网上投稿系统，该系统可以接受作者的电子投稿，以及作者信息（如姓名、单位、通信地址、电话、E-mail等）注册，并能供投稿人查询稿件处理情况，以及在稿件处理后（退稿、录用、修改后再审等），能自动发送E-mail通知投稿人。

4. BBS系统。开发一个基于Web的BBS系统，包含一般BBS所具有的功能，如用户注册、用户信息管理、发贴功能、贴子管理、主题词查询、用户信息修改和查询等。

5. 网上书店。开发一个基于Web的网上书店，该系统可以分类录入书籍和相关信息（如名称、页数、出版商、摘要、目录等），用户可以注册、登录，注册用户享受打折服务，所有用户都可以查询、浏览书籍。注册用户可以定购书籍并查询订单。

6. 通讯录。在该项目中，用户通过网站注册，可以添加和编辑自己的信息，包括姓名、性别、生日、联系方式等；可以申请将其他用户加为自己的好友，对方审核通过后，可以看到好友的个人信息；管理员可以对每个用户的注册信息和个人信息进行维护。

以上6个课程设计题目主要完成以下几个方面的任务：

1) 面向对象的需求分析和文档化。根据所选择的应用，利用面向对象技术和UML建模语言对其需求进行建模和分析，产生软件需求规格说明书和软件确认测试计划，并对上述两个文档进行评审和修订。要求学生掌握利用UML进行面向对象的需求分析的基本技能。

2) 面向对象的软件设计和文档化。根据所选择的应用，使用UML语言进行面向对象的软件设计，撰写软件设计规格说明文档、软件集成测试计划和单元测试计划，并对上述文档进行评审和修订。要求学生掌握利用UML进行面向对象的软件设计的基本技能。

3) 面向对象的程序设计。根据软件的设计，使用Java或C++等面向对象语言进行程序设计和开发，提交完整的源程序，撰写用户手册。要求学生掌握利用一种面向对象语言进行程序设计的基本技能。

4) 面向对象的软件测试。对开发的应用软件进行测试，给出改正后的程序源代码，并提交软件单元测试报告、集成测试报告和确认测试报告。要求学生掌握面向对象的软件测试的基本方法。

参 考 文 献

[1] Roger S Pressman．软件工程：实践者的研究方法[M]．梅宏，译．5版．北京：机械工业出版社，2007．

[2] Frederick P Brooks Jr. 人月神话[M]．汪颖，译．北京：清华大学出版社，2002．

[3] 张海藩．软件工程导论[M]．北京：清华大学出版社，2004．

[4] 刘冰，赖涵，瞿中，王化晶．软件工程实践教程[M]．北京：机械工业出版社，2009．

[5] 赵池龙，杨林，孙伟．实用软件工程[M]．5版．北京：电子工业出版社，2006．

[6] 韩万江．软件工程案例教程[M]．北京：机械工业出版社，2007．

[7] Stephen R Schach. 软件工程——面向对象和传统的方法[M]．邓迎春，等译．7版．北京：机械工业出版社，2007．

[8] John W Satzinger, Robert B Jackson, Stephen D Brud. 系统分析与设计[M]．朱群雄，汪晓男，等译．北京：机械工业出版社，2002.8．

[9] Gary B Shelly, Thomas J Cashman, Harry J Rosenblatt. 系统分析设计教程[M]．李芳，朱群雄，陈轶群，等译．北京：机械工业出版社，2004．

[10] Craig Larman. UML和模式应用——面向对象分析与设计导论[M]．姚淑珍，等译．3版．北京：机械工业出版社，2002．

[11] Reading. Watts S Humphrey. 软件过程管理[M]．高书敬，等译．北京：清华大学出版社，2003．

[12] Bass L, Clements P, Kazman R. 软件构架实践[M]．车立红，译．2版．北京：清华大学出版社，2003．

[13] 张友生，等．软件体系结构[M]．2版．北京：清华大学出版社，2006．

[14] Kathy Schwalbe. IT项目管理[M]．杨坤，译．5版．北京：机械工业出版社，2002．

[15] Steve Mcconneu. 快速软件开发[M]．席相霖，等译．北京：电子工业出版社，2002．

[16] Bob Hughes等．软件项目管理[M]．廖彬山，等译．5版．北京：机械工业出版社，2010．

[17] 林锐，韩永泉．高质量程序设计指南——C++/C语言[M]．北京：电子工业出版社，2007．

[18] SWEBOK，IEEE-2004 Version．

[19] Language R.eference Manual The Unified Modeling Language User Guide（UML用户指南）．

[20] The Unified Modeling Manual（UML参考手册）．

计算机应用技术规划教材

作者：黄建文 等
书号：978-7-111-29169-5
定价：23.00元

作者：韦文山 等
书号：978-7-111-31597-1
定价：28.00元

作者：徐凤生 等
书号：978-7-111-32122-4
定价：28.00元

作者：曹雪峰 编著
书号：978-7-111-30124-0
定价：30.00元

作者：杨佩理 周洪斌
书号：978-7-111-25681-6
定价：29.00元

作者：李丹 赵占坤 等
书号：978-7-111-28668-4
定价：29.00元

本版软件工程教材推荐

软件工程案例教程
作 者：韩万江
ISBN：7-111-20667-5，29.00元

软件工程：方法与实践
作 者：窦万峰
ISBN：7-111-26758-4，32.00元

软件工程：实验教程
作 者：窦万峰
ISBN：978-7-111-26641-9，29.00元

面向对象分析与设计
作 者：麻志毅
ISBN：978-7-111-23528-6，28.00元

软件需求工程
作 者：毋国庆 等
ISBN：978-7-111-24809-5，25.00元

软件测试教程
作 者：宫云战
ISBN：978-7-111-24897-2，29.00元

UML系统建模与分析设计
作 者：刀成嘉
ISBN：978-7-111-21384-8，33.00元

软件项目管理案例教程(第2版)
作 者：韩万江 等
ISBN：978-7-111-26753-9，36.00元

现代软件工程
作 者：张家浩
ISBN：978-7-111-25352-5，45.00元

面向对象技术与UML
作 者：刘振安等
ISBN：978-7-111-20912-6，22.00元

软件课程设计
作 者：吕云翔
ISBN：978-7-111-26829-1，23.00元

教师服务登记表

尊敬的老师：

您好！感谢您购买我们出版的 _____ 教材。

机械工业出版社华章公司本着为服务高等教育的出版原则，为进一步加强与高校教师的联系与沟通，更好地为高校教师服务，特制此表，请您填妥后发回给我们，我们将定期向您寄送华章公司最新的图书出版信息。为您的教材、论著或译著的出版提供可能的帮助。欢迎您对我们的教材和服务提出宝贵的意见，感谢您的大力支持与帮助！

个人资料（请用正楷完整填写）

教师姓名		□先生 □女士	出生年月		职务		职称：□教授　□副教授 □讲师　□助教　□其他
学校			学院			系别	

联系电话	办公： 宅电： 移动：	联系地址及邮编	
		E-mail	

学历		毕业院校		国外进修及讲学经历	

研究领域	

主讲课程	现用教材名	作者及出版社	共同授课教师	教材满意度
课程： □专　□本　□研 人数：　　学期：□春□秋				□满意　□一般 □不满意　□希望更换
课程： □专　□本　□研 人数：　　学期：□春□秋				□满意　□一般 □不满意　□希望更换

样书申请		
已出版著作	已出版译作	
是否愿意从事翻译/著作工作　□是　□否	方向	
意见和建议		

填妥后请选择以下任何一种方式将此表返回：（如方便请赐名片）

地　址：北京市西城区百万庄南街1号　华章公司营销中心　　邮编：100037

电　话：(010) 68353079 88378995　传真：(010)68995260

E-mail:hzedu@hzbook.com markerting@hzbook.com　　图书详情可登录http://www.hzbook.com网站查询